PENSEZ AVANT DE PARLER
LISEZ AVANT DE PENSER

Fran Lebowitz

Pensez avant de parler
Lisez avant de penser

traduit de l'anglais (États-Unis)
par Pierre Demarty

Pauvert

Jaquette : Nuit de Chine,
d'après une création graphique de Nico Taylor.
Couverture : Nuit de Chine.
Photographie en couverture : © Brigitte Lacombe.

Cet ouvrage est la traduction, publiée pour la première fois
en France, du livre de langue anglaise :

THE FRAN LEBOWITZ READER

édité par Vintage Books,
une marque de Random House Inc., New York.

L'édition originale de *The Fran Lebowitz Reader*
publiée chez Vintage en 1994 rassemble deux livres de Fran Lebowitz :
Metropolitan Life, E. P. Dutton, New York, 1974
(p. 11-196 dans la présente édition) ;
et *Social Studies*, Random House Inc., New York, 1981
(p. 197-345 dans la présente édition).

Certains des textes rassemblés dans cet ouvrage
ont été publiés pour la première fois en langue anglaise
dans *Interview*, la revue d'Andy Warhol, et dans *Mademoiselle*.
« My Day: An Introduction of Sorts »
(Ma journée – en guise d'introduction) a paru dans l'édition britannique
du magazine *Vogue* dans une version légèrement différente.

ISBN : 978-2-720-21573-5
Dépôt légal : mars 2022

pour Lisa Robinson

Avant-propos à l'édition originale (1994)

J'ai écrit les premiers textes de ce recueil quand j'avais une vingtaine d'années – les derniers, aux alentours de la trentaine. Je suis désormais entrée dans ce que seuls les plus prosélytes et utopistes de mes partisans seraient susceptibles de décrire comme le début de la quarantaine. Il n'est dès lors guère surprenant que la question de leur *actualité*, comme on disait autrefois (précisément), ait pu être soulevée ; permettez-moi donc de la faire retomber.

Certes, les bagues d'humeur, la radio CB, le disco, la déco d'intérieur high-tech et les rapports sexuels protégés avec de parfaits inconnus ne sont plus une nouveauté pour personne et ne comptent plus beaucoup d'adeptes, mais il n'en demeure pas moins indéniable que nombre de ces phénomènes (à l'exception notable, hélas, du dernier) sont périodiquement revenus à la mode et que, dans l'époque singulièrement terne et rétrograde qui est la nôtre, exiger d'un écrivain qu'il marche avec son temps, alors qu'on ne l'exige même plus du temps lui-même, est non seulement d'une injustice crasse mais également de la dernière inconvenance.

Pensez avant de parler. Lisez avant de penser.

Si ce qu'on appelle présentement l'art peut être qualifié d'artistique, et si ce qu'on appelle présentement l'histoire peut être qualifié d'historique (si même, tant qu'à faire, ce qu'on appelle présentement le présent peut être qualifié de présent), alors j'implore le lecteur contemporain – cette figure solitaire – d'aborder ces modestes essais dans le même état d'esprit que celui qui a présidé à leur conception, en les prenant pour ce qu'elles se voulaient au moment de leur parution initiale, et pour ce qu'elles sont plus encore aujourd'hui : des textes relevant du domaine de l'histoire de l'art. Mais une histoire de l'art envisagée d'un point de vue légèrement différent ; une histoire de l'art moderne, ancrée dans son époque, pertinente, à la page. Une histoire de l'art en marche.

Fran Lebowitz,
septembre 1994

Ma journée
(en guise d'introduction)

12 h 35 – Le téléphone sonne. Je ne trouve pas ça drôle. Ce n'est pas ma façon préférée de me réveiller. Ma façon préférée de me réveiller, c'est quand une star du cinéma français me susurre dans le creux de l'oreille à deux heures et demie de l'après-midi que, si je veux arriver en Suède à temps pour recevoir mon prix Nobel de littérature, je ferais mieux d'appeler tout de suite en cuisine pour qu'on m'apporte mon petit déjeuner. Chose qui n'arrive pas aussi souvent qu'on pourrait le souhaiter.

La preuve, pas plus tard qu'aujourd'hui encore. En l'occurrence, l'importun est un agent artistique de Los Angeles, qui commence par m'informer que je ne le connais ni d'Ève ni d'Adam. Ce qui est tout à fait exact, et pour cause. Il est audiblement bronzé. Mon travail l'intéresse. Son intérêt l'a amené à la conclusion que ce serait une bonne idée que j'écrive le scénario d'une comédie. J'aurais, bien entendu, carte blanche, puisque ce sont désormais les écrivains comiques, de toute évidence, qui font la pluie et le beau temps dans le milieu du cinéma. Je balaie du regard mon appartement (prouesse réalisée à l'aide d'un simple haussement de paupières) et fais remarquer à mon interlocuteur que Dino De Laurentiis serait surpris d'entendre une chose pareille. L'agent laisse échapper un petit gloussement bronzé, puis suggère que nous discutions. Je lui suggère de considérer le fait que nous sommes déjà en train de discuter. Sauf que non, il voulait dire *là-bas*, et à mes frais. Me rendre à Los Angeles à mes propres frais, répliqué-je, est quelque chose qui ne pourrait arriver que si j'y allais en carte postale. Il pouffe de nouveau et propose que nous discutions. Je lui dis que je serai ravie de discuter avec lui dès qu'on m'aura décerné le prix Nobel – pour mes brillants travaux en sciences physiques.

12 h 55 – J'essaie de me rendormir. Quoique dormir soit un domaine dans lequel j'ai toujours fait preuve d'un acharnement et d'une opiniâtreté de niveau olympique, ma tentative se solde par un échec.

13 h 20 – Je descends chercher le courrier. Je me recouche. Neuf communiqués de presse, quatre invitations à une projection, deux factures, une invitation à une soirée organisée en l'honneur d'une célèbre héroïnomane, une ultime mise en demeure de la Compagnie des Télécommunications new-yorkaises avant coupure de ma ligne téléphonique et trois lettres d'insultes d'abonnées à *Mademoiselle* me sommant de bien vouloir leur expliquer ce qui m'autorise à croire que je peux parler des plantes d'appartement – des choses *vertes* et *vivantes* – avec un tel mépris. J'appelle la Compagnie des Télécommunications et leur propose que nous trouvions un arrangement, le règlement de la facture n'étant pas une option envisageable. Aimeraient-ils assister à une projection ? Que diraient-ils d'aller dans une soirée organisée en l'honneur d'une héroïnomane ? Seraient-ils curieux de savoir ce qui m'autorise à croire que je peux parler des plantes vertes avec un tel mépris ? Apparemment non. Ils préféreraient que je leur envoie 148,10 dollars. Je leur concède que c'est là une préférence fort compréhensible, mais je les mets en garde contre la vacuité d'une existence entièrement guidée par la plus aveugle cupidité. Nous n'arrivons pas à trouver un accord. Je m'enfouis sous les couvertures et le téléphone sonne. Je passe les heures suivantes à repousser les assauts des éditeurs, à papoter et à ourdir ma terrible vengeance. Je lis. Je fume. Le réveil, hélas, me toise d'un œil mauvais.

15 h 40 – J'envisage de me lever. Idée aussitôt rejetée car nécessitant un effort physique insurmontable. Je continue à lire et à fumer.

16 h 15 – Je me lève, bizarrement peu requinquée. J'ouvre le frigo. Je prends le parti d'ignorer le demi-citron et le pot de moutarde et décide, sur un coup de tête, d'aller petit-déjeuner dehors. Je suis comme ça, que voulez-vous – une fille fantasque.

17 h 10 – Je rentre chez moi les bras chargés de magazines et passe le reste de l'après-midi à lire des articles rédigés par des gens qui ont eu la regrettable idée de rendre leur copie dans les délais impartis avant le bouclage.

18 h 55 – Petit intermède romantique. L'objet de mon affection arrive. Une plante verte à la main.

21 h 30 – Je sors dîner avec un petit groupe constitué, entre autres, de deux mannequins, d'un photographe de mode, de l'agent d'un photographe de mode et d'un directeur artistique. Je passe la quasi-totalité de la soirée à parler avec le directeur artistique – pour la seule et unique raison que c'est celui qui a le plus de vocabulaire.

02 h 05 – Je rentre chez moi, prête à me mettre au travail. La température un brin frisquette de mon appartement m'oblige d'abord à enfiler deux pulls et une deuxième paire de chaussettes. Je me sers un club soda et déplace le lampadaire près du bureau. Je relis plusieurs vieux numéros du magazine *Rona Barrett's Hollywood* et une bonne partie de la correspondance d'Oscar Wilde. Je saisis mon stylo et regarde la feuille de papier. J'allume une cigarette. Je regarde la feuille de papier. J'écris : « Ma journée (en guise d'introduction) ». Pas mal. Lapidaire mais cadencé. Je pense à ma journée. Je sombre dans une déprime abyssale. Je gribouille dans les marges. Je note une idée qui me vient, une comédie de Shakespeare version banlieue qui s'intitulerait *Comme il vous kiffera*. Je jette un coup d'œil langoureux à mon canapé, dont il ne m'a pas échappé qu'il présente l'astucieux avantage de pouvoir être converti en lit. J'allume une cigarette. Je regarde la feuille de papier.

04 h 50 – Victoire du canapé. Le mobilier demeure invaincu.

COMPORTEMENTS

Comportements

Je ne suis pas dépourvue d'empathie. Je pense que tout le monde devrait avoir de quoi se vêtir chaudement, de quoi se nourrir et un toit décent au-dessus de la tête. Je suis d'avis en revanche que, s'ils ne sont pas disposés à se comporter de manière convenable, les gens peuvent bien grelotter, crever de faim et moisir dans leur gourbi, tant pis pour eux.

Ce n'est pas une simple question de bienséance, car si la bienséance entre assurément en ligne de compte, la notion de *comportement acceptable* recouvre un champ bien plus vaste. Elle implique, par exemple, que le citoyen lambda s'abstienne de lancer une nouvelle mode, de passer outre à ses inhibitions ou de révéler des talents cachés. Elle implique par ailleurs la reconnaissance du fait que le bien commun ne l'est généralement pas tant que ça, et que la démocratie c'est bien beau, mais il faudrait voir à ne pas trop s'emballer non plus. L'oppression et/ou la répression ne sont pas entièrement dénuées d'attraits, ni la liberté et/ou le laxisme d'inconvénients. La chose peut être aisément démontrée grâce au tableau ci-après :

LES COROLLAIRES DE L'OPPRESSION ET/OU DE LA RÉPRESSION	LES COROLLAIRES DE LA LIBERTÉ ET/OU DU LAXISME
FEMMES	
1. Les ongles manucurés	1. Le mot *autrice*
2. Les cookies faits maison	2. La tolérance du port des bottes de chantier pour les membres du beau sexe
3. La garantie de pouvoir compter sur au moins un segment de la population pour témoigner d'une répugnance absolue à l'égard de toute activité physique exténuante	3. Les femmes prêtres
4. La probabilité avérée qu'au sein de n'importe quel groupe d'individus, si réduit soit-il, on trouve au moins une personne sachant répondre dans les formes à un faire-part de mariage	4. Les pages centrales détachables des magazines pour hommes
5. Le vrai café	5. L'autrice féministe Erica Jong
JUIFS	
1. Les acteurs comiques hautement divertissants	1. Les crèches progressistes
2. Les bagels du restaurant Stage Delicatessen sur la 7e Avenue à New York	2. Les bagels surgelés

LES COROLLAIRES DE L'OPPRESSION ET/OU DE LA RÉPRESSION	LES COROLLAIRES DE LA LIBERTÉ ET/OU DU LAXISME
3. La garantie de pouvoir compter sur au moins un segment de la population pour témoigner d'une répugnance absolue à l'égard de toute activité physique exténuante	3. L'Upper West Side
4. Le développement et l'amélioration de l'encadrement législatif des arts du spectacle en tant que profession florissante	4. L'idée selon laquelle il est parfaitement normal qu'un écrivain cède un pourcentage de ses revenus à un agent
5. Des expressions argotiques intéressantes, en particulier celles utilisées pour parler des goys	5. Erica Jong

NOIRS

1. Le jazz	1. Le vin à la fraise
2. La possibilité pour toute la moitié sud des États-Unis d'avoir un sujet de conversation	2. Les comptables noirs
3. Les claquettes	3. De nouvelles manières de se serrer la main
4. La préservation au sein de notre culture d'un intérêt marqué pour la vengeance	4. L'absence de sélection à l'entrée des établissements d'enseignement supérieur
5. La série *Amos 'n' Andy*	5. Sammy Davis Jr.

LES COROLLAIRES DE L'OPPRESSION ET/OU DE LA RÉPRESSION	LES COROLLAIRES DE LA LIBERTÉ ET/OU DU LAXISME
6. Des expressions argotiques intéressantes, en particulier celles utilisées pour parler des Blancs	6. L'Armée de libération symbionaise
ADOLESCENTS	
1. Le frisson de consommer de l'alcool en toute illégalité	1. Le vin à la fraise
2. Le refoulement sexuel et le développement de fantasmes sexuels réellement excitants qui s'ensuit	2. L'accès aisé aux choses du sexe et la découverte précoce du sentiment de profond ennui qui s'ensuit
3. L'aplomb insolent de la jeunesse délinquante	3. Le militantisme social
4. Le glamour de l'aliénation	4. La concession du droit de vote à des individus qui viennent tout juste de découvrir la poésie symboliste
HOMOSEXUELS	
1. La danse synchronisée	1. *Chorus Line*
2. Le sarcasme	2. Le nitrite d'amyle
3. L'art	3. Les sous-vêtements en cuir
4. La littérature	4. Les mères lesbiennes
5. Les vrais ragots	5. Les coiffeurs hétérosexuels
6. L'idée cocasse selon laquelle *Qui a peur de Virginia Woolf ?* parle en réalité de deux hommes	6. L'idée cocasse selon laquelle *Qui a peur de Virginia Woolf ?* parle en réalité d'un homme et d'une femme

Deux impératifs élémentaires doivent être respectés afin que soit atteint l'objectif ultime d'un comportement acceptable généralisé. Le premier (auquel vous venez dûment de vous plier, j'en suis sûre) consiste à étudier de près le tableau ci-dessus. Le second consiste à se débarrasser de certaines idées reçues aussi néfastes que répandues. Par exemple :

Il n'est pas vrai que tout métier comporte une part de dignité. Certains métiers sont indubitablement meilleurs que d'autres. Il n'est pas difficile de faire la différence entre les bons et les mauvais métiers. Les gens qui ont un bon métier sont heureux, riches et bien habillés. Les gens qui ont un mauvais métier sont malheureux, pauvres et utilisent des attendrisseurs à viande. Quiconque recherche la dignité dans une voie professionnelle impliquant de servir des hamburgers s'expose à de cruelles déconvenues. Et au risque de se comporter de manière inconvenante.

La paix intérieure n'existe pas. Seules l'angoisse et la mort existent. Toute tentative visant à prouver le contraire relève du comportement le plus inacceptable.

Très peu de gens possèdent de véritables dispositions artistiques. Il est donc tout aussi malséant qu'improductif d'aggraver les choses en tentant sa chance dans cette voie. Si jamais vous êtes saisi par une envie soudaine et impérieuse d'écrire ou de peindre, avalez simplement un truc sucré et ça passera. Non, l'histoire de votre vie ne ferait pas un bon livre. N'essayez même pas.

Tous les enfants de Notre-Seigneur ne sont pas beaux. La plupart des enfants de Notre-Seigneur sont même à la limite du présentable. L'erreur la plus commune, en matière d'apparence, est de croire qu'il faut mépriser le superficiel et permettre à la vraie beauté de l'âme de s'épancher librement. Si tout ou partie de votre corps se prête à une telle possibilité, cela ne signifie pas que vous êtes belle ou séduisant – cela signifie que vous avez une fuite quelque part.

Petit guide à l'usage des authentiques ambitieux en mal de vocation

Les gens, quel que soit leur âge, souhaitent voir leur sort s'améliorer. C'est dans cet esprit que la majorité d'entre eux choisissent leur orientation professionnelle. La plupart des métiers requièrent des dispositions et une formation spécifiques. Il en est certains, toutefois, qui exigent qu'on les aborde d'une manière un peu différente. Ces derniers étant souvent très difficiles d'accès, on sera bien avisé de s'assurer avant toute chose qu'on est vraiment taillé pour. C'est dans cette optique que je propose la petite série de tests suivante.

Alors comme ça vous voulez devenir pape ?

Il s'agit là d'une profession traditionnellement réservée aux hommes. Les femmes tentées d'embrasser cette carrière doivent être prévenues qu'elles se heurteront à des obstacles quasi infranchissables. La religion joue également un rôle non négligeable dans cette affaire, donc si le moindre doute vous habite, peut-être feriez-vous mieux de vous tourner vers un métier un tantinet moins contraignant.

Pensez avant de parler. Lisez avant de penser.

1. *J'aime surtout parler…*
   a. Au téléphone.
   b. Après le repas.
   c. Pour ne rien dire.
   d. En privé.
   e. *Ex cathedra.*
2. *Parmi tous ces noms, mon préféré est…*
   a. Muffy.
   b. Vito.
   c. Ira.
   d. Jim Bob.
   e. Innocent XIII.
3. *La plupart de mes amis sont…*
   a. Des intellectuels de gauche.
   b. Des femmes de petite vertu.
   c. Des gens de qualité.
   d. Des gens normaux.
   e. De bons camarades.
   f. Des cardinaux.
4. *Tous les chemins mènent…*
   a. À Bridgehampton.
   b. À Cap-d'Antibes.
   c. À Manhattan.
   d. En Floride.
   e. À Rome.
5. *Complétez ce mot. Cru…*
   a. dités.
   b. civerbiste.
   c. auté.
   d. che.
   e. cifixion.
6. *Mes amis m'appellent…*
   a. Glandu.
   b. Doc.

c. Toni.
d. Izzy.
e. Souverain pontife.

7. *Pour les grandes occasions, je préfère mettre…*
   a. Des habits de lumière et néanmoins d'une élégante sobriété.
   b. N'importe quoi du moment que ça vient de chez Halston.
   c. Mon pyjama.
   d. Un surplis et une mitre.
8. *Je me sentirais plus en sécurité si j'avais…*
   a. Assez d'argent.
   b. Un système d'alarme efficace.
   c. Un gros chien.
   d. Une mutuelle.
   e. La Garde suisse.
9. *Quand je culpabilise de me la couler un peu trop douce, je…*
   a. Fais un régime.
   b. Lis Emerson.
   c. Vais nager quarante longueurs.
   d. Scie du bois.
   e. Lave les pieds des pauvres.

Alors comme ça vous voulez devenir héritière ?

Le hasard de la naissance joue un rôle prépondérant dans cette carrière professionnelle. Il est possible de contourner le problème en faisant un mariage avantageux et/ou en faisant plaisir à un très vieux monsieur. Cette méthode est loin d'être une partie de plaisir, cependant, et les plus flemmardes d'entre vous seriez sans doute mieux inspirées de changer de vocation.

1. *Si je devais me décrire en un seul mot, ce mot serait…*
   a. Gentille.
   b. Énergique.

c. Curieuse.
d. Affable.
e. Saute-au-paf.

2. *Je ne sors jamais sans...*
a. Me maquiller.
b. Un livre.
c. Ma fille.
d. Le chéquier de mon mari.

3. *Le week-end, j'aime faire...*
a. Du camping.
b. Du roller.
c. De longues promenades.
d. La tournée des bars.
e. Un petit tour à Gstaad.

4. *Je trouve que le meilleur moyen de briser la glace avec des inconnus, c'est de leur demander où ils...*
a. Achètent leurs légumes.
b. Achètent leurs appareils électroménagers.
c. Font développer leurs photos.
d. Partent en villégiature aux antipodes quand vient l'hiver.

5. *On me surnomme souvent...*
a. Chouchou.
b. Mon petit lapin.
c. Sainte Thérèse de Lisieux.
d. Belle-Amie.

6. *Les hommes font les meilleurs...*
a. Poulets rôtis.
b. Bouquets de fleurs.
c. Cocktails.
d. Domestiques.

7. *Quand j'étais petite, j'aimais jouer...*
a. À la poupée.
b. Au docteur.
c. Au baseball.

d. À la marchande de bonbons.
e. À la maîtresse de céans.

8. *Je n'ai jamais...*
a. Fait de deltaplane.
b. Volé dans les magasins.
c. Contracté de MST.
d. D'argent sur moi.

9. *La première fois que j'ai eu le béguin, c'était pour...*
a. Steve McQueen.
b. Paul McCartney.
c. Le fils des voisins.
d. Mon poney.

Alors comme ça vous voulez devenir dictateur ?

Ce métier exige de l'endurance, de l'entêtement et une volonté de fer. Tempéraments réservés s'abstenir.

1. *J'ai peur...*
a. De rencontrer des gens nouveaux.
b. Du vide.
c. Des serpents.
d. Du noir.
e. D'être visé(e) par un coup d'État.

2. *Le dimanche après-midi, à mes heures perdues, j'aime...*
a. Faire la cuisine.
b. Essayer de nouveaux produits de maquillage.
c. Aller au musée.
d. Flemmarder chez moi.
e. Déporter des gens.

3. *Je trouve que les gens sont le plus à leur avantage quand ils sont en...*
a. Tenue de soirée.
b. Maillot de bain.
c. Paix avec eux-mêmes.

d. Bermuda.
e. Uniforme de bagnard.

4. *Quand je me retrouve au milieu d'une foule d'inconnus, ma première réaction est de…*
   a. Entamer la discussion avec tous ceux qui ont l'air intéressants.
   b. Attendre que quelqu'un m'adresse la parole.
   c. Me cacher dans un coin et bouder.
   d. Ordonner une purge.
5. *La meilleure attitude à adopter lorsqu'on me croise dans la rue par hasard consiste à :*
   a. Sourire.
   b. Hocher la tête.
   c. Me dire bonjour.
   d. Me faire la bise.
   e. Faire le salut militaire.
6. *Quand quelqu'un n'est pas d'accord avec moi, ma réaction instinctive est de…*
   a. Tenter de comprendre son point de vue.
   b. Provoquer le débat.
   c. Discuter de manière calme et rationnelle.
   d. Pleurer.
   e. Ordonner son exécution.
7. *Rien de mieux pour forger le caractère que…*
   a. Le scoutisme.
   b. La pratique du sport.
   c. Le catéchisme.
   d. Une bonne douche froide.
   e. Les travaux forcés.

Alors comme ça vous voulez devenir un(e) parvenu(e) ?

De toutes les branches professionnelles dont il est question ici, celle-ci est assurément la plus facile à laquelle grimper. C'est aussi, hélas, la plus difficile à laquelle rester accroché(e)

– ce qui, étonnamment, n'a pas l'air d'avoir un réel effet dissuasif sur les hordes de candidats qui se bousculent à ce portillon.

1. *Quand je suis seul(e), en général je...*
   a. Lis.
   b. Regarde la télé.
   c. Compose des sonnets.
   d. Construis des maquettes d'avion.
   e. Passe un coup de fil au Beverly Hills Hotel pour demander au concierge qu'on appelle mon nom à la réception.
2. *Si une amie venait de dire quelque chose de particulièrement amusant, ma réaction la plus probable serait de...*
   a. Lui dire : « Tu es vraiment impayable. »
   b. Rire de manière incontrôlable.
   c. Glousser de manière incontrôlable.
   d. Lui dire : « Tu me fais tellement penser à cette chère Dorothy Parker. »
3. *Quand le téléphone sonne, la plupart du temps je décroche en disant...*
   a. « Allô oui bonjour ? »
   b. « Tiens, salut, comment ça va ? »
   c. « Hé ! »
   d. « Oh, coucou, non, pardon, j'étais en train d'écouter une petite symphonie de Wolfgang. »
4. *Si un incendie se déclarait dans ma maison ou mon appartement, la première chose que je sauverais serait...*
   a. Mon fils.
   b. Mon chat.
   c. Mon mec.
   d. L'article de *Cosmopolitan* dans lequel mon nom est cité.
5. *Pour moi, dîner en ville est...*
   a. Un plaisir.
   b. Une bonne idée, pour changer.
   c. Une occasion de voir des amis.

d. Un moment romantique.
e. Un plan de carrière.

6. *Une soirée réussie, pour moi, c'est une soirée…*
   a. Où il y a beaucoup de monde, beaucoup de bruit, beaucoup d'alcool et beaucoup d'action.
   b. Où on discute bien, où on mange bien et où on boit du bon vin.
   c. En compagnie de quelques amis choisis autour d'un bon petit plat et d'un jeu de cartes.
   d. Pour laquelle il est impossible d'obtenir une invitation.
7. *Si je ne devais emporter qu'un seul livre sur une île déserte, ce serait…*
   a. La Bible.
   b. Les œuvres complètes de Shakespeare.
   c. *Le Vent dans les saules.*
   d. Le carnet d'adresses de Truman Capote.
8. *Certains de mes meilleurs amis sont…*
   a. Juifs.
   b. Noirs.
   c. Portoricains.
   d. Dans l'ignorance totale de mon existence.
9. *On ne saurait rien cueillir de plus précieux que…*
   a. Une orchidée.
   b. Une rose.
   c. Le jour.
   d. Un Kennedy.

Alors comme ça vous voulez devenir impératrice ?

Ici se pose de nouveau le problème des liens familiaux. Prenez garde toutefois de ne pas vous laisser duper par l'apparente similarité de ce métier avec celui d'héritière, car il requiert un sens beaucoup plus aigu des responsabilités. Vous auriez cependant bien tort, mesdemoiselles, de céder d'avance au découragement, car cette profession est l'une des seules qui offre l'opportunité immensément satisfaisante de se faire servir par autrui.

1. *Complétez l'expression suivante : Femme...*
   a. Enfant.
   b. Fatale.
   c. À barbe.
   d. Puissante.
   e. De chambre.
2. *Ce qui m'horripile le plus chez mon mari, c'est...*
   a. Qu'il ronfle.
   b. Qu'il ne rebouche jamais le tube de dentifrice.
   c. Ses copains de beuverie.
   d. Sa tête de mule.
   e. Ses concubines impériales.
3. *Je ne sais pas ce que je deviendrais sans mon...*
   a. Hydropulseur bucco-dentaire WaterPik.
   b. Répondeur.
   c. Moulin à café.
   d. Goûteur officiel.
4. *À mon avis, le meilleur moyen de réussir dans la vie, c'est...*
   a. Le travail.
   b. L'entregent.
   c. L'honnêteté.
   d. Les études.
   e. Le droit divin.
5. *J'aurais aimé que ma mère soit...*
   a. Plus permissive.
   b. Moins intrusive.
   c. Meilleure cuisinière.
   d. Restée jeune.
   e. Impératrice douairière.
6. *Je trouve que les gens ne respectent pas assez...*
   a. Leurs parents.
   b. Les limitations de vitesse.

c. Leur parole.
d. Le protocole.

7. *Je pense que le plus important dans la vie, c'est d'établir...*
a. Des rapports de bon voisinage.
b. Des relations harmonieuses avec autrui.
c. Un précédent.
d. Une dynastie.

8. *Le rôle primordial des institutions est de garantir...*
a. Les libertés.
b. L'esclavage.

9. *J'aimerais passer Noël...*
a. Dans le Connecticut.
b. À Palm Beach.
c. Au bord du Grand Canyon.
d. Au palais d'Hiver à Saint-Pétersbourg.

10. *Je trouve que les hommes ne sont jamais aussi séduisants que lorsqu'ils...*
a. Jouent au tennis.
b. Dorment.
c. Dansent.
d. Rient.
e. S'agenouillent.

11. *Si j'avais les moyens de faire des travaux d'aménagement chez moi, je ferais installer...*
a. Un atelier.
b. Un bureau.
c. Une terrasse.
d. Un sauna.
e. Une salle du trône.

12. *J'aimerais que mon fils soit...*
a. Bien élevé.
b. Son père tout craché.
c. Médecin.
d. Sportif.
e. Prince consort.

13. Quand je sors avec un homme, j'aime qu'il…
a. M'emmène au cinéma.
b. M'emmène jouer au bowling.
c. M'invite au restaurant et au théâtre.
d. M'obéisse au doigt et à l'œil.

Nouvelles disciplines olympiques

J'éprouve un intérêt assez modéré pour le sport en général. La plupart des disciplines sportives se résument pour moi à des activités dangereuses et fatigantes auxquelles se livrent des gens avec qui je n'ai rien en commun, à part le droit de bénéficier d'un procès juste et équitable. Non pas que je sois totalement imperméable aux joies de l'effort athlétique – simplement, il se trouve que ma conception personnelle du sport ne coïncide pas avec la définition communément admise de ce phénomène. À cela plusieurs raisons, la première étant que, pour moi, l'espace extérieur n'est qu'une zone transitoire que vous êtes obligé de traverser pour passer de votre appartement à la banquette arrière d'un taxi.

Il existe cependant des pratiques sportives auxquelles je ne dédaigne pas de me prêter à l'occasion et, oserai-je le dire, pour lesquelles je suis même assez douée. En voici une petite liste à titre d'exemple – non exhaustive, tant s'en faut :

1. Commander un petit déjeuner.
2. Descendre prendre le courrier.

3. Sortir acheter des cigarettes.
4. Sortir boire un verre avec des amis.

Comme vous pouvez le constater, il s'agit en l'occurrence de sports essentiellement urbains et, en tant que tels, souvent méprisés par les aficionados. Il n'en reste pas moins qu'ils requièrent tous une certaine habileté, de l'énergie et une bonne dose de courage. Et chacun à sa manière est aussi gratifiant que punitif.

Les activités sportives de ce genre sont légion et, à titre personnel, j'estime qu'il est grand temps de leur donner une reconnaissance officielle. Je propose donc que le comité d'organisation des jeux Olympiques de 1980 invite la ville de New York à envoyer sa propre délégation. L'équipe olympique new-yorkaise ne participerait qu'à une seule compétition, qui serait baptisée le Décathlon New-Yorkais. Le Décathlon New-Yorkais consisterait en quatre épreuves, au lieu des dix habituelles, car tout le monde à New York est très occupé. Autre différence notable avec le décathlon traditionnel, chaque athlète ne participerait qu'à une seule épreuve, car à New York, plus on est spécialisé dans quelque chose, plus on a de chances de tirer son épingle du jeu. Ces quatre épreuves seraient les suivantes : attachée de presse, pressing, soirée mondaine et conduite canine.

Il est d'usage, lors de la cérémonie d'ouverture, qu'un athlète portant la flamme olympique fasse le tour du stade, suivi par tous ses petits camarades agitant joyeusement des fanions. Les Jeux de 1980 ne dérogeront pas à cette coutume, mais les athlètes seront eux-mêmes suivis par dix-sept taxis jaunes dans lesquels sera convoyée la délégation new-yorkaise. Le premier chauffeur de taxi aura le bras tendu par la vitre ouverte et brandira lui aussi une flamme olympique. Les passagers de ce taxi hurleront sur le chauffeur à cause des étincelles projetées par le flambeau sur la banquette arrière. Le chauffeur fera semblant de ne pas les entendre. À la fin du tour de stade, le chauffeur, n'ayant pas remarqué qu'il fallait s'arrêter, sera obligé de freiner brusquement au dernier moment. Il en résultera un gigantesque carambolage entre les taxis qui le suivent. Les chauffeurs de ces derniers passeront le reste des Olympiades à se hurler dessus et à remplir des papiers de constat en proférant des menaces. Pour la plus grande gêne des athlètes, la compétition devra se dérouler à l'endroit précis où la collision se sera produite.

Épreuve de l'attachée de presse

Les deux compétitrices pénètrent dans le stade chacune de leur côté, après que l'arbitre les a assurées que les deux côtés sont d'égale importance. Elles se plantent une bise sur les deux joues puis se tournent d'un air enjoué vers la foule. Elles ne regardent pas au-delà des dix premiers rangs. Puis elles s'assoient chacune sur un canapé en velours, face à face, et allument chacune une cigarette. Deux ramasseurs de balles employés au noir s'empressent de leur apporter une tasse de café (noir aussi, sans sucre). Le téléphone respectif des deux athlètes sonne et elles décrochent. Les points sont attribués de la manière suivante :

1. Un point pour celle qui ignore le plus grand nombre d'appels émanant d'individus désirant lui parler.
2. Deux points pour celle qui réveille le plus grand nombre d'individus ne désirant pas lui parler.
3. Un point pour celle qui informe le plus grand nombre d'individus désirant assister à tel ou tel événement qu'elle ne peut pas leur obtenir d'invitation.
4. Deux points pour celle qui informe le plus grand nombre d'individus ne désirant pas assister à l'événement en ques-

tion qu'elle leur a déjà envoyé une invitation – à charge de revanche.

Épreuve du pressing

Deux pressings tout équipés ont été construits dans les endroits les moins pratiques du stade. Plusieurs individus innocents entrent dans chacun de ces établissements. Ces individus ont le même rôle dans cette épreuve que le renard à la chasse à courre. Ils déposent sur le comptoir un tas de vêtements sales, se voient remettre en contrepartie un minuscule récépissé de couleur, puis s'en vont. Les points sont attribués de la manière suivante :

1. Un point pour celui qui arrache le plus grand nombre de boutons de chemisier.
   a. Un point supplémentaire s'il est impossible de remplacer lesdits boutons.
2. Deux points pour celui qui passe en machine le plus grand nombre de chemisiers en soie dont l'étiquette stipule NETTOYAGE À SEC UNIQUEMENT.
   a. Un point supplémentaire si lesdits chemisiers sont lavés en même temps que des vestes en madras qui déteignent.
   b. Si lesdits chemisiers sont blancs, la victoire est proche.
3. Trois points pour celui qui plie le plus grand nombre de chemisiers alors que le client a spécifiquement demandé à les récupérer sur cintre.
4. Quatre points pour celui qui égare le plus grand nombre de vêtements.
   a. Un ou plusieurs points supplémentaires seront attribués en fonction du prix desdits vêtements égarés.
5. Cinq points pour celui qui trouve le moyen le plus astucieux de déplacer une tache d'encre d'une jambe de pantalon à l'autre.

Épreuve de la soirée mondaine

Une pièce d'une superficie très exactement inférieure de moitié à l'espace nécessaire au bon déroulement de cette épreuve a été aménagée au centre du stade. Trop de compétiteurs pénètrent dans ladite pièce. Les points sont attribués de la manière suivante :

1. Un point pour celui qui réussit à atteindre le bar.
2. Deux points pour celui qui réussit à s'éloigner du bar.
3. Trois points pour celui qui renverse accidentellement son verre de vin sur un adversaire qui lui a piqué son job.
4. Quatre points pour celui qui brûle accidentellement ledit adversaire avec le bout de sa cigarette.
5. Cinq points pour celui qui lâche le plus grand nombre de remarques drolatiques sur des individus qui ne sont pas présents à cette soirée.
6. Six points pour celui qui arrive le plus en retard accompagné du plus grand nombre de personnalités célèbres.
7. Sept points pour celui qui s'en va le premier au bras de la nouvelle conquête d'un(e) ex.

Épreuve de la conduite canine

On a fait bâtir en plein milieu du stade une réplique exacte de quinze pâtés de maisons du quartier de Greenwich Village. Vingt compétiteurs sortent des divers immeubles compris dans le périmètre de cette zone, chacun tenant en laisse trois chiens qui ne sont pas sortis de la journée. Le premier qui atteint le trottoir pile au pied de mon immeuble remporte l'épreuve.

Quand tous les points ont été additionnés, celui qui en a le plus grand nombre pénètre dans le stade. Il est suivi des deux compétiteurs ayant remporté le plus grand nombre de points après lui. Ces derniers s'approchent de l'arbitre, qui les entraîne à l'écart et sort de sa poche un chronomètre. Chacun a cinq minutes pour expliquer de la manière la plus originale possible pourquoi ce n'est pas lui qui a remporté le plus grand nombre de points. La médaille d'or est attribuée au plus agressif et convaincant des deux. Car à New York, l'important n'est pas de savoir qui a gagné ou perdu, mais de rejeter la faute sur autrui.

Quand hongrois avoir tout vu...
(hommage à mon aïeule)

Un jour est apparue dans un magazine une photo de moi datant manifestement de ma prime jeunesse. Je pensais qu'il serait évident pour tout le monde qu'il s'agissait de la photo figurant dans le trombinoscope de mon lycée. C'était sans compter le fait qu'un certain nombre de personnes de mon entourage sont issues d'un milieu résolument privilégié. La première personne à m'avoir dessillé les yeux à ce sujet est une jeune top-modèle de haut lignage qui, parlant dudit portrait, s'exclama : « J'adore ta photo du bal des débutantes, Fran. » Si les choses en étaient restées là, j'aurais probablement oublié l'incident, mais plus tard, ce même soir, la même remarque, au mot près, fut proférée par un membre inférieur de l'aristocratie bostonienne. Plus aucun doute possible : la rumeur était en train de faire le tour du monde. J'étais dès lors confrontée à l'alternative suivante : balayer cette idée d'un ricanement dédaigneux, ou inventer de toutes pièces une amusante petite fiction propre à l'accréditer. Comme il se trouve que j'exerce, fût-ce de manière marginale, dans le domaine de la petite fiction amusante, je décidai d'opter pour la deuxième solution et de concocter la généalogie que voici.

Margaret Lebovitz, ma grand-mère paternelle, a vu le jour à Ghetto Point, en Hongrie (une communauté assez fermée), aux toutes premières lueurs de l'aube des folles années 1890. Fillette attachante, elle était souvent confiée aux bons soins de fidèles domestiques de la famille (ma tante Sadie et mon oncle Benny) en l'absence fréquente de son père, que son métier – lequel consistait, pour l'essentiel, à se faire enrôler dans l'armée – appelait à voyager par monts et par vaux. Quoique sa mère passât le plus clair de son temps à batifoler dans les champs de choux-raves, elle mettait un point d'honneur à aller voir Margaret à la nursery tous les soirs et à monter la garde pendant que la petite disait ses prières. Margaret eut une enfance heureuse – consacrée principalement à échanger des confidences et des matriochkas avec ses copines ainsi qu'à cueillir des racines de betterave pour passer le temps, tout en jouant à cache-cache avec les Cosaques. Tariff, le domaine familial où les Lebovitz séjournaient en hiver (*et* en été), était une villégiature absolument enchanteresse ; il n'est guère étonnant dès lors que Margaret regimbât à l'idée de s'en éloigner pour faire ses études. Son père, de retour à la maison à l'occasion d'une brève désertion, la prit à part dans son bureau tapissé de canisses – affectueusement surnommé « la planque de Papa » – et lui expliqua patiemment que, en vertu d'une ancestrale et immarcescible tradition, les filles bien nées comme elle se devaient d'apprendre les usages conformes à leur rang social, notamment l'art de prendre ses jambes à son cou avec élégance et de rester décemment en vie. Margaret écouta sagement et consentit à s'inscrire en première année à l'université de la Maldonne Sixtine.

Margaret connut un succès éclatant à la Maldonne Sixtine, où son goût en matière de chaussures lui valut très vite le surnom de Bootsie. Excellente élève, Bootsie manifesta de tels talents dans la pratique de la respiration quasi inaudible qu'elle fut élue à l'unanimité présidente du Comité des Évasions Printanières. Ce qui ne veut pas dire que Bootsie était collet monté – bien au contraire. Incorrigible tête brûlée, elle avait le don de se fourrer dans les situations les plus rocambolesques, au point que ses petites camarades du club des Masses Grouillantes étaient souvent obligées de voler à son secours. Adepte des sports de plein air, Bootsie vivait dans l'attente fébrile des grandes vacances et se joignait avec bonheur au cri de ralliement – « Mais oui, mais oui, le bagne est fini ! » – que poussaient rituellement les jeunes filles pour célébrer le début de la saison estivale.

À dix-huit ans, Bootsie fit ses débuts en société, et sa beauté, son charme et son maniement de la serpette étaient tels qu'on ne tarda pas à la surnommer la Marlene Dietrich de Ghetto Point. Tous les jeunes gens de la haute étaient à ses pieds et, dès qu'un Surprise-Pogrom était annoncé, ils se battaient pour obtenir d'elle la promesse d'une valse, son carnet de bal affichant systématiquement complet. De tous ses prétendants, son favori était Tibor, un athlétique et fringant jeune déserteur qui avait remporté à deux reprises la Grande Course Magyare organisée chaque année dans un champ de blé noir abondamment irrigué. Tibor avait beaucoup d'affection pour Bootsie, mais il était surtout conscient du fait qu'un jour viendrait où elle hériterait du grand soc de charrue de son père, et c'était là le principal motif de l'intérêt qu'il lui portait. Lorsqu'elle découvrit que Tibor n'était qu'un vil chasseur de dot, Bootsie en fut si affectée qu'elle tomba malade. Inquiète de la voir clouée au lit, sa famille se réunit pour discuter du problème et décida qu'un petit changement d'air lui ferait le plus grand bien. On mit aussitôt en branle un plan d'action dans ce sens, et c'est ainsi que Bootsie Lebovitz se retrouva quelque temps plus tard sur l'entrepont d'un paquebot en partance pour Ellis Island, où elle pourrait oublier tous ses chagrins.

La ligne rouge
(et douze bonnes raisons de ne pas la franchir)

Les hasards de l'histoire, qui ne font pas toujours bien les choses, ont voulu que je fréquente les bancs de l'école primaire à l'époque où la guerre froide battait son plein. Il s'ensuit que j'ai passé une bonne partie des journées de mon enfance recroquevillée, jambes croisées, tête entre les genoux, soit seule sous mon pupitre, soit – position plus sociable – collée dos au mur dans les couloirs de l'école. Lorsque ces activités m'en laissaient le temps, je restais assise en classe à dévorer de fascinants ouvrages qui me décrivaient les horreurs de la vie sous le régime communiste. Bien que n'étant pas simple d'esprit, j'étais farouchement convaincue que les communistes étaient une race de créatures à cornes dont les deux seules occupations consistaient à brûler les livres de la série du Club des Cinq et à fomenter une attaque nucléaire au terme de laquelle la bombe la plus énorme et la plus dévastatrice de toute l'histoire de l'humanité serait larguée pile sur la classe de CE2 de l'école élémentaire Thomas Jefferson à Morristown, dans le New Jersey. Croyance non seulement partagée par la plupart de mes condisciples, mais renforcée chaque jour un peu plus par les discours du corps enseignant et des parents d'élèves d'obédience républicaine.

Parmi les nombreux stratagèmes déployés par les adultes pour étayer cette croyance avait été dressé un tableau comparatif détaillé qui figurait chaque année dans notre manuel de sciences sociales. On y voyait révélées au grand jour les terribles vicissitudes économiques de la vie communiste. La lecture à voix haute de ce document était accompagnée d'un commentaire professoral qui énonçait en substance : « Ce tableau vous montre combien de temps un homme doit travailler en Russie pour avoir les moyens d'acheter certains biens de consommation. Puis nous comparons ces observations avec la durée de temps nécessaire à un citoyen des États-Unis d'Amérique pour amasser la somme d'argent lui permettant de faire l'acquisition des mêmes biens de consommation. »

RUSSIE	É.-U.
UNE PAIRE DE CHAUSSURES – 38 HEURES	UNE PAIRE DE CHAUSSURES – 2 HEURES
« Et en plus ils n'ont que des modèles à lacets en Russie, du coup personne ne peut jamais mettre de mocassins, même pour se déguiser. Et puis aussi personne là-bas n'a jamais entendu parler des Repetto, et quand bien même, de toute façon ils n'auraient pas le droit d'en porter, vu qu'ils sont tous obligés de travailler dans les champs, sauf bien sûr quand ils sont occupés à fabriquer des bombes atomiques. »	« Et nous en plus on a plein de modèles différents, y compris des Pappagallo. »

RUSSIE	É.-U.
UNE MICHE DE PAIN – 2 HEURES ET DEMIE	UNE MICHE DE PAIN – 5 MINUTES
« Ils ne connaissent pas le beurre de cacahuètes en Russie, ni la pâte de guimauve, et il y a plus de croûte que de mie dans leur pain, et en plus ils forcent les petits enfants russes à en manger. »	« Nous, on a du pain aux raisins et à la cannelle, et de la brioche, et en plus on peut mettre ce qu'on veut dessus parce qu'on est en démocratie. »
UN KILO DE CLOUS – 6 HEURES	UN KILO DE CLOUS – 8 MINUTES
« Et en Russie ils ont besoin de beaucoup de clous parce que tout le monde doit travailler très dur tout le temps pour construire des tas de choses – même les mères de famille. »	« Même si de toute façon on n'a pas tellement besoin de clous, vu qu'on a du Scotch et des agrafes. »
UN MONOSPACE – 9 ANS	UN MONOSPACE – 4 MOIS
« Mais encore faudrait-il qu'ils aient la permission d'en posséder un, ce qui n'est pas le cas, du coup les gens sont obligés de se déplacer tout le temps à pied, même s'ils sont exténués à force de passer leur temps à construire des tas de choses, comme par exemple des bombes atomiques. »	« Et en plus nous on peut choisir parmi des tas de modèles différents – certains ont des portières peintes en imitation bois, et d'autres sont en deux couleurs. On a aussi beaucoup d'autres voitures, comme par exemple les coupés sport. »

RUSSIE	É.-U.
UNE SALOPETTE – 11 HEURES	UNE SALOPETTE – 1 HEURE
« Et en plus tout le monde est obligé de porter une salopette en permanence, et elles sont toutes de la même couleur, du coup personne ne met jamais de jupe droite, même au lycée. »	« Mais comme on est en démocratie et que donc on peut s'habiller comme on veut, c'est surtout les paysans qui portent des salopettes – et en plus ils aiment ça. »
UNE DOUZAINE D'ŒUFS – 7 HEURES	UNE DOUZAINE D'ŒUFS – 9 MINUTES
« Sauf qu'ils n'en mangent quasiment jamais parce que les œufs sont un produit de luxe en Russie et que les produits de luxe ne sont pas autorisés dans le régime communiste. »	« On a énormément d'œufs chez nous et du coup on peut manger des œufs à la coque, des œufs mollets, des œufs mimosa et même des œufs de Pâques, enfin sauf pour les élèves juifs de la classe, même si je suis sûr qu'ils mangent des choses tout aussi délicieuses pour la fête qui chez eux s'appelle Hanoucca. »
UN POSTE DE TÉLÉVISION – 2 ANS	UN POSTE DE TÉLÉVISION – 2 SEMAINES
« Sauf qu'ils n'en ont pas. Eh non, ils n'ont pas la télé en Russie, parce qu'ils savent bien que si les gens avaient le droit de regarder *Ma sorcière bien-aimée*, ils voudraient tous passer à l'Ouest et probablement s'installer ici à Morristown. »	« Même que beaucoup de gens possèdent deux postes de télévision, et il y en a même comme Dougie Bershey qui ont la télé en couleur, du coup il peut raconter à tout le monde dans la classe de quelle couleur sont les personnages de Walt Disney. »

Mes petits camarades et moi-même absorbions consciencieusement ces informations, et pour la plupart nous sommes restés de droite pendant toute la durée de notre scolarité primaire. À l'adolescence, cependant, nous avons été un certain nombre à nous rebeller, et j'avoue que j'ai moi-même brièvement flirté avec la tentation gauchiste durant ces années. Toutefois, je suis progressivement revenue à mes premières amours idéologiques et, si notre forme de gouvernement ne m'inspire pas une passion démesurée, j'éprouve aujourd'hui comme hier une répugnance résolument prononcée à l'égard de la Leur.

Mon positionnement politique est fondé en grande partie sur mon aversion pour les masses, or s'il y a bien une chose que je sais à propos des communistes, c'est que les masses sont quelque chose de très important pour eux. Pour ma part, je n'ai pas de très bons contacts avec les autres, et je n'ai aucun désir d'apprendre à les connaître. Je n'arrive même pas à danser avec les autres, s'ils sont en trop grand nombre, et je suis sûre que les boîtes de nuit communistes sont monstrueusement bondées.

« De chacun selon ses capacités, à chacun selon ses besoins » n'est pas ma devise politique de prédilection, car je ne pense pas que la capacité à faire des remarques drolatiques sur le monde tel qu'il va puisse avoir un impact significatif sur les camarades du peuple, ni qu'on puisse les convaincre que le monde a absolument besoin d'un service de messagerie vocale digne de ce nom.

Le bien commun n'est pas ma tasse de thé – c'est le bien singulier qui m'intéresse et, inutile de se voiler la face, ce n'est pas là le genre de déclarations qui suscitent la plus franche admiration parmi les membres des collectivités agricoles.

Les communistes semblent tous porter sur la tête des espèces de capuchons qui, à mon humble avis, conviendraient bien mieux à des tubes de dentifrice qu'à des êtres humains.

Certes, les couvre-chefs de ce genre ne sont pas entièrement inusités sous nos propres latitudes, mais je peux vous assurer qu'ils ne courent pas non plus les rues.

D'après ce que j'ai cru comprendre, le communisme exige de ses adhérents qu'ils se lèvent aux aurores pour se livrer à d'épuisants exercices de gymnastique. Aux yeux de quelqu'un dont le rêve ultime serait que les cigarettes soient vendues préallumées, la seule idée d'un tel effort physique, à une heure où les gens normalement constitués viennent à peine de poser la tête sur l'oreiller, est une abomination totale.

Par ailleurs, je me suis laissé dire que, dans le monde communiste, l'aptitude à parler ou à écrire de manière humoristique ne vaut pas un kopeck.

J'ai donc la ferme intention de faire tout ce qui est en mon pouvoir afin d'empêcher que le rideau de fer ne tombe en travers de la 57e Rue. À cette fin, j'ai moi-même dressé un petit tableau comparatif pour la gouverne de mes concitoyens new-yorkais.

Le tableau suivant, donc, compare le temps qu'il faut respectivement à un communiste et à un New-Yorkais pour avoir les moyens d'acheter certains biens de consommation.

COMMUNISTE	NEW-YORKAIS
UN APPARTEMENT DANS UN IMMEUBLE RÉSIDENTIEL DE L'UPPER EAST SIDE AVEC VUE SUR CENTRAL PARK – QUATRE MILLE ANS. Et encore, vous seriez obligé de le partager avec le reste de la collectivité, or aucun appartement ne compte un nombre suffisant de salles de bains pour ça.	UN APPARTEMENT DANS UN IMMEUBLE RÉSIDENTIEL DE L'UPPER EAST SIDE AVEC VUE SUR CENTRAL PARK – IMMÉDIATEMENT, si vous avez eu de la chance au niveau parental. Sinon, comptez minimum vingt ans, mais au moins vous aurez votre propre salle de bains.

COMMUNISTE	NEW-YORKAIS
UN ABONNEMENT AU *NEW YORKER* – TROIS SEMAINES. Et encore, vous ne comprendriez sans doute rien aux dessins.	UN ABONNEMENT AU *NEW YORKER* – 1 HEURE, voire moins, parce que en démocratie il arrive fréquemment qu'on en reçoive un en guise de cadeau.
UN BILLET D'AVION EN PREMIÈRE CLASSE POUR PARIS – SIX MOIS. Mais, euh... Paris, camarade ? Minute, papillon !	UN BILLET D'AVION EN PREMIÈRE CLASSE POUR PARIS – TRÈS VARIABLE, mais n'importe quelle fille un peu maligne peut se procurer un tel billet sans trop de difficultés si elle joue bien ses cartes.
UNE ROBE DE CHAMBRE DE CHEZ FERNANDO SANCHEZ – TROIS MOIS. Avec le capuchon ? Très seyant.	UNE ROBE DE CHAMBRE DE CHEZ FERNANDO SANCHEZ – 1 SEMAINE, moins si vous avez des relations dans la mode, or, faut-il le préciser, les chances que vous ayez ce genre d'entregent sont beaucoup plus élevées dans une démocratie comme la nôtre qu'à Pékin.
DÎNER DANS UN GRAND RESTAURANT – DEUX ANS pour récolter les fonds ; vingt-sept ans pour que la collectivité se mette d'accord sur le choix du restaurant.	DÎNER DANS UN GRAND RESTAURANT – Aucun problème, du moment que vous avez bien choisi vos amis.

Les enfants : pour ou contre ?

Pour tous ceux qui, comme moi, évoluent dans ce que, avec beaucoup de mansuétude, on pourrait appeler les cercles artistiques, les enfants sont un phénomène assez rare. Mais même dans les plus artistiques des cercles, on trouve toujours ici ou là, à la marge, des traces tenaces de vie domestique.

Pour ma part, j'aime bien les enfants, de sorte que leur présence épisodique me cause bien moins de déplaisir qu'à certaines de mes accointances plus racées. Ce qui ne veut pas dire que je deviens gaga dès qu'un minot me fait risette ; simplement, je considère que je suis sur ce sujet d'une objectivité incontestable et donc éminemment qualifiée pour en parler sans que mon autorité en la matière puisse être remise en cause.

À en croire le nombre d'enfants recensés dans le monde, il semblerait que les gens s'amusent à en produire à tire-larigot, et il y a fort à parier que, s'ils se penchaient sur cette question avec tout le sérieux qu'elle exige, ils feraient preuve d'une plus grande circonspection. Bien entendu, jusqu'à présent les aspirants parents ne disposaient pas de toutes les informations nécessaires à une telle réflexion, présentées noir sur blanc, aussi ne saurait-on en toute justice les tenir pour entièrement responsables de leurs actes. J'ai donc décidé de remédier à leur ignorance en dressant une petite liste d'informations précieuses sur le sujet, dans le fervent espoir qu'elle contribuera à façonner un monde futur peuplé d'une cohorte d'enfants plus appréciables que ceux que j'ai pu croiser jusqu'ici.

Pour

Je dois m'inscrire en faux contre l'expression « un simple enfant », car mon expérience personnelle me l'a invariablement prouvé, la compagnie d'un simple enfant est infiniment préférable à celle d'un simple adulte.

*

Les enfants sont généralement de petite taille, ce qui les rend très utiles pour atteindre les recoins de la maison les plus difficiles d'accès.

*

Les enfants ne s'assoient pas à côté de vous au restaurant pour vous entretenir des futiles espoirs qu'ils fondent sur l'avenir en parlant d'une voix beaucoup trop forte.

*

Les enfants posent de meilleures questions que les adultes. « Je peux avoir un gâteau ? », « Pourquoi le ciel est bleu ? » et « Que dit la vache ? » sont des interrogations bien plus à même de vous inspirer une réponse enjouée que « Alors, ce manuscrit, ça avance ? », « Pourquoi tu ne m'appelles jamais ? » et « Qui est ton avocat ? ».

*

Les enfants sont la vivante incarnation du concept d'immaturité.

*

Les enfants sont les adversaires rêvés au Scrabble, car il est très facile de les battre et très amusant de tricher à leurs dépens.

*

Il est encore tout à fait possible de se retrouver au milieu d'une cohue d'enfants sans être à aucun moment agressé, même un tant soit peu, par les effluves sauvages et bourrus d'un after-shave ou d'une eau de Cologne.

*

Les enfants dorment seuls ou avec des animaux en peluche. La sagesse d'un tel rituel est indubitable, car celui-ci leur épargne l'incommensurable calvaire de devoir écouter les confessions chuchotées par un voisin de lit. Je n'ai encore jamais rencontré de nounours qui nourrisse le fantasme secret de se déguiser en soubrette.

Contre

Même au sortir du bain et débarrassés de tout résidu poisseux de friandise, les enfants ont tendance à être collants. Je ne vois qu'une seule explication plausible à cet étrange phénomène – une consommation insuffisante de tabac.

*

Les enfants ont un sens de la mode consternant et, si on les laisse faire, ils optent la plupart du temps pour des vêtements atrocement mal coupés. À cet égard, ils ne diffèrent guère de leurs aînés mais, allez savoir pourquoi, on leur en tient plus rigueur.

*

Les enfants réagissent de manière inepte à l'humour sardonique et aux menaces voilées.

*

Notoirement insensibles aux subtils changements d'humeur de leur interlocuteur, les enfants continuent à parler de la couleur d'une bétonneuse récemment aperçue dans la rue bien après que l'intérêt dudit interlocuteur pour ce sujet s'est complètement tari.

*

Les enfants sont rarement en position de vous prêter une somme d'argent intéressante. Il y a toutefois des exceptions, auquel cas ils méritent d'être accueillis à bras ouverts en soirée.

*

Les enfants se lèvent à des heures indues et ont souvent la fâcheuse habitude d'ingurgiter de la nourriture quand ils ont le ventre vide.

*

Les enfants ont l'air grotesques en tenue de soirée.

*

Bien trop souvent, les enfants sont accompagnés par des adultes.

Propriétaire : mode d'emploi

Toute profession requiert un savoir-faire, du talent ou une formation. Les danseurs doivent avoir le pied léger. Les neurochirurgiens doivent avoir fait des études de médecine. Les fabricants de bougies doivent avoir une appétence pour la cire. Ces emplois, toutefois, ne sont que la partie émergée de l'iceberg. Comment les autres apprennent-ils leur métier ? C'est ce que nous allons voir à présent.

De l'art d'être propriétaire : introduction

Afin d'exercer le métier de propriétaire, il est tout d'abord nécessaire de faire l'acquisition d'un ou de plusieurs biens immobiliers. Pour y parvenir, deux méthodes sont envisageables. La première, et de loin la plus plaisante, est de toucher un héritage – c'est la meilleure méthode, parce qu'elle vous épargne non seulement la peine de devoir sortir votre chéquier, mais aussi l'assommante corvée d'avoir à choisir parmi plusieurs produits immobiliers. Précisons néanmoins que ce petit guide n'a pas pour cible prioritaire les propriétaires de cet acabit, dans la mesure où ce genre d'héritage implique une composante génétique qui rend en général toute forme d'instruction superfétatoire.

Moins attrayante mais plus communément répandue (avez-vous remarqué que ces deux qualificatifs vont souvent de pair ?) est la méthode de l'achat pur et simple. Et c'est là que notre travail commence véritablement.

Leçon n° 1 : acheter

On peut diviser les biens immobiliers en deux groupes : les chers et les pas chers. Gardons toutefois à l'esprit que ces termes sont réservés à l'usage strict des professionnels du secteur et ne doivent jamais être employés en présence des locataires, lesquels, sans exception ou presque, préfèrent les mots *très* et *raisonnable*. Si le prix affiché d'un bien immobilier vous paraît excessif, songez donc à la sagacité de ce vieil adage : « Ce n'est pas le prix d'achat qui compte – c'est la plus-value à long terme », car en tant que propriétaire, vous êtes dans la position enviable d'avoir embrassé une profession dans laquelle c'est le client qui se charge de ladite plus-value. Si vous avez quelque difficulté à saisir ce concept, dites-vous simplement que vous êtes un peu comme une compagnie de téléphone. Vous serez encore plus rasséréné lorsque vous aurez compris que, s'il est vrai que les prix varient considérablement d'un bien immobilier à l'autre, il n'est pas forcément nécessaire de faire peser cette terrible iniquité sur le dos de votre locataire en l'exposant à l'humiliation d'un loyer modéré. En somme, comme l'auront déjà compris les aspirants propriétaires les plus perspicaces, choisir un bien immobilier se résume au fond à une histoire de goût personnel, et puisque rares sont les propriétaires que ce genre de considérations empêchent de dormir, nous pouvons passer à la leçon suivante.

Leçon n° 2 : pièces

La chose la plus importante ici, c'est de bien comprendre que la définition d'une « pièce » est entièrement subjective. C'est votre bien immobilier à vous, après tout, et à partir du moment où vous décidez que telle surface constitue une pièce, cela suffit à la définir comme telle. C'est à vous également que revient le privilège exclusif de spécifier la fonction de cette pièce, et il ne faut surtout pas hésiter à rappeler ce point aux locataires, lesquels ont trop souvent tendance à qualifier ladite pièce de penderie – affirmation parfaitement risible, bien entendu, dans la mesure où la grande majorité des locataires n'ont jamais vu une penderie de leur vie.

Leçon n° 3 : murs

Tout bien immobilier comporte forcément un certain nombre de murs ; c'est un mal nécessaire dans ce métier. Certains d'entre vous renâcleront peut-être à la perspective du coût financier que cela représente, et c'est bien compréhensible ; mais souvenez-vous que les murs permettent un bon retour sur investissement, puisqu'ils constituent l'une des composantes élémentaires de toute pièce. Cela ne veut pas dire que vous êtes obligé, en tant que propriétaire, de rester esclave des conventions. Le plâtre et autres matériaux solides apparentés sont du dernier ringard aux yeux de l'apprenti propriétaire éclairé. Si vous êtes père de famille, vous n'êtes pas sans savoir qu'il est très facile, et très amusant, de faire bâtir des murs aux enfants, à la maison ou au centre de loisirs, à l'aide d'une simple mixture à base d'eau, de farine et de vieux magazines de papa. Quant au propriétaire infertile, on ne peut que lui conseiller de s'intéresser de près au papier peint – un produit moderne, appréciable et fort pratique puisqu'il s'achète en rouleaux. Le papier peint s'arrache aisément et si d'aventure une injonction judiciaire vous contraignait à une telle procédure, il est tout à fait possible de repeindre par-dessus.

Leçon n° 4 : chauffage

À l'approche de la saison des frimas, le locataire semble succomber de façon systématique à une fièvre calorifère qui confine au fanatisme. Il a beau posséder pléthore de pulls et de chaussettes, il demeure obstinément aveugle à leur utilité et s'entête avec égoïsme à exiger que ce soit vous qui lui procuriez une source de chaleur. Le propriétaire inventif peut recourir, dans une telle circonstance, à diverses astuces, dont une particulièrement efficace mais, il faut le signaler, nécessitant un certain investissement financier. Le jeu en vaut toutefois la chandelle, vous verrez – et en plus c'est assez rigolo. Achetez un magnétophone. Rapportez le magnétophone dans votre pavillon résidentiel et placez-le dans le voisinage immédiat d'un radiateur. Grâce à ses capteurs audio ultra sensibles, il enregistrera alors les mille et un bruits de la chaleur circulant dans la tuyauterie. Il est scientifiquement prouvé qu'un tel enregistrement, diffusé à plein volume dans les sous-sols de l'immeuble, a le pouvoir de réduire les locataires à quia pendant plusieurs jours d'affilée.

Leçon n° 5 : eau

Il est bien évidemment assez difficile pour un propriétaire de comprendre le besoin d'eau que semble perpétuellement éprouver le locataire, alors que de nos jours la moindre supérette du coin propose un choix étourdissant de jus de fruits et autres boissons gazeuses non alcoolisées. Question d'autant plus contrariante que, au moins une partie du temps, il faut en outre que cette eau soit chaude. C'est un réel problème, ne nous le cachons pas, et le propriétaire ne trouvera que modérément le réconfort en songeant que *chaud*, comme *pièce*, est un concept des plus subjectifs.

Leçon n° 6 : cafards

Tout propriétaire digne de ce nom a le solennel devoir de s'assurer que son bien immobilier dispose d'un stock fourni de cafards. Le ratio minimum acceptable est de quatre mille cafards par locataire. Au cas où cette disposition entraînerait la manifestation d'un quelconque déplaisir de la part du locataire, ignorez-le absolument. Le locataire est un râleur professionnel, c'est bien connu. Pourquoi ? Nul ne le sait vraiment, même s'il existe quantité de théories à ce sujet. La plus crédible d'entre elles impute l'irritabilité chronique du locataire à son inclination avérée pour la consommation excessive de chauffage et d'eau chaude – propension dont on ne sait que trop bien qu'elle a pour conséquence l'extinction tragiquement prématurée des ampoules de palier.

Comment réussir dans la vie sans faire d'études

Le terme *maman-manager* désigne un parent de sexe féminin qui, pour le dire aimablement, a décidé d'inoculer à son enfant le virus de la scène et de le propulser au firmament de la célébrité. Son éducation est tout entière tournée vers cet unique objectif, et de fait c'est sans doute ainsi qu'un certain nombre de vedettes ont vu le jour.

Cependant, dans la mesure où nous vivons à l'ère de la spécialisation et de la compétition tous azimuts, il serait naïf de croire que ce genre de méthode pédagogique est réservée au monde du show-business. Voici quelques exemples d'autres domaines dans lesquels elle est utilisée :

La mère-de-futur-grand-architecte

La maman-de-futur-grand-architecte ne chôme pas. Jour après jour lui échoit la difficile tâche d'instiller chez son enfant le sens de la pureté des lignes et de l'importance de s'essuyer les pieds avant d'entrer dans l'espace d'habitation. D'autres mères ont des enfants plus attentifs, des enfants qui comprennent instinctivement que la forme doit respecter la fonction et qu'il est essentiel de tenir compte des qualités réfléchissantes du verre *avant* de sortir jouer dehors. D'autres mères encore peuvent se permettre de souffler de temps en temps car elles ont un enfant à qui on n'a pas besoin de répéter tant de fois que moi-même je ne supporte plus de me l'entendre dire : « Qu'est-ce que c'est que ces manières néo-baroques ? Tiens-toi de manière minimaliste, combien de fois faudra-t-il que je te le répète ? »

La mère-de-futur-présentateur-d'émissions-de-variétés

Voici un métier qui présente une telle multitude de problèmes qu'elles sont relativement peu nombreuses à tenter leur chance dans cette voie. Le travail est ardu et les heures longues, car il est encore trop tôt pour déterminer si l'enfant destiné à cette profession sera présentateur d'une émission matinale, de la mi-journée ou de deuxième partie de soirée. Dans cette profession, en outre, on ne peut se permettre d'ignorer aucune facette de la vie moderne. « On dit Vegas, mon trésor, le "Las", c'est uniquement pour *les autres*. Juste Vegas. Voilà, c'est ça. Et donc, qu'est-ce qu'on fait à Vegas ? Non, mon poussin, ça, c'est ce que font *les autres* à Vegas. Nous, nous *jouons* à Vegas. Nous *avons joué* à Vegas. Nous *jouerons* à Vegas. N'oublions pas nos conjugaisons. Un peu de respect pour la grammaire, je te prie. Bon, alors, quand on joue à Vegas, qu'est-ce qu'on fait d'autre ? Voilà, c'est ça – *on les tue* à Vegas. *Tue* à Vegas. *Tué* à Vegas. *Tuera* à Vegas. Et qu'est-ce qu'on fait quand ça commence à chauffer ? Oui, d'accord, c'est vrai, on peut *biiiiip* parfois, mais ce n'est pas ça qui paie le loyer, pas vrai ? Ce n'est pas avec ça qu'on peut acheter des bicyclettes. Non. On vend un petit quelque chose. On se retrouve après une page de pub. On écoute un message de notre sponsor et on interrompt brièvement notre programme pour un flash spécial. Bien. Et maintenant, regarde, voici un livre. Et qu'est-ce qu'on fait avec les livres ? Nooooon, et c'est la dernière fois que je te le répète : *nous*, on ne lit pas des livres. Tu veux lire des livres ou tu veux devenir présentateur télé ? C'est l'un ou l'autre. Nous, nous ne *lisons* pas des livres ; nous avons *l'intention* de lire des livres. Et où avons-nous l'intention de lire des livres ? Exactement – *dans l'avion. Nous avions l'intention de le lire dans l'avion*. Et pourquoi ne l'avons-nous pas fait, hmm ? Oh, allez, on l'a déjà vue mille fois, celle-là. Bon, je te donne un indice – mais c'est la dernière fois, compris ? Écoute bien – ça commence par un *D*. Voilà, c'est ça, “le Duc”. Nous avions l'intention de le lire dans l'avion, mais on s'est retrouvé assis à côté de John Wayne, “le Duc”. Très bien, mon lapin, formidable. Bon, je crois que ça ira pour ce soir. Hep là, attendez un peu, jeune homme, où est-ce que vous allez comme ça ? Au lit ? Ah oui, vraiment ? Sans avoir passé en revue tes fiches sur les invités de demain ? C'est comme ça qu'on quitte le plateau ? Eh bien bravo. Je te félicite. Dix-huit heures par jour à trimer là-dessus et monsieur quitte le plateau sans même passer en revue les fiches sur les invités de demain. Ce ne sont pas des manières de faire pour un présentateur d'émissions de variétés, et si tu n'apprends pas ça aujourd'hui, crois-moi, tu l'apprendras plus tard d'une façon ou d'une autre, et ce sera beaucoup moins amusant. *Crois-moi*. Ça ne me fait pas plaisir de te dire ça, je t'assure – je suis ta mère, après tout –, mais continue comme ça et tu vas te faire déprogrammer, c'est moi qui te le dis. Quoi ? Qui ? Cloris Leachman ? Gore Vidal ? Shecky Green ? Le Dr Joyce Brothers et Jim Bouton ? Eh bah voilà, tu vois quand tu veux, mon choupinou ! Allez, on se retrouve demain à la même heure, alors à demain si vous le voulez bien ! Bonne nuit. »

La mère-de-futur-employé-des-pompes-funèbres

Être la mère d'un futur employé des pompes funèbres n'est pas une sinécure, car elle doit surveiller pratiquement en permanence le comportement de son enfant. Que vient-elle d'entendre – des *gloussements* ? Accablée, elle doit monter dans sa chambre et l'admonester pour la millième fois : « Pourrais-tu être un peu plus sinistre, s'il te plaît ? Est-ce vraiment trop demander ? Un peu de dignité ? Un peu de compassion larmoyante ? Je te signale qu'il y a des tas de gamins qui se débrouillent pour garder une tête d'enterrement sans qu'on ait à les rappeler à l'ordre toutes les vingt secondes. Des tas de gamins qui peuvent rester seuls dix minutes sans piquer une crise de fou rire. Qui ne tournent pas les talons en haussant les épaules chaque fois que leur mère leur demande comment ils la trouvent – ils répondent "Très vivante" du premier coup, et à voix basse. Il y a des tas de gamins qui portent un œillet à la boutonnière toute la journée sans qu'il se fane. Mais qu'est-ce que j'ai fait au bon Dieu pour avoir un gosse pareil ? Je ne comprends absolument pas d'où te vient ce goût pour la simplicité – et encore, simplicité, qu'est-ce que je raconte… la banalité la plus vulgaire, oui ! Oh, si tu crois que je ne suis pas au courant pour cette histoire de cercueil en pin brut… Je ne suis pas née de la dernière pluie, figure-toi. Bon, alors écoute-moi bien, monsieur Je-Sais-Tout. Le bois d'acajou, les poignées en bronze et les capitons en satin, c'est pas fait pour les chiens ! Et tu ferais bien de te rentrer ça dans le crâne une bonne fois pour toutes ! »

La mère-de-futur-maître-d'hôtel

On n'imagine pas les difficultés auxquelles se heurte la mère de l'aspirant maître d'hôtel. Elle doit non seulement relever le colossal défi de lui inculquer la passion des salamalecs inutiles, mais aussi lui apprendre à lutter contre l'instinct naïf qui le pousse à l'excès de familiarité. « Combien de fois te l'ai-je dit ? Tu n'es pas censé répondre la première fois qu'on t'adresse la parole ! *Combien de fois* ? Et qu'est-ce que c'est que cette histoire de *que-puis-je-faire-pour-vous-aider* ? D'où ça sort tout à coup, ça ? C'est ça que tu veux faire quand tu seras grand ? *Aider* ? Ah bon. D'accord. Formidable. Oh mais vas-y, je t'en prie, propose donc ton *aide* ! Et pourquoi pas entrer chez les scouts, pendant que tu y es ? Oui, tu m'as parfaitement entendue, chez les scouts – parce que c'est ça qui t'attend si tu n'arrêtes pas immédiatement tes âneries. Ce n'est pas *moi* qui ambitionne de devenir maître d'hôtel, je te signale. Ce n'est pas moi qui ai dit : "Oh, maman, si tu fais de moi un maître d'hôtel, je ne te demanderai plus jamais rien, promis juré !" Alors je te préviens, ce n'est pas moi qui vais me taper tout le boulot. Tu veux devenir maître d'hôtel ? Alors *comporte-toi* comme un maître d'hôtel ! Un peu de dédain, que diable. Un peu de morgue et d'impudence. Tu veux être obséquieux ? Crois-moi, il y a des moments appropriés pour ça. La princesse Grace débarque, David Rockefeller, Tennessee Williams – là, d'accord, fais-toi plaisir, sois obséquieux tant que tu veux, tu as ma bénédiction. Mais pas à chaque fois, je me fais bien comprendre ? Je ne veux pas te voir faire des courbettes devant je ne sais quel crétin de petit rond-de-cuir qui a décidé de se payer une soirée en ville. Je ne veux pas te voir dérouler le tapis rouge au moindre abruti en costard acheté en solde qui a réservé deux strapontins pour *Chorus Line*. Compris ? Un tout petit peu plus de dessous-de-table et un tout petit peu moins de présence serviable et chaleureuse, d'accord ? Ton père et moi ne serons pas toujours là pour te tenir la main, tu sais… »

La mère-de-futur-critique-gastronomique

La mère de critique gastronomique est fière. Tellement fière, à vrai dire, que son entourage en a par-dessus la tête de l'entendre se lamenter parce que son môme fait des manières à table. Mais sa fierté est compréhensible, car elle l'a conquise de haute lutte. Pendant des années elle a demandé : « C'était bon, mon chéri ? », pour se voir sèchement rembarrer d'un lapidaire : « Mouais. » Elle a passé des heures à entraîner sa progéniture pour qu'enfin arrive le jour béni où elle s'est vue récompensée par la réponse suivante : « Maman, ce sandwich était absolument délicieux. La finesse du pain de mie laissait idéalement s'exprimer toute la puissance roborative du beurre de cacahuètes dont la densité se mêlait subtilement à la fraîcheur citrique de la gelée de raisin. Les mini-carottes sous vide avaient un merveilleux petit arrière-goût de saccharine tout en conservant la glorieuse intégrité de leur croquant à chaque mise en bouche. Le Cacolac était une proposition intéressante – un tantinet régressive dans l'esprit, mais d'une robustesse bienvenue – et la part de cake individuelle, une véritable symphonie de génoise spongieuse à souhait et de crème fouettée d'une suavité incomparable – le tout magnifié par un généreux enrobage de chocolat fondu à faire se damner tous les saints. »

Trois propositions pour pimenter le Code pénal

De manière générale, les lois sont conçues pour protéger le public contre toute forme de danger. De manière générale, on entend par « danger » tout phénomène entraînant un péril physique potentiel. De manière générale, le péril physique n'est pas un sujet particulièrement intéressant. Il est vrai qu'il existe des lois dont l'objectif est de protéger le public contre la ruine financière. Il est plus vrai encore que, malgré tout, la ruine financière est parfois inévitable. Et ce qui est absolument incontestable, c'est que le public n'est pas un groupe particulièrement intéressant non plus.

Voilà pourquoi notre système pénal est très loin d'être captivant, car il omet de prendre en compte les trois critères les plus essentiels – les trois critères les plus essentiels étant les suivants :

1. Est-ce que c'est élégant ?
2. Est-ce que c'est amusant ?
3. Est-ce que ça sait rester à sa place ?

Un simple coup d'œil à cette liste permet de comprendre que non seulement ces trois questions englobent toutes les contingences prévues par le système actuel, mais, plus important encore, qu'elles s'attaquent de manière frontale aux véritables vicissitudes de la vie moderne. Elles constituent donc la seule et unique base sur laquelle fonder un système judiciaire raisonné. Et, à partir de dorénavant, elles seront donc considérées comme telles. Si vous répondez par la négative à l'une ou l'autre de ces trois questions, alors c'est que vous êtes dans l'illégalité. Afin que les choses soient bien claires pour tout le monde, je vais à présent envisager chaque question séparément, même si vous aurez bien évidemment compris qu'elles sont aussi indissociables que les cinq doigts de la main.

Est-ce que c'est élégant ?

Quand j'étais en primaire, l'usage voulait qu'au début de chaque année la maîtresse nous explique le principe de la liberté individuelle en démocratie par le biais de la déclaration suivante : « Votre droit à faire de grands moulinets avec les bras s'arrête là où commence le nez de votre prochain. » Sentiment admirable, assurément ; mais auquel fait défaut le petit je-ne-sais-quoi qui le rendrait vraiment digne de considération.

En un mot comme en cent, cette formule est complètement à côté de la plaque. Pour ma part, je préférerais de loin être heurtée au visage plutôt que dans ma sensibilité. C'est pourquoi je propose de la remplacer par celle-ci : « Votre droit à porter un jogging en polyester couleur menthe à l'eau s'arrête là où mon œil commence. » Si d'aventure l'idée vous prenait d'ignorer cet édit, vous seriez immédiatement déféré devant le parquet pour faute de goût caractérisée.

Afin de parer à la déferlante de lombrics qu'on peut s'attendre à voir jaillir de cette boîte de conserve demeurée jusqu'ici hermétiquement close, un Commissaire au Bon Goût sera nommé, dont la mission consistera à faire appliquer les peines prévues pour les infractions suivantes :

A. La construction d'immeubles ressemblant à des rasoirs électriques géants.
B. Les publicités à la télévision ou dans les magazines qui font appel à des vrais gens plutôt qu'à des mannequins professionnels.
C. Les cigarettes colorées (si Humphrey Bogart se contentait des blanches, vous pouvez bien vous en contenter vous aussi).
D. Les glaçons de formes diverses (les fleurs, c'est pour votre boutonnière, pas pour votre verre de whisky).
E. Les aéroports qui sont tombés aux mains de designers ayant un penchant prononcé pour la simplicité audacieuse.
F. Les meubles qui ressemblent à des objets avec lesquels les petits enfants jouaient dans les années 1940.
G. Les tee-shirts à manches longues floqués de motifs en trompe-l'œil leur donnant l'apparence d'un veston et portés exclusivement par les gens qui n'ont jamais l'occasion de mettre un veston à part pour aller au boulot.

Toute personne reconnue coupable des crimes ci-dessus énoncés se verra condamnée, au choix, à purger une peine de quatre-vingt-dix jours d'intense promiscuité avec l'inventeur du poster central détachable des magazines pour hommes ou à passer soixante-douze mois à Los Angeles.

Est-ce que c'est amusant ?

Autrefois – il y a très, très longtemps –, l'éloquence était une qualité primordiale. Les gens qui étaient capables de tourner leurs phrases avec élégance faisaient l'objet d'une grande admiration. Le bon mot était une denrée fort prisée. Ce fut l'âge d'or de l'épigramme.

Le temps a passé, et peu à peu les gens se sont tournés vers une autre préoccupation : être appréciés. Ceux qui étaient capables d'une poignée de main virile faisaient l'objet d'une grande admiration. La familiarité était une denrée fort prisée. Ce fut l'âge d'or du télégramme.

Il apparaît aujourd'hui que les gens ne veulent plus qu'une seule chose : être bien reposés. Ceux qui sont capables de passer une bonne nuit de sommeil font l'objet d'une grande admiration. L'inconscience est une denrée fort prisée. C'est l'âge d'or du milligramme.

Loin de moi l'idée de faire du boucan pendant que vous dormez, mais je me permets tout de même de vous signaler que vous êtes en état d'arrestation pour cause d'ennui assommant. Le Commissaire à la Faconde vous soupçonne d'un ou plusieurs délits parmi les suivants :

A. Au lieu de pratiquer l'art de la conversation, vous préférez communiquer avec vos semblables en donnant de petites tapes amicales dans le dos d'inconnus immergés dans une piscine d'eau chaude où ils revivent les événements traumatiques de leur enfance.

B. Vous pensez que le mouvement de libération des femmes a *vraiment* le sens de l'humour.

C. Dans la conversation courante, vous employez des expressions utilisées comme slogans sur des tee-shirts.

D. Vous partagez l'intérêt apparemment inextinguible que portent les présentateurs télé à la vie privée de personnalités homosexuelles parfaitement inconnues à juste titre.
E. Vous éprouvez le besoin de parler de vos pensées les plus intimes avec six personnes par semaine, dont l'une est payée pour vous écouter.
F. Vous n'éprouvez plus le besoin de parler de vos pensées les plus intimes avec six personnes par semaine, dont l'une est payée pour vous écouter, parce que vous avez le sentiment qu'Erica Jong a déjà tout dit.
G. Vous êtes un présentateur de jeu télévisé tellement persuadé que tout le monde est candidat à la roue de la fortune que vous annoncez votre prochain invité ainsi : « j'accueille maintenant le sympathique Henry Kissinger ! »

Si vous vous rendez coupable de l'un de ces crimes, vous serez condamné, au choix, à un an d'abonnement au magazine *Psychologie* ou à un séjour de soixante-douze mois à Los Angeles.

Est-ce que ça sait rester à sa place ?

Sous la juridiction du Commissaire aux Convenances, le champ d'application de l'adage « Une place pour chaque chose et chaque chose à sa place » a été élargi afin d'inclure le corollaire suivant : « Une place pour chacun et chacun à sa place. » Vous n'êtes pas à votre place, ou vous êtes directement responsable du fait que quelque chose n'est pas à sa place, si vous commettez l'une des offenses suivantes :

A. Vous êtes un homme qui participe à des stages d'éveil à la pleine conscience.

B. Vous êtes une femme qui participe à des stages d'éveil à la pleine conscience.
C. Vous êtes un chien et vous vivez à New York, probablement dans mon quartier.
D. Vous êtes une tenue de camouflage de l'armée portée par quelqu'un qui n'est pas soldat actuellement en poste dans le sud-est asiatique.
E. Vous êtes de la moquette et vous êtes dans la salle de bains.
F. Vous êtes en route vers chez moi et vous n'avez pas appelé avant.
G. Vous écrivez de la poésie et vous n'êtes pas mort.

Quiconque est reconnu coupable de l'un ou l'autre de ces crimes sera condamné, au choix, à être un dessert servi dans une verrine ou à passer soixante-douze mois à Los Angeles.

Une affaire de famille (petite fable morale)

L'adjonction de l'épithète *naturel* au mot *accouchement* laissait entendre qu'il avait existé autrefois une forme *non naturelle* d'accouchement. Les défenseurs de ce concept avançaient que, pendant des milliers d'années, les femmes avaient mis des bébés au monde dans la quiétude et l'intimité de leur foyer ou de leur rizière simplement en s'allongeant et en respirant très fort. Se ruer à l'hôpital, se faire injecter des tas de produits chimiques et être entourée d'une noria de médecins – ce n'était pas bien. Ce n'était pas comme ça que c'était censé se passer. Certaines étaient sensibles à ces arguments. D'autres refusaient de les entendre – mais sans véhémence pour autant, fortes de la conviction viscérale qu'elles étaient parfaitement en droit d'aller à l'encontre de la nature. Elles aimaient se ruer à l'hôpital. Elles étaient enchantées qu'on leur injecte des tas de produits chimiques. Elles adoraient être entourées d'une noria de médecins. Pour elles, ce refus du naturel était un mode de vie en soi. Droites dans leurs bottes médicalement assistées, elles se saluaient avec des regards lourds de connivence et se disaient au revoir en se murmurant, en français, « *à rebours* ». Elles étaient très contentes d'elles-mêmes et persuadées d'incarner le summum de la sophistication, compte tenu des circonstances qui étaient les leurs – des circonstances résolument hétérosexuelles, et donc limitées.

Puis une rumeur inquiétante se mit à sourdre dans les rangs de cette petite coterie. De troubles confidences circulaient en catimini. Les hordes empressées d'antan désertaient peu à peu les salles d'attente des cabinets huppés. Après plusieurs mois de messes basses et de spéculations, la vérité éclata au grand jour : un groupuscule chichiteux avait mis au point une nouvelle méthode, en comparaison de laquelle accoucher de manière classique, en milieu hospitalier, passait pour une pratique à peu près aussi barbare que de manger son propre placenta. Les membres de cette faction avaient entièrement tourné le dos aux fonctions corporelles et se procuraient leurs enfants en faisant la tournée des bars new-yorkais.

Le plus populaire de ces bars, le Petit Poussin, était situé au cœur d'un immeuble de ville dans un quartier à la mode non loin de l'East River. Les aspirantes mères arrivaient en taxi ou en voiture avec chauffeur et frappaient vigoureusement à la porte laquée couleur chocolat, que venait leur ouvrir une septuagénaire à l'amabilité de pure façade que tout le monde appelait Mamie.

Une fois qu'elles avaient montré patte blanche, elles allaient s'asseoir à de petites tables ou s'accouder au bar et observaient avec attendrissement les enfants rassemblés dans la pièce. Elles parlaient très peu, échangeant de temps à autre quelques commentaires succincts sur la qualité de la marchandise : « Tu trouves qu'il me ressemble ? », « Si ça, ce n'est pas un futur président du bureau des élèves ! », ou encore : « Tu crois qu'elle fera son lit tous les matins ? » Les plus agressives étaient faciles à repérer : elles abordaient bille en tête les bambins d'allure prometteuse et leur susurraient : « Tu veux jouer à chat, mon bonhomme ? » Ou alors elles entraînaient à l'écart une petite fille blonde comme les blés et lui glissaient en douce un cookie en lui faisant miroiter qu'elle pourrait en avoir plein d'autres à la maison.

Les enfants avaient eux aussi de la roublardise à revendre, et certains de ces petits chenapans étaient prêts à tout. Les mères qui semblaient les plus permissives trouvaient rapidement preneur et, au fil de la soirée, il n'était pas rare qu'on vît les plus désespérés des candidats à l'adoption se consteller discrètement l'arête du nez de taches de rousseur mignonnes à croquer à l'aide d'un crayon à sourcils astucieusement dissimulé, ou qu'on les entendît lâcher en passant, avec une absence calculée de discrétion, qu'ils voulaient devenir médecins quand ils seraient grands.

Nul témoin de cette scène, à moins d'être aveugle, n'aurait pu manquer de remarquer que certaines clientes, évitant le gros de la foule, se rendaient directement dans l'arrière-salle, réservée aux goûts plus spécialisés. Les marmots y déambulaient avec une bretelle de salopette déboutonnée en signe de reconnaissance. Une bretelle gauche déboutonnée voulait dire : *je suis insolent… je ne fais pas mes devoirs… je ferai pipi au lit jusqu'à quinze ans… je vais faire de votre vie un enfer… tous les jours vous vous demanderez ce que vous avez fait au bon Dieu pour mériter un chiard pareil…* Ce petit groupe papillonnait fébrilement autour des adultes qui tenaient leur cigarette de la main droite, ce qui signifiait : *ne t'inquiète pas, tout va s'arranger… qu'est-ce qui te ferait plaisir ?… mais non, voyons, ce n'est pas ce que je voulais dire… qu'est-ce que j'ai fait de mal ?*

Si la bretelle *droite* était déboutonnée, cela signifiait : *c'est ma faute… je vais faire des efforts… j'avoue… désolé, je ne suis qu'un bon à rien.* Ce gang était irrésistiblement attiré par les adultes qui tenaient leur cigarette de la main droite, ce qui voulait dire : *privé de dessert… file dans ta chambre… je les ai jetés à la poubelle… non, chez nous on ne fête* pas *Noël.*

On imagine bien que cette situation ne pouvait pas durer éternellement. Les parents tentés par les voies artificielles étaient de plus en plus nombreux à fréquenter le Petit Poussin. Bientôt il en vint même de la lointaine banlieue. « Le week-end, se plaignaient les habituées, c'est l'horreur. Vous avez vu les enfants qu'il y avait la semaine dernière ? Que des dyslexiques. Non mais franchement. »

Toute cette activité finit par attirer l'attention de la police, qui fit une descente dans les locaux du Petit Poussin un samedi soir, tard dans la nuit. « Les mains en l'air, bande de petits mervers ! » hurlèrent les flics à un groupe d'enfants qui s'accrochaient aux jupes de femmes arborant des tabliers suspects. « Plutôt mourir que grandir ! » rétorquèrent les gosses. Soudain, un petit garçon lâcha la main de sa toute nouvelle conquête maternelle, courut vers le bar et attrapa une bouteille de lait. « Bouge pas, toi ! » crièrent les forces de l'ordre. La sommation tomba dans l'oreille d'un sourd, et le petit garçon fut rejoint par trois autres spécimens appartenant à cette engeance d'enfants qui ne savent pas s'arrêter. Ils vidèrent leurs bouteilles à grandes lampées en toisant la police d'un air de défi, la lèvre retroussée en un rictus narquois et ornée d'une moustache de lait. Les hommes en bleu, ulcérés par cette provocation, répondirent en ouvrant le feu. Les quatre enfants tombèrent sous les balles. Et voilà le sort tragique réservé à tous les petits imprudents qui jouent à Qui Mère Gagne.

Petit tour d'horizon

Départ

Je grimpe à bord d'un Boeing de la Trans World Airlines à destination de Milan, première étape de ma folle tournée européenne. L'avion est bourré à craquer d'Italiens (ce à quoi je n'étais psychologiquement pas préparée). Je suis armée de trois cartouches de cigarettes Vantage achetées au duty-free et d'une longue liste de numéros de téléphone dont je sais pertinemment qu'elle ne me servira à rien ; enfin quoi, vous me voyez appeler quelqu'un et lui dire : « Bonjour, vous ne me connaissez pas mais mon coiffeur couche de temps en temps avec votre attachée de presse, alors je me disais que vous pourriez peut-être me faire visiter un peu Paris » ? Le vol se déroule sans encombre, mis à part le fait que mon voisin de gauche, un producteur de farine milanais qui porte un costume vert pomme en mohair, tombe fou amoureux de moi, m'obligeant à passer les trois dernières heures du voyage à faire semblant d'être plongée dans le coma.

Milan

Milan est une charmante petite ville. Une jolie cathédrale, *La Dernière Cène*, une gare ferroviaire glamour en diable construite par Mussolini, la Scala, et bien d'autres attractions encore. On peut diviser les Milanais en deux groupes : ceux qui travaillent pour les diverses éditions du magazine *Vogue* et les autres. Ceux qui travaillent pour les diverses éditions du magazine *Vogue* sont très sociables et aiment sortir. Ceux qui ne travaillent pas pour les diverses éditions du magazine *Vogue* peuvent se montrer très sociables eux aussi, mais leur anglais laisse à désirer. Presque tous les gens que je rencontre à Milan sont communistes, en particulier les riches. Milan est une ville fortement politisée qui grouille de graffitis communistes et de soldats. Tout le monde à Milan est bien habillé.

À Milan, il est impossible de se procurer gratuitement des allumettes. Une pochette d'allumettes à deux rangées coûte cent lires, ce qui équivaut à quinze *cents* en argent réel. J'en ai été consternée – et doublement contrariée chaque fois que quelqu'un m'a demandé du feu. Chaque fois que quelqu'un m'a *proposé* du feu, en revanche, j'en ai été aussi bouleversée que si j'avais gagné au loto.

Les pièces de monnaie sont une denrée rare en Italie. Quand vous achetez quelque chose et que le commerçant doit vous rendre la monnaie, il vous donne des bonbons ou des timbres à la place. Si une telle mésaventure devait vous arriver, surtout ne prenez pas ces timbres à la légère. Apparemment, les bureaux de poste n'existent pas en Italie, alors si jamais vous avez besoin d'un timbre, c'est votre seule chance.

À Milan, tout le monde travaille, et s'il pleut, c'est la faute des Romains.

Rome

À Rome, personne ne travaille, et s'il pleut *et* que les Romains s'en rendent compte, c'est la faute des Milanais. Les Romains passent leur temps à déjeuner. D'ailleurs ils font ça très bien – Rome est incontestablement la capitale mondiale du déjeuner. Rome est très architecturale et ils ont des tas d'œuvres d'art là-bas. Les Romains sont des gens fort sympathiques qui s'intéressent à l'opinion de leur prochain. Quand vous quittez le musée du Vatican, vous remarquez sur votre droite une boîte à suggestions. Je leur ai suggéré d'aménager un plafond acoustique dans la chapelle Sixtine afin d'assourdir le boucan abominable généré par les touristes allemands. On pourrait ensuite reproduire toutes les scènes de Michel-Ange avec de la peinture à l'acrylique, ce qui permettrait de préserver l'esthétique du lieu tout en améliorant ses qualités fonctionnelles.

Je suis restée environ deux semaines à Rome, au cours desquelles la ville a été paralysée par une grève générale à cinq reprises. Je ne sais pas ce que revendiquaient les grévistes ni s'ils ont obtenu gain de cause, mais ça n'avait probablement aucune importance. Faire grève à Rome relève plus d'une question de style que d'économie. Rome est une ville complètement givrée à tous égards. Il suffit d'y passer une heure ou deux pour se rendre compte que les films de Fellini sont en réalité des documentaires.

Le rock'n'roll n'existe pas en Italie, si bien que tous les jeunes Romains ambitionnent de devenir star de cinéma plutôt que junkie – information précieuse pour ceux d'entre vous qui appréciez la compagnie des individus n'ayant pas encore atteint leur majorité, car cela signifie qu'il est possible d'avoir une conversation avec un adolescent de quinze ans sans être saisi d'une irrépressible envie de vomir.

Cannes et son festival

Cannes, c'est mignon comme tout. Plein de grands hôtels tout blancs, de jolies plages, des starlettes, des yachts, des soirées extravagantes, un casino et des gens qui parlent anglais. Les producteurs se démènent pour trouver quelque chose à produire. Les réalisateurs se démènent pour trouver quelque chose à réaliser. Les vendeurs se démènent pour trouver des acheteurs. Les acheteurs se démènent pour trouver des vendeurs. Et les serveurs se démènent pour vous ignorer. Le meilleur moyen pour rencontrer des gens à Cannes est de s'asseoir à la terrasse du Carlton et de commander à boire. Deux ou trois heures plus tard, le serveur vous apportera le martini d'un autre client. Levez-vous, brandissez le martini d'un air affolé et regardez autour de vous. Quelques tables plus loin, vous devriez repérer quelqu'un en train de considérer d'un air perplexe le Perrier-rondelle qui vous était destiné, et hop, le tour est joué – vous voilà bien parti pour vous faire un nouvel ami et/ou beaucoup d'argent.

Environ deux cents films sont projetés quotidiennement à Cannes pendant le festival. J'en ai vu deux et demi. Aller en France coûte les yeux de la tête, et puis, si j'ai envie d'aller au cinéma, il y en a plein à New York. De toute façon, vous savez ce qu'on dit sur les salles de projection – dans le noir, elles se ressemblent toutes.

Paris

Paris est sublime. À ce titre, elle possède tous les attributs qu'on retrouve en général chez les créatures sublimes : l'élégance, la séduction, l'opulence, la prétention et une incapacité totale à écouter la voix de la raison, doublée d'un refus obstiné d'écouter la voix de la raison. Donc, si jamais vous allez là-bas, soyez prévenu : chaque fois que vous poserez une question à un Parisien, même avec la plus extrême politesse et en articulant bien, il persistera à vous répondre en français.

SCIENCES

La science

La science manque singulièrement de charme. Elle est mal proportionnée, attifée n'importe comment et souvent un peu trop exaltée. Quel est donc l'attrait de la science ? me direz-vous. Comment expliquer qu'elle soit si populaire ? Et qui a lancé cette mode ?

Afin de mieux comprendre le penchant de notre époque pour la science, il est nécessaire d'effectuer un léger retour en arrière. Ce faisant, on découvre que plus on remonte dans le temps, moins on a de chances de trouver de la science ; et celle qu'on trouve est en général de meilleure qualité. Par exemple, quand on étudie la science d'antan, on tombe sur des concepts tout à fait intéressants tels que la gravité, l'électricité ou la rotondité de la Terre – alors qu'un bref survol des avancées scientifiques les plus récentes permet de s'apercevoir que notre époque aurait plutôt tendance à se passionner pour le fromage en bombe, les jeans stretch et le synthétiseur Moog.

Ces observations apportent indubitablement de l'eau au moulin de ma théorie, à savoir que la science moderne a été conçue en grande partie pour répondre au problème de la domesticité, et qu'elle est pratiquée en majorité par des gens qui n'entendent strictement rien à l'art de la conversation.

Dès lors, on ne s'étonnera pas de constater que le moment où la science commence à montrer son visage le plus rebutant coïncide avec l'abolition de l'esclavage. Les inventions et les découvertes ont progressivement perdu de leur désirabilité à mesure qu'il devenait de plus en plus difficile de trouver du bon personnel de maison.

Avant l'avènement de cette regrettable situation, le scientifique ne se préoccupait pour l'essentiel que de questions théoriques. N'ayant nul besoin de pourvoir lui-même à ses divers besoins puisque quelqu'un d'autre s'en chargeait pour lui, il ne voyait, à juste titre, aucune raison valable d'enquiquiner ses contemporains en trouvant des applications pratiques à ses savantes découvertes. En conséquence, il se créait bien plus d'écoles de pensée que d'écoles de codage informatique. Que la situation fût plus plaisante qu'elle ne l'est aujourd'hui, nul ne songerait à le contester, et il suffit de regarder autour de soi pour comprendre que la trivialité de la science moderne est l'œuvre d'hommes que leur frustration face au chaos domestique a conduits tout droit à la folie. Même dans les rares cas où, de fait, l'apport d'une petite touche pratique n'était pas totalement injustifié, on remarque que tous les grands scientifiques ont en commun une légère tendance à s'emballer.

Prenons un exemple typique de ce syndrome : Thomas Edison, l'inventeur de l'ampoule électrique, dont le but initial était de permettre à tout un chacun de pouvoir lire la nuit. Invention ô combien mirifique, admirable – et qui lui eût assurément valu d'occuper pour l'éternité une place de choix dans le cœur et l'esprit des hommes civilisés s'il n'avait trahi la cause scientifique en inventant par la suite le phonographe. Cette bévue en apparence anodine allait avoir des conséquences désastreuses à long terme, entraînant l'installation d'enceintes stéréo quadriphoniques dans les moindres surfaces habitables de l'univers tout entier et empêchant ainsi les individus les plus évolués de jouir en toute quiétude de l'autre invention qu'Edison avait eu pour le coup la *bonne* idée de mettre au point. Si l'on suit cette ligne de raisonnement jusqu'à sa conclusion logique, il apparaît clairement que tous les aspects fâcheux de la science, presque sans exception, sont d'une manière ou d'une autre la conséquence d'un monstrueux dévoiement du concept de lecture nocturne. La lecture n'est pas un passe-temps spécialement populaire – c'est ce qui explique que l'immense majorité de l'humanité ait accueilli à bras ouverts des inventions telles que le scooter des neiges, le lecteur de cassettes et la radio CB. Si ces nouveaux équipements n'ont pas entièrement éradiqué le goût du public pour les lampes électriques, c'est uniquement parce que les gens rechignent à jeter aux ordures leurs bouteilles de sangria vides alors qu'elles sont en parfait état.

Les scientifiques sont rarement des boute-en-train. Mal à l'aise en soirée, paralysés par la timidité en présence d'inconnus, inaptes à l'ironie, ils n'avaient d'autre choix que de se tourner vers l'étude des objets de la vie quotidienne. Cela les a bien occupés au fil des siècles, car c'est là un champ de recherche inépuisable, et il est même arrivé de temps à autre qu'ils soient récompensés de leurs efforts par telle ou telle heureuse intuition.

Ainsi l'électricité est-elle née directement de l'intérêt que portait Franklin à l'orage et aux éclairs ; le concept de gravité découle en droite ligne de l'expérience menée par Newton avec une simple pomme ; quant à la machine à vapeur, elle n'aurait jamais vu le jour si Watt n'avait pas passé des heures à contempler sa bouilloire.

Allez vous étonner après ça que de pareils individus ne soient jamais invités à dîner en ville. Force est d'admettre qu'une personne capable de passer plusieurs heures les yeux rivés sur un ustensile de cuisine ne présente pas exactement les qualités requises d'un bon convive. Il serait bien trop risqué de l'inviter – imaginez si la personne en question se piquait de vouloir partager ses pensées avec ses voisins de table. Les lois de la physique ne sont pas particulièrement hilarantes. Les symboles mathématiques se prêtent assez peu aux calembours. Les propriétés chimiques n'incitent guère à se taper les cuisses. Par conséquent, la présence de plus d'un scientifique à un dîner est parfaitement intolérable. Si la chose ne peut être évitée, on pourra en toute sérénité convier un scientifique à une soirée, à la condition expresse que celui-ci soit le seul et unique représentant de sa profession. Avoir plus d'un scientifique à table est de très mauvais augure – et de très mauvais goût. La fission atomique, dit la légende, a été inventée un soir où un petit groupe de scientifiques restés tard au labo décidèrent de commander une pizza. Rien que d'y penser, on en a la chair de poule – et l'anecdote est plus terrifiante encore quand on sait qu'un certain nombre de leurs collègues, vexés d'avoir été exclus de ce pique-nique improvisé, se drapèrent dans leur dignité et décidèrent d'organiser une contre-fête en allant dîner à la brasserie du coin, où ils inventèrent le polyester.

Des progrès de la science appliqués au bien-être des ongulés

Je déjeunais récemment avec une amie, membre pratiquante de la classe oisive, lorsque tout à coup (comme cela arrive si souvent) le sujet de la manucure arriva sur le tapis. Mon amie, après m'avoir gentiment morigénée en voyant l'état de mes ongles qu'elle jugeait lamentable, me suggéra avec insistance de l'accompagner au salon ultra sophistiqué auquel ses propres ongles devaient leur condition impeccable. Quand j'appris ce qu'il m'en coûterait financièrement de la suivre dans une telle expédition, ma lèvre supérieure se retroussa en un léger sourire aussi intraitable que séduisant, et je déclinai son invitation, sans grand regret. Cependant, incapable de refréner l'insatiable curiosité qui m'anime en permanence, je ne pus m'empêcher de lui demander en quoi pouvait bien consister le traitement auquel on soumettait ces pauvres ongles pour qu'une telle procédure fût aussi onéreuse.

« Ma foi, répondit mon amie, on les lime, on les enveloppe, on les vernit, et si nécessaire on peut même faire une greffe.

– Une greffe, répétai-je. Comment ça, une greffe ?

– Eh bien oui ! Si jamais je me casse un bout d'ongle

et que je le leur apporte, ils peuvent me le remettre ; mais si par malheur je l'ai perdu, ils peuvent utiliser celui de quelqu'un d'autre grâce à la banque des ongles.

– La banque des ongles, répétai-je.

– Oui », dit-elle, et elle entreprit alors de me fournir de plus amples explications, mais j'avoue que je ne l'écoutais déjà plus, emportée par le tourbillon d'images qui déferlait soudain dans mon cortex. Je quittai la table en proie à la sidération la plus totale, et je ne conserve qu'un vague souvenir des heures qui suivirent, tant mon cerveau était assailli par de stupéfiantes visions de banques ongulaires. Depuis, j'ai mené ma petite enquête, et voici comment la chose fonctionne.

Chaque année est organisée une grande campagne d'appel au don d'ongles. Des bénévoles installent des barnums devant des établissements susceptibles d'accueillir de potentielles donneuses, tels que des pensionnats de jeunes filles, des clubs de remise en forme, des bureaux de dactylographie et des boutiques de sacs à main. La donneuse pénètre sous la tente, s'installe sur une méridienne en velours matelassé et tend les deux mains. La bénévole lui arrache soigneusement trois ongles de chaque main à l'aide d'une pince (s'en faire arracher plus serait dangereux ; s'en faire arracher moins témoignerait d'un manque de charité) puis offre à la donneuse un grand verre de gélatine Knox pour l'aider à se remettre de ses émotions. Les ongles prélevés sont ensuite placés dans des boîtes stériles et expédiés en urgence à la banque des ongles. Une fois arrivés à bon port, ils sont étiquetés conformément à la typologie suivante :

Groupe O – Ovale
Groupe A – Anguleux
Groupe B – Bombé (légèrement)
Rhésus négatif – Rongé jusqu'à l'humérus (inutilisable)

Lorsqu'une victime de fracture ongulaire est amenée dans le salon, une équipe de manucures dévouées analyse son type d'ongle, trouve un greffon compatible puis procède à la transplantation avec la plus extrême méticulosité. La banque est souvent à court de spécimens, toutefois, et il n'est pas rare que la victime doive attendre plusieurs jours avant que l'ongle idoine soit disponible. Certaines mesures ont été prises, bien entendu, afin de pallier cette carence chronique. Pendant la campagne annuelle de sensibilisation, des bénévoles passent la ville au peigne fin à la recherche de jeunes filles trop égoïstes pour faire don de leurs ongles de leur vivant et s'escriment à les convaincre d'en faire au moins le don *post-mortem*. Les jeunes filles qui acceptent se voient remettre une carte de donneuse qu'elles doivent porter sur elles en permanence, indiquant aux autorités compétentes en la matière que, si jamais il devait leur arriver malheur, leurs ongles devront être arrachés afin que puisse être offerte à une autre infortunée la chance d'une repousse ongulaire. Quand l'une de ces filles succombe à un terrible accident qui par miracle a laissé intacts ses ongles, une manucure assermentée est dépêchée sur les lieux, puis la procédure est réalisée sur place dans les plus brefs délais et le respect de la dignité humaine.

Il arrive que la situation se complique, par exemple quand deux filles ont besoin d'un ongle du même type mais qu'il n'y en a qu'un seul disponible à la banque. Dans un tel cas de figure, l'ongle revient, comme il se doit, à celle qui donne les plus gros pourboires, mais il se peut que les deux filles soient de compétence égale dans ce domaine. Pour les départager, elles doivent comparaître devant une instance judiciaire qu'on appelle la Commission Émeri. La Commission Émeri est composée de quatre experts : un coiffeur, un serveur, un concierge et Une Autre Femme. Les membres de la commission posent aux deux filles trois questions de la plus haute pertinence :

1. Où allez-vous ce soir ?
2. Avec qui ?
3. Habillée comment ?

Les deux filles sont ensuite priées de sortir de la salle d'audience afin de laisser les juges délibérer. La plupart du temps, les réponses données aux questions de la commission permettent à celle-ci de parvenir à une décision, mais il peut arriver qu'il y ait match nul, auquel cas c'est l'impasse. Les filles ont toutefois la possibilité de faire appel. La Cour d'Appel est présidée par un photographe caractériel assisté d'un rédacteur en chef de magazine de mode atrabilaire. La Cour d'Appel est une institution plus visuelle que verbale, qui décerne ses jugements favorables sur la base d'un seul et unique critère : la qualité du vernis. En règle générale, les décisions de la Cour d'Appel sont irrévocables. Cependant, lors d'une récente affaire qui a défrayé la chronique, les juges ont statué en faveur d'une fille habitant dans l'Upper West Side alors que l'autre vivait à Beekman Place. Cette décision a été promptement annulée par la Cour de cassation, au grand soulagement des juges eux-mêmes qui, eux aussi, croient dur comme fer à la sagacité de ce vieux dicton : « La plus grande des qualités pour réussir dans la vie, c'est l'adresse. »

Horloges numériques et calculettes : ces fléaux qui menacent la jeunesse

Je fus à maints égards une enfant précoce. Dès ma venue au monde brillait dans mon regard une profonde lueur d'intelligence, et je fus, loin devant les autres, la première fillette de mon quartier à employer le mot *indisposée* dans la conversation courante. Néanmoins, mon enfance ne fut pas pour autant l'étourdissante partie de plaisir qu'on pourrait imaginer. Mes talents de siffleuse étaient médiocres, et aujourd'hui encore je suis totalement incapable d'éprouver un tant soit peu de compassion pour les gerbilles. Mais je m'intéressais déjà à l'époque aux grandes questions de l'existence ; c'étaient – et ce sont toujours – les petites choses de la vie qui me laissaient pantoise.

Je n'ai su lire l'heure qu'à neuf ans. C'est un âge particulièrement tardif pour maîtriser cet art, sauf peut-être dans le sud de la Californie.

Mes parents – et comment leur en vouloir ? – étaient catastrophés par mon inaptitude à lire l'heure, car ils étaient assez perspicaces pour deviner qu'une enfant douée d'une verve et d'un sens de la repartie aussi prononcés aurait besoin un jour ou l'autre d'un avocat payé à l'heure. Par ailleurs, ils subodoraient dans leur infinie sagesse qu'il était extrêmement improbable que la facture dudit avocat soit ainsi rédigée : « Consultation préalable à signature de contrat avec agent, cent cinquante dollars. Une heure et demie. De la grande aiguille sur le 12 et la petite sur le 3 à la grande sur le 1 et la petite sur le 6. »

Très préoccupés par mon futur bien-être, mes parents ne ménageaient pas leurs efforts pour tenter de m'inculquer le savoir qui se refusait si cruellement à mon entendement. Tous les soirs, assise à la table de la cuisine, je devais passer des heures à observer une confondante série d'horloges confectionnées avec des cookies à l'avoine, des couvercles de pots de beurre de cacahuètes et des cercles découpés dans du papier coloré. Ils se relayaient pour me faire la dictée, tour à tour maîtres des heures, pour ainsi dire. Ils étaient diligents, patients, gentils, et je hochais la tête d'un air concentré, tout en bouillonnant intérieurement en songeant à l'injustice d'un monde dans lequel nous ne fêtions pas Noël mais étions obligés de savoir mesurer le Temps. Les jours passaient et mon ignorance demeurait, tant et si bien que mes parents caressèrent un moment l'idée de me louer comme jeu de société, ou au moins de m'échanger contre un enfant atteint d'un autre handicap d'apprentissage, car les objets pédagogiques ronds et plats commençaient à leur sortir par les yeux.

Heureusement, une instance extérieure vola à leur secours en la personne de ma tante, qui leur proposa de me prendre chez elle pendant les vacances d'hiver. C'est ainsi que je fus expédiée à Poughkeepsie, où je passai une semaine à me faire tantôt soudoyer à coups de milkshakes à la banane, tantôt torturer à l'aide d'horloges improvisées avec des assiettes en carton, des coussins ronds et des poêles à frire retournées.

La créature que récupérèrent mes parents huit jours plus tard n'avait plus grand-chose à voir avec un enfant – j'étais toujours aussi infichue de lire l'heure et désormais complètement accro aux milkshakes à la banane, dans un foyer où les blenders étaient considérés comme un parangon de frivolité.

Quelques mois plus tard, j'étais dans mon bain lorsque soudain je m'écriai : « Eurêka ! », et enfin mon esprit entrevit la signification de concepts tels que « huit heures moins vingt » et « midi dix ».

Chacun comprendra sans peine que jamais au grand jamais je n'accepterai de céder un pouce de terrain sur ce savoir si durement acquis. Le fait qu'un tel danger relève bel et bien du domaine du possible est entièrement dû à l'invention de l'horloge numérique. J'ai gâché les plus belles années de ma vie à apprendre à lire l'heure, et je n'ai pas l'intention d'y renoncer de sitôt. Et vous non plus, vous ne devriez pas y renoncer. Voici pourquoi :

1. Les horloges normales indiquent l'heure qu'il est vraiment. L'heure qu'il est vraiment étant une heure telle que « sept heures et demie ».
2. Les horloges numériques indiquent une heure qui n'existe pas pour de vrai, par exemple « neuf heures dix-sept ».
3. « Neuf heures dix-sept » est une heure qui n'existe pas pour de vrai car les seules personnes au monde qui soient dans l'obligation de savoir qu'il est neuf heures dix-sept sont les gens qui conduisent le métro.
4. Je ne suis pas conductrice de métro.
5. Vous n'êtes pas conducteur de métro.
6. Je sais cela sans même avoir besoin de vous voir parce que quiconque est dans l'obligation de savoir qu'il est neuf heures dix-sept ne saurait prendre le risque de regarder ailleurs.

7. Le cadran d'une vraie horloge a la forme d'un cadran d'horloge parce qu'il doit inclure tous les éléments nécessaires au fonctionnement d'une vraie horloge, à savoir les chiffres, les aiguilles et les petits traits qui indiquent les minutes.
8. Le cadran d'une horloge numérique a la forme d'un cadran d'horloge pour des raisons parfaitement inexplicables, ce qui ne peut que jeter la jeunesse dans d'insondables affres de perplexité.

Maintenant que j'ai mis les points sur les i en ce qui concerne la question du Temps, j'aimerais attirer brièvement votre attention sur une autre invention inacceptable :

Les calculettes (il m'a fallu trois ans pour apprendre à faire une division à plusieurs chiffres, alors il n'y a aucune raison que ce soit plus facile pour les autres)

1. Le difficultueux apprentissage de la division à plusieurs chiffres est une étape traditionnelle de l'enfance, tout comme l'apprentissage de la consommation de tabac. D'ailleurs, pour moi, les deux vont de pair. Un enfant qui ne sait pas faire une division à plusieurs chiffres par ses propres moyens ne mérite pas de fumer. J'ai bon fond et j'aime beaucoup les enfants, mais j'ai mes principes. Je n'ai jamais donné une cigarette à un enfant avant qu'il ait réussi à me démontrer noir sur blanc qu'il est capable de diviser 163 par 12.
2. Les calculettes ne sont pas données et, de manière générale, les parents feraient mieux de garder leur argent pour eux. Si vraiment ils n'ont pas d'autre choix que de le dépenser pour leur progéniture, sans doute n'est-il pas inutile de leur rappeler qu'un paquet de cigarettes ne coûte en moyenne que soixante-quinze *cents*.

3. Il est absolument contre-nature que *quiconque*, et à plus forte raison un *enfant*, quelles que soient les circonstances, sache diviser 17,3 par 945,8.
4. Les calculettes encouragent les enfants à croire qu'ils possèdent les réponses à toutes les questions. Si cette croyance devait s'enraciner durablement en eux, ils risqueraient de prendre le pouvoir, en conséquence de quoi tous les meubles seraient beaucoup trop petits.

Pour conclure

Je ne suis pas parent à titre personnel. En revanche, j'ai deux filleuls et j'en attends un troisième. Je m'inquiète pour leur avenir, bien évidemment. Si je gouvernais le monde, je peux vous assurer qu'aucun d'entre eux n'aurait l'occasion ne serait-ce que de poser les yeux sur des engins tels que les horloges numériques et les calculettes. Mais je ne gouverne pas le monde, hélas, et c'est là du reste toute l'histoire de ma vie – toujours marraine, jamais reine.

Le combiné téléphonique amplificateur de voix : une bonne nouvelle pour nos amis verbalement contrariés

L'individu lambda réagit à l'arrivée de sa facture de téléphone avec un simple soupir de dégoût, mais pour ma part mon déplaisir est souvent tempéré par un soupçon d'impatience. Car, si contrariant soit-il de recevoir la preuve écrite que l'on a dilapidé ses tout derniers rogatons de jeunesse dans d'onéreuses et triviales conversations, on n'en demeure pas moins impuissant devant le fait qu'on a un penchant particulièrement prononcé pour une bonne grosse séance de lecture. Or – voyez comme la vie est bien faite – il se trouve que les factures téléphoniques que je reçois ne sont pas du genre auquel on jette un rapide coup d'œil ; non, mes factures à moi sont du genre qu'on *feuillette*.

J'étais en train de compulser l'un de ces documents, l'autre jour, lorsque mon attention fut soudain attirée par deux détails troublants. En premier lieu, alors que j'avais passé l'essentiel du mois précédent loin de mon domicile, ma facture faisait état d'un nombre ahurissant d'appels coûteux passés à l'autre bout du continent. Je réfléchis un moment et parvins à la conclusion que cette anomalie était parfaitement explicable pour peu qu'on veuille bien admettre la possibilité qu'un héroïnomane doté d'un solide entregent dans le milieu du cinéma était périodiquement entré par effraction dans mon appartement pour passer quelques coups de fil à Beverly Hills. Je pris le parti d'accepter cette hypothèse sans la moindre réserve. Deuxième puce à l'oreille : un paragraphe, au dos de la page 8, au milieu duquel je tombai sur une liste de modèles d'appareils téléphoniques spécialement conçus pour les usagers les plus exigeants :

1. Combiné Trimline
2. Combiné Princess
3. Combiné Double Carillon
4. Combiné Extenseur de Sonnerie
5. Combiné Contrôle du Volume
6. Combiné Amplificateur de Voix

Je flirtai brièvement avec Double Carillon, puis me laissai tenter par une frivole passade avec Extenseur de Sonnerie – mais c'est l'Amplificateur de Voix qui finit par conquérir mon cœur.

Il me vint à l'idée que le Combiné Amplificateur de Voix avait peut-être été conçu pour venir en aide aux usagers victimes de quelque malheureux accident ayant endommagé leur larynx, mais je me ravisai aussitôt, car il était inconcevable qu'une compagnie de télécommunications puisse faire preuve d'un tel réalisme. Je me remis donc en quête d'une explication plausible, et voici la théorie à laquelle je suis parvenue.

Le Combiné Amplificateur de Voix est destiné aux usagers insipides – tous ceux qui souffrent de graves déficiences de l'éloquence. Ce dispositif capte les remarques les plus plates des pisse-froid et les convertit en saillies verbales étincelantes.

Tout le monde en conviendra, il était grand temps qu'une telle invention vît le jour. Il est toutefois assez improbable que son utilité soit pleinement reconnue par ceux qui en auraient le plus besoin. Il y a donc de fortes chances pour que les Combinés Amplificateurs de Voix soient achetés surtout pour être offerts. Et sans doute n'est-ce que justice ; la personne à l'autre bout du fil sera en effet le principal bénéficiaire de ce cadeau. Car si l'interlocuteur appelant était aussi conscient de ses propriétés soporifiques que l'est l'interlocuteur appelé, il paraît évident qu'il cesserait immédiatement tout commerce téléphonique pour se concentrer sur son apparence personnelle.

Fermement convaincue que la diversité fait tout le sel de l'existence, j'ai pris le soin d'élaborer un catalogue offrant une large sélection de modèles parmi lesquels choisir.

Le combiné Oscar Wilde

Produit un discours entièrement épigrammatique. [...] Personne ne sera dupe, mais dans certains petits cénacles du pays vous serez très populaire [...] dans d'autres vous serez placé en état d'arrestation. [...] Produit plébiscité par les adultes consentants [...] disponible uniquement en jaune.

Le combiné Dorothy Parker

Un petit bijou pour les amoureux du sarcasme [...] particulièrement efficace pour énoncer des commentaires humoristiques sur la question du suicide. [...] Commandez-le maintenant et recevez gratuitement une belle table ronde en cadeau.

Le combiné Gore Vidal

Légèrement plus onéreux, mais vous offre un accès illimité à de franches parties de rigolade. [...] Équipé d'un auto-transformateur. [...] permet de ne plus jamais avoir besoin de deux téléphones [...] parfait pour Monsieur *et* pour Madame.

Le combiné Evelyn Waugh

Idéal pour ravir et épater votre conjoint [...] la technologie dernier cri au service du dédain [...] un incontournable pour les amateurs de saillies assassines.

Le combiné Alexander Pope

Ce modèle comblera les mordus du pentamètre iambique [...] particulièrement divertissant sur toutes les questions capillaires.

La cause principale de l'hétérosexualité dans la population de sexe masculin en milieu urbain (encore une théorie à la mords-moi-le-nœud)

La plainte la plus fréquemment exprimée par les femmes hétérosexuelles vivant à New York concerne la pauvreté de l'offre en termes d'hommes hétérosexuels. Si jamais vos oreilles sont témoin d'une telle récrimination, je ne saurais trop vous conseiller d'enjoindre à la plaignante de se rendre dans un bar de SoHo. Elle s'y retrouvera en effet cernée par une foule si compacte de messieurs virils et fringants qu'elle se demandera qui diable peut bien acheter toutes ces chemises à carreaux en flanelle. Pourquoi, s'interrogera-t-elle, ce quartier en particulier est-il aussi densément peuplé de jeunes gens qui n'ont jamais entendu parler d'Oscar Wilde ? À ces questions, une seule réponse : l'hétérosexualité chez les individus de sexe masculin en milieu urbain s'explique principalement par la surpopulation des colonies d'artistes. C'est un fait scientifique avéré, et voici comment il a été découvert.

Les scientifiques ont observé, sur une longue période de temps, le comportement d'un groupe de vingt rats vivant dans un appartement haut de plafond et équipé de cheminées fonctionnelles. Ces vingt rats étaient tous, comme il est normal dans de telles circonstances, artistes et homosexuels. Cinq d'entre eux, sélectionnés au hasard, furent placés dans une gibecière et transférés dans un loft sur West Broadway. Quatre-vingt-quinze autres rats les rejoignirent ensuite, tous également artistes et homosexuels, et tous également prélevés au hasard dans d'autres écosystèmes naturels tels que des immeubles avec concierge ou des hôtels particuliers reconvertis en maisons de rapport. Dans leur milieu d'origine, aucun de ces cent rats n'avait montré la moindre inclination pour de quelconques pratiques sexuelles inhabituelles. En revanche, dès qu'ils furent plongés dans un quartier où les galeries d'art pullulaient et où il était pour ainsi dire impossible de trouver un restaurant à peu près potable, un schéma inquiétant émergea. D'abord ils arrêtèrent de peindre et commencèrent à développer des concepts. Puis ils adoptèrent un régime à base de raisins secs et de vin rouge bas de gamme mais bien charpenté. Enfin, ils furent un certain nombre à manifester le désir compulsif d'enseigner deux jours par semaine à l'École des arts visuels. Le point de non-retour était dès lors franchi pour les rongeurs, qui se mirent à rechercher la compagnie de congénères femelles ayant fait leurs études dans des pensionnats pour jeunes filles du Vermont à la fin des années 1960.

Les scientifiques, bien entendu horrifiés par la monstruosité qu'ils avaient engendrée en interférant dans l'ordre naturel des choses, tentèrent d'endiguer cette déferlante d'hétérosexualité en s'attaquant au plus grand point faible des rats. Ils sélectionnèrent un petit groupe parmi ceux qui constituaient autrefois la frange la plus radicale des fétichistes sadomasos et les amenèrent sur les quais de l'Hudson, où ils essayèrent de raviver leur vieille flamme en balançant dans les eaux boueuses du fleuve les accessoires vestimentaires auxquels ils tenaient tant avant leur déménagement à SoHo. Ils agitèrent d'abord au-dessus des flots, avant de l'y laisser tomber, une casquette en cuir noire cloutée ; les rats frétillèrent légèrement de la queue mais ne mouftèrent pas. Les scientifiques jetèrent ensuite à l'eau une paire de bottes aux talons armés d'éperons menaçants ; toujours aucune réaction. Enfin, les chercheurs lancèrent à la baille un long fouet en cuir, et leur cœur se souleva de joie lorsqu'ils virent plusieurs de leurs sujets bondir en couinant jusqu'au bord du quai. Hélas, l'instinct avait été définitivement vaincu par le conditionnement, et c'est la mort dans l'âme qu'ils regardèrent, schlague à part, les rats quitter le navire à voile et à vapeur.

Pourquoi j'aime dormir

J'aime dormir parce que c'est à la fois agréable et sans danger. Agréable, parce qu'on ne saurait être en meilleure compagnie, et sans danger parce que le sommeil est le bouclier ultime derrière lequel s'abriter pour échapper à la laideur du monde auquel nous expose invariablement l'état de veille. Ce dont vous n'êtes pas conscient ne peut pas vous faire de mal. Le sommeil, c'est la mort sans la responsabilité.

Le danger, bien entendu, c'est que tout semble indiquer que dormir est une pratique hautement addictive. Beaucoup de gens ne peuvent apparemment pas s'en passer et sont prêts à toutes les extrémités pour défendre leur droit au sommeil. Ce genre de personnes, c'est bien connu, en viennent souvent à sacrifier leur famille, leur foyer et même les échéances que leur a fixées leur éditeur sur l'autel de cet objectif qu'elles poursuivent sans relâche. Je dois avouer que je fais partie, moi aussi, de ces dormeurs, et jusqu'à récemment encore j'en étais toute bourrelée de culpabilité. À force de réfléchir à cette question, cependant, j'ai appris non seulement à me débarrasser de cette culpabilité, mais même à être fière de me compter parmi les exténués chroniques.

J'aimerais faire part ici de mes découvertes afin que mes semblables se sentent à leur tour autorisés à poser sur l'oreiller leur tête trop souvent dressée à la verticale. J'ai donc préparé un petit topo instructif qui gonflera d'orgueil les poitrines du peuple des dormeurs.

Le programme Fran Lebowitz d'étude du sommeil

Le sommeil est un comportement non pas acquis mais inné. Si vos parents étaient des dormeurs, il y a de fortes chances pour que vous le soyez vous aussi. Cela ne doit pas vous inspirer du désespoir mais une grande fierté au contraire, car c'est là un héritage que vous avez en commun non seulement avec votre famille, mais également avec un groupe éminent de personnages historiques célèbres. Il n'est que de lire la liste suivante pour prendre la mesure de l'extraordinaire diversité qui caractérise ce groupe.

Quelques personnages historiques célèbres qui étaient de gros dormeurs

DWIGHT D. EISENHOWER – Si on se souvient surtout de Ike (comme le surnommait affectueusement la nation américaine éperdue d'adoration) pour ses talents de golfeur, il ne fait pas le moindre doute qu'il avait depuis l'enfance un don particulier pour le sommeil – dont il ne manqua d'ailleurs pas de faire usage durant ses années passées à la Maison-Blanche. On peut même aller jusqu'à affirmer que le sommeil était pour lui une passion de chaque instant, au point qu'on avait du mal à faire la différence entre le Ike endormi et le Ike éveillé.

WILLIAM SHAKESPEARE – Surnommé « le Barde » dans les cercles des jongleurs de mots, c'est surtout en tant que dormeur que Shakespeare fit montre d'une inspiration aussi prolifique qu'inégalée dans toute l'histoire de la littérature, comme l'atteste le lit découvert dans la maison qu'il occupait à Stratford-upon-Avon. On trouve par ailleurs de nombreuses références au sommeil dans son œuvre, et quoique certains exégètes aient pu contester qu'il fût le véritable auteur de ses assoupissements (le principal débat qui agite aujourd'hui la communauté scientifique tourne autour de l'hypothèse selon laquelle c'est en réalité Sir Francis Bacon qui dormait à sa place), tout porte à croire que William Shakespeare était bel et bien un dormeur émérite.

e. e. cummings – On ne dispose que de très peu d'éléments prouvant que e. e. cummings était un dormeur, c'est vrai ; aussi estime-t-on le plus souvent que c'était sans doute plutôt un adepte de la micro-sieste.

En toute logique, si tant de personnages historiques célèbres étaient des dormeurs, on ne peut qu'en déduire que le sommeil a été un facteur décisif dans certaines des plus grandes avancées de l'humanité. En voici une petite liste non exhaustive.

Quelques contributions à la culture mondiale que l'on doit à des dormeurs

L'architecture
Le langage
La science
La roue
Le feu

Voilà qui devrait suffire, je pense, à faire sortir les consciences de leur sommeil dogmatique.

Le beau temps et sa propension à fréquenter les quartiers huppés

On croyait autrefois que le climat était déterminé par toute une flopée de divinités dont chacune était responsable d'une variété météorologique bien précise. Puis vinrent les grandes religions, et les gens adoptèrent peu à peu un point de vue plus modeste sur la question, fondé sur l'hypothèse d'un dieu unique mais qui faisait beaucoup de déplacements. Nombreux sont ceux qui campent aujourd'hui encore sur cette position, même si la majorité souscrit à une théorie météorologique s'appuyant essentiellement sur la formation des nuages, la pression atmosphérique, la vitesse du vent et d'autres paramètres semblablement scientifiques. Enfin, il y a ceux qui pensent que la météo et l'impact qu'elle a sur notre existence sont le pré carré exclusif de présentateurs télé à la voix mielleuse armés de gros feutres marqueurs. Nous avons donc le choix entre trois grandes théories pour expliquer quel est le facteur déterminant du temps qu'il fait :

A. Dieu
B. La nature
C. La tessiture vocale

Les esprits désinvoltes trouveront peut-être que ces trois écoles de pensée n'ont strictement aucun rapport entre elles. C'est le problème avec les esprits désinvoltes ; leur désinvolture – cette qualité naguère si prisée... si séduisante... si audacieuse – est précisément ce qui rend leurs jugements trop hâtifs et, partant, souvent erronés. Les esprits vigilants, à l'inverse, seront prompts à détecter entre ces théories une similarité tout à fait frappante, à savoir qu'elles reposent toutes les trois sur un socle parfaitement instable et capricieux : Dieu peut changer d'avis, la nature peut changer son cours, et la voix, on ne le sait que trop bien, hélas, peut changer de registre.

Nous pouvons en conclure qu'aux yeux du monde, de manière générale, la météo a quelque chose, sinon tout, de la figure romantique – encline à s'agiter frénétiquement çà et là, à faire tantôt pleuvoir, tantôt neiger, à souffler le chaud et le froid au gré d'humeurs lunatiques assez surprenantes, pour ne pas dire parfaitement grotesques chez quelqu'un de si mature. Ma foi, le monde peut bien penser ce qu'il veut, pour ma part je refuse catégoriquement de souscrire à une logique aussi tordue, et j'ai donc entrepris de formuler une quatrième théorie, à mon avis bien plus sensée.

« Pourquoi, me demandai-je un jour, la météo devrait-elle être différente de vous et moi – ne sommes-nous pas tous égaux ? » Face à une question aussi stupéfiante de limpidité, je ne pus que me répondre à moi-même : « Aucune raison à cela, Fran, absolument aucune ! » « Eh bien, enchaînai-je, il s'ensuit que, si la météo n'est en rien différente de vous et moi, alors c'est qu'elle doit être exactement pareille que vous et moi, auquel cas nous sommes nécessairement, elle et nous, contrôlés par la même force. » « C'est en effet indiscutable », répliquai-je tout en songeant, non sans une certaine admiration, que j'étais en train de converser avec un esprit supérieur. « Et quelle est à votre avis, me demandai-je encore, cette force ? Il ne peut y en avoir qu'une – l'argent. Eh oui, l'argent. » « C'est tout à fait incontestable », eus-je le plaisir de m'entendre répondre, et sur ce, mon interlocuteur et moi poursuivîmes notre route main dans la main – ce qui nous donnait une allure certes un tantinet schizophrène, mais pas entièrement dépourvue de charme.

À ceux qui pourraient trouver cette démonstration quelque peu spécieuse, je me permets d'offrir ci-dessous la preuve définitive et irréfutable de ce que j'avance, à savoir que la météo n'est conditionnée que par une seule et unique chose : l'argent.

1. Le 13 août 1975, à 15 heures, la température au croisement de la 14e Rue et de la 8e Avenue était de 34 °C – pour un taux d'humidité de 85 %. Le même jour, à la même heure, le thermomètre au croisement de la 73e Rue et de la 5e Avenue affichait un agréable 21 °C – pour un taux d'humidité confortable ne dépassant pas la barre des 40 %. Je suis bien placée pour le savoir, puisque j'étais là.

2. La seule fois où il a jamais plu à Sutton Place, c'est lors du tournage d'un film à gros budget, pendant une scène qui devait se dérouler sous un ciel inclément. Dès que le tout-puissant réalisateur hollywoodien hurla « Coupez ! », la pluie s'arrêta.

3. Si John Lindsay, alors maire de New York, n'envoya pas de déneigeuses dans le Queens lors du fameux grand blizzard de février 1969, c'est parce qu'il vivait à Gracie Square, où, ce jour-là, il se trouvait allongé sur sa terrasse en train de bronzer sous un soleil radieux.

4. On croit souvent qu'en été les riches fuient New York pour Southampton parce que les températures sont plus

fraîches là-bas. Or pas du tout. En réalité, ce sont les températures plus fraîches qui se carapatent à Southampton, parce qu'elles n'ont aucune envie de rester à New York avec tous ces Portoricains et ces écrivains sans le sou.

5. De manière générale, le temps est plus agréable dans l'East Side que dans le West Side. Au départ, le temps était assez satisfait de cette répartition des choses, sauf en ce qui concernait les édifices les plus luxueux de Central Park West. Le problème fut résolu grâce à un accord passé avec certains immeubles situés entre la 70e et la 80e Rue Est, désormais occupés en grande majorité par des hôtesses de l'air vivant très au-dessus de leurs moyens et des propriétaires de maroquineries. C'est ainsi que le San Remo et le Dakota jouissent d'un climat conforme à leur architecture, tandis que les hôtesses de l'air et les maroquiniers sont sans doute ceux d'entre nous qui comprennent le mieux la signification profonde de l'expression « faire la pluie et le beau temps ».

Les plantes : à la racine du mal

La deuxième édition complète du dictionnaire Webster – volume qui fait autorité – propose deux définitions du mot *plante*, dont voici la seconde : « Toute chose vivante qui ne peut se mouvoir volontairement, est dépourvue d'organes sensoriels et produit en général sa propre subsistance. » J'ai choisi la seconde définition plutôt que la première car elle est mieux adaptée à mon objectif, qui est de prouver une bonne fois pour toutes que, hormis dans de très rares cas, les plantes sont quelque chose qu'il faut éviter à tout prix d'avoir chez soi. Au nom de la rigueur scientifique, j'ai décidé d'examiner l'un après l'autre chacun des termes de la définition ci-dessus. Commençons par le commencement.

Toute chose vivante

Lorsqu'on meuble son lieu de résidence, on cherche à acquérir les objets susceptibles d'offrir le maximum de beauté, de confort et d'utilité. Pour ce qui est de la beauté, on ne peut que se tourner vers les dessins de Cocteau, les vases Ming et les tapis Aubusson. Le confort, bien entendu, découle des moyens financiers dont on dispose pour faire l'acquisition de ces objets. Quant à l'utilité, ne nous en préoccupons pas ici, car c'est une affaire de spécialistes.

Il apparaît donc très clairement qu'à aucun moment Toute Chose Vivante n'a sa place dans ce tableau, sauf à en parler au passé. Autrement dit, il est parfaitement acceptable de s'entourer d'objets composés d'une matière qui, de son vivant, a pu entrer dans la catégorie Toute Chose Vivante, mais qui n'a véritablement atteint sa pleine dignité qu'au moment de sa mort et de sa transformation en une belle paire de draps en lin.

Qui ne peut se mouvoir volontairement

Ici, nous sommes confrontés au problème qui se pose lorsque Toute Chose Vivante prend la forme d'une personne surnuméraire. Une personne surnuméraire est tout simplement une personne autre que soi-même. Les choses vivantes relevant de cette catégorie ont assurément leur place en ville comme à la campagne, dans la mesure où elles sont capables de taper à la machine, de prodiguer des caresses et de converser de manière plaisante. Il convient de noter, toutefois, que la capacité de se mouvoir volontairement est indispensable à l'accomplissement de ces fonctions ; s'il fallait les faire fonctionner soi-même, elles perdraient beaucoup de leur charme.

Comme je l'ai déjà dit, à mon sens les plantes ne sont acceptables que dans des cas très rares. Au nombre de ces très rares cas, on peut compter par exemple celui où l'on se voit offrir quelque chose de feuillu en gage d'affection des mains d'une personne surnuméraire dont les services sont appréciables. Refuser une plante offerte dans de telles circonstances mènerait presque à coup sûr à la rupture immédiate de ce lien d'affection. Ainsi donc, s'il revient bien entendu à chacun de décider en conscience qui sont exactement les individus autorisés à nous accabler du fardeau d'une telle offrande, gardons toujours à l'esprit que discuter le bout de gras ne coûte pas grand-chose, qu'un petit bisou ne mange pas de pain, mais que les manuscrits en revanche ne se tapent pas tout seuls à la machine.

Est dépourvue d'organes sensoriels

Ne l'oublions jamais : si l'absence d'organes sensoriels garantit l'absence de clins d'œil suggestifs, de ricanements dédaigneux et de goûts déplorables, elle garantit aussi, hélas, l'absence d'écoute transie d'admiration.

Et produit en général sa propre subsistance

Il y a là, me semble-t-il, quelque chose de très légèrement prétentieux. Et « produit en général sa propre subsistance », ah oui, vraiment ? Ma foi, grand bien Lui fasse. Pour ma part, en général, je ne produis pas ma propre subsistance, et je n'ai pas l'intention de me verser des cendres sur la tête pour autant. New York regorge de restaurants en tout genre, et je ne peux pas m'empêcher de penser qu'ils ne sont pas là sans raison. Par ailleurs, il est assez difficile d'adhérer avec enthousiasme à l'idée d'un art culinaire basé sur la photosynthèse. Et donc, dans la mesure où il ne m'est encore jamais arrivé de détecter le moindre arôme de fettucine carbonara en approchant les narines d'une fougère de Boston, je considère que « et produit en général sa propre subsistance » est une caractéristique parfaitement inconséquente. En revanche, si un jour vous croisez une chose vivante qui produit en général son propre argent, prévenez-moi.

Vies minuscules
(contribution à l'étude de la planète Mars)

Récemment, les États-Unis ont réussi à envoyer sur Mars un engin spatial non habité, dans le but de déterminer s'il y avait une forme quelconque de vie sur cette planète. Les résultats complets de cette entreprise scientifique ne sont pas encore connus, mais il ne fait guère de doute, je le crains, que la réponse sera affirmative. Il est absurde de supposer que la Terre soit la seule planète contaminée par le phénomène du vivant.

On a spéculé tant et plus sur l'apparence physique que peuvent bien avoir les Martiens, et nombreux sont ceux qui soutiennent l'hypothèse selon laquelle cette forme de vie pourrait se révéler si exotique que nous autres Terriens serions probablement incapables de la reconnaître comme telle. L'idée n'est pas inintéressante ; hélas, comme toutes les idées pas inintéressantes, elle est fondée en grande partie sur l'espérance la plus grossière. Pour ma part, en tant que créature terrestre ayant à peu près tout vu et tout connu – en tout cas bien assez, merci beaucoup –, je ne peux m'empêcher de penser à cette vérité éternelle et intangible : qui cherche les ennuis est certain de les trouver.

Pensez avant de parler. Lisez avant de penser.

Persuadée, à tort, que la vie ne se manifeste jamais que sous une forme physique, l'opinion publique (entité dont la médiocrité n'est plus à prouver) a tendance à se perdre en conjectures sur des choses telles que les bras, le nez et la taille du cou, de sorte que la représentation qu'elle se fait du Martien ne diffère de Monsieur Tout-le-Monde qu'au niveau le plus anecdotique et superficiel. La communauté scientifique (entité en comparaison de laquelle, en termes d'élégance et de raffinement, l'opinion publique passerait presque pour le groupe de Bloomsbury) semble plutôt encline de son côté à évoquer des formes de vie bactériennes, gazeuses et liquides.

Cette obsession pour l'aspect physique de l'existence est d'une trivialité consternante. Bien sûr qu'il y a de la vie sur Mars, et bien sûr que nous saurons la reconnaître, sinon par sa forme, du moins par sa fonction, laquelle, selon toute probabilité, sert très exactement le même objectif que celui qui gouverne notre propre existence terrestre : la volonté de nuire.

Afin de déterminer *ce qui relève de la vie*, il nous faut tout d'abord régler la question plus vaste de savoir *ce qu'est la vie*. Sur ce point, on remarquera que d'illustres prédécesseurs nous ont déjà fourni un certain nombre d'hypothèses. Or, lorsqu'on passe en revue ces dernières, on est systématiquement déçu. Qu'est-ce que la vie ? se sont-ils eux aussi demandé. Un bol de cerises ? Trop banal. Un cabaret ? Pas dans ce quartier en tout cas. Une réalité ? Voire. Une chose sérieuse ? Allons.

Cette fastidieuse méthode consistant à étudier puis à écarter toutes les hypothèses l'une après l'autre nous permet de parvenir à la conclusion suivante : la vie n'est rien d'autre qu'un moyen de passer le temps quand on n'arrive pas à dormir. Ainsi, ce que nous nommons civilisation n'est que la somme des débris accumulés d'un nombre terrifiant de nuits blanches.

Il n'y a aucune raison de penser que les Martiens sont moins angoissés que nous (ils le sont même sans doute plus, dans la mesure où à leur naturel insomniaque s'ajoute l'inconvénient d'habiter si loin du centre-ville), et toutes les raisons en revanche de penser qu'il s'agit donc d'une engeance particulièrement déplaisante.

Partons du principe, pour les besoins de la présente étude, que les Martiens sont des microbes. Les microbes, je pense que personne ne me contredira, sont de très petite taille, ce qui signifie que, pour eux, le basket et le mannequinat sont exclus d'office. Cette déficience de taille mérite d'être prise en considération, car le concept d'une planète dont les habitants sont incapables d'atteindre l'étagère du haut a franchement de quoi faire lever les sourcils. Peut-être, dès lors, serons-nous mieux à même de comprendre ces créatures en adoptant un point de vue plus global sur la planète Mars proprement dite.

Mars

La croyance populaire veut que Mars ait été nommée ainsi en l'honneur du dieu romain de la guerre. Faux. La vérité est tout autre, et c'est un secret bien gardé : cette planète fut en réalité découverte par un gentleman romain au tempérament artistique qui tenta de détourner ce progrès astronomique à son profit dans un but romantique – il avait en effet des vues sur un jeune Suédois, fort séduisant mais rétif à ses avances. Le Romain essaya la flatterie et fit pression à cette fin sur les instances politiques de sa patrie, mais il ne tarda pas à comprendre que l'Empire romain n'avait aucunement l'intention d'autoriser qu'une planète tombée dans son escarcelle fût baptisée Lars. Des négociations s'ensuivirent qui, comme vous pouvez le constater, aboutirent à un compromis.

Le sol et ses ressources

Mars est la troisième plus petite planète du système solaire, et ne présente donc d'intérêt que pour les collectionneurs. C'est une planète morne, rocailleuse et dépourvue de toute côte maritime digne de ce nom – ce qui en fait soit dit en passant l'une des très rares destinations estivales accessibles au portefeuille de l'auteure de ces lignes. Trouver un taxi y est pour ainsi dire impossible, et il est fortement déconseillé aux touristes de s'y hasarder.

Les ressources naturelles martiennes consistent pour l'essentiel en vapeurs d'origine extraterrestre et autres cailloux bizarres.

Les habitants et leur travail

Les habitants de la planète Mars, comme nous l'avons déjà vu, sont des microbes – ce qui fait qu'on ne peut guère les considérer, au mieux, que comme des habitalcules, et au pire comme des microbes. Leur travail consiste principalement à empêcher les touristes de faire des blagues sur leur petite taille.

Démographie

Le nombre d'habitants sur la planète Mars est difficile à estimer – il faudrait pour y parvenir se pencher de très, très près sur la question.

Transports

Les Martiens se déplacent en contaminant un touriste puis en priant très fort pour que celui-ci aille quelque part.

Production

La planète Mars produit essentiellement de minuscules tenues de jogging en polyester et des établissements universitaires miniatures.

Philosophie culinaire

L'été a des effets regrettables sur les maîtresses de maison qui, sous l'influence pernicieuse de l'œuvre photographique d'Irving Penn, pensent que c'est la saison idéale pour servir des mets aux proportions stupéfiantes de parcimonie. Elles les qualifient pour leur part de *légers* – or, si la légèreté est certes une caractéristique éminemment appréciable dans le domaine de la comédie, des chemises en coton et du cœur, c'est bien la dernière chose qu'on a envie de se voir servir à table.

Il n'est guère surprenant que la majorité de ces maîtresses de maison semblent évoluer dans l'univers de la mode, car il est on ne peut plus logique que quelqu'un pour qui le concept d'une journée de dur labeur consiste à poser devant l'objectif de Deborah Turbeville soit enclin à penser qu'une botte de persil constitue un bon petit plat roboratif.

Quelques tranches de citron, presque transparentes de finesse, font merveille pour décorer un plat, c'est vrai, mais il n'est pas opportun de les considérer comme un accompagnement à part entière.

*

La soupe froide est un art culinaire périlleux, et rares sont les maîtresses de maison qui le maîtrisent. La plupart du temps, le convive mis en présence d'un tel mets a plutôt l'impression que, s'il était arrivé un peu plus tôt, il aurait pu le déguster quand il était encore chaud.

*

Une salade n'est pas un repas. C'est un style.

*

La cuisine japonaise est très jolie, et sans doute parfaitement acceptable au Japon, pays dont les habitants sont de taille inférieure à la moyenne mondiale. Les maîtresses de maison obnubilées par l'idée de servir ce genre de nourriture à leurs hôtes occidentaux seraient bien avisées d'ajouter à leur menu quelque chose d'un peu plus substantiel et de se souvenir que tout le monde aime les frites.

*

Les légumes sont intéressants mais un peu vains quand ils ne sont pas accompagnés d'une bonne tranche de viande.

*

Les châtaignes d'eau sont censées farcir un plat, pas constituer un plat en soi.

*

Pensez avant de parler. Lisez avant de penser.

Le raisin blanc, c'est très bon, mais question dessert, en général les gens préfèrent le fondant au chocolat.

*

Les violettes confites sont les Skittles des snobs.

Certains restaurants new-yorkais ont pour principale clientèle les célibataires endurcis. Ces établissements ont de nombreux points en commun avec la maîtresse de maison estivale, mais pas que.

Dans cette catégorie, il existe par exemple un *diner* rénové qui ressemble un peu à ce qu'aurait pu faire le chorégraphe Busby Berkeley si seulement il n'avait pas été riche à millions. Il est ouvert vingt-quatre heures sur vingt-quatre – sans doute pour complaire au chauffeur routier, susceptible de traîner sa bedaine jusqu'au comptoir de vente à emporter à n'importe quelle heure du jour ou de la nuit et de brailler : « Deux soupes de concombre bien fraîches, une salade d'endives avec de la vinaigrette au vin rouge et des asperges, mais sans sauce hollandaise ! »

Il convient de ne jamais utiliser le safran qu'en très petite quantité, voire pas du tout. Peu importe qu'on raffole de cet assaisonnement, rares sont ceux qui seraient d'accord pour dire qu'il est comparable au sel en termes de versatilité.

*

Un Américain pur souche qui a passé la journée entière dans une ville dont il sait pertinemment qu'il s'agit de New York, et qui n'a jamais mis les pieds sur un bateau ou dans un avion, est presque systématiquement accablé et en proie à la plus extrême confusion lorsqu'il est confronté à un menu sur lequel figure le mot pamplemousse *en français alors qu'il existe dans sa langue natale un terme parfaitement adéquat pour désigner le même fruit.*

*

Le cresson est assez savoureux dans une salade ou un sandwich, mais lorsqu'il est placé dans le voisinage immédiat d'un hamburger, ce n'est rien d'autre qu'un motif d'agacement.

*

S'il est indéniable que les gens aiment les surprises, il n'est pas moins vrai qu'ils sont rarement enchantés de tomber subitement et sans en avoir été avertis au préalable sur une kyrielle de pruneaux dans ce qu'ils pensaient être un travers de porc parfaitement normal.

*

Les gens cuisinent et mangent depuis des millénaires, alors si personne avant vous n'a jamais eu l'idée de mettre du jus de citron vert sur des pommes de terre en chemise, dites-vous qu'il doit y avoir une raison à cela.

Les progrès de la technologie ont causé un tort monumental non seulement aux habitudes de lecture, mais également aux habitudes alimentaires. On trouve aujourd'hui dans nos assiettes des aliments présentés de manière si disgracieuse qu'on est souvent obligé de fumer entre deux plats pour faciliter la digestion.

Une miche de pain plus confortable qu'un canapé ne saurait être que désagréable au palais.

*

Le problème de la domesticité étant ce qu'il est de nos jours, il me paraît évident qu'une société dans laquelle il existe des salons de toilettage pour chiens mais où les écrivains sont obligés de faire eux-mêmes leurs valises a urgemment besoin de revoir ses priorités.

*

Le chocolat est un parfum idéal pour une glace, mais aussi déraisonnable que déconcertant pour un chewing-gum.

*

Les céréales de petit déjeuner qui se présentent sous les mêmes couleurs que des joggings en polyester donnent tout son sens et toute sa noblesse au concept de grasse matinée.

*

Lorsqu'on demande de la crème fraîche dans un restaurant, on devrait soit obtenir de la crème fraîche, soit être informé du fait que le restaurant en question préfère servir un mélange d'huile végétale et de molécules cancérigènes.

*

Les fromages sur l'étiquette desquels la loi impose que figure la mention produit alimentaire *ne se marient pas très bien avec le vin rouge ou les fruits.*

Si répugnants que puissent être les aliments de synthèse, on ne peut s'empêcher de leur accorder certains mérites lorsqu'on se retrouve face à face avec un inconditionnel du bio. Par ailleurs, ne perdons jamais de vue que les fanatiques de la santé nutritive sont aussi fréquemment d'ardents défenseurs des causes politiques les plus extrêmes.

Non seulement le riz complet est un aliment lourd et caoutchouteux, mais il a en outre un petit arrière-goût religieux tout à fait désagréable.

*

Les adultes civilisés ne boivent pas de jus de pomme au dîner.

*

Les habitants des pays pauvres et les victimes de catastrophes naturelles sont les seules personnes au monde à se réjouir de voir des pousses de soja dans leur assiette.

*

Du pain qu'on ne peut trancher qu'à l'aide d'une hache est du pain légèrement trop nourrissant.

*

Pensez avant de parler. Lisez avant de penser.

Les carottes crues ne sont tolérables en tant que nourriture que pour les créatures qui vivent au fond d'un terrier dans l'attente fébrile des fêtes de Pâques.

La nourriture est une donnée si commune de notre vie quotidienne que les gens ne se donnent généralement pas la peine de réfléchir à ce phénomène dans son ensemble et sont donc incapables de prendre la mesure véritable de son impact sur la société.

La nourriture est indiquée au moment des repas et en cas de petit creux. Elle se marie idéalement avec la plupart des boissons et fait les meilleurs sandwichs.

*

La nourriture donne un sens au mobilier de salle à manger.

*

Rien de tel qu'un peu de nourriture pour apporter la petite touche finale à un colis destiné aux associations d'aide humanitaire dans les pays pauvres.

*

La nourriture constitue un prétexte idéal pour sortir l'argenterie.

*

La nourriture est un paramètre important dans un régime équilibré.

*

La nourriture joue un rôle crucial dans les affaires de politique internationale. Si la nourriture n'existait pas, les dîners d'État seraient remplacés par des parties de bridge d'État et, au lieu de faire la grève de la faim, les militants politiques ne feraient probablement rien d'autre que geindre.

*

Un monde sans nourriture serait une catastrophe dans la mesure où nous y serions dépourvus de tout sens de l'initiative. L'ambition n'a en effet aucun sens dans une société qui refuse à ses membres la possibilité de faire partie du gratin.

*

Sans la nourriture, l'une des énigmes les plus confondantes et cependant stimulantes pour l'esprit auxquelles l'humanité ait jamais été confrontée perdrait tout son sens puisque plus personne ne se demanderait qui de la poule ou de l'œuf est venu en premier.

*

Si la nourriture n'existait pas, il serait quasiment impossible de se débarrasser des importuns au téléphone, car on ne pourrait jamais dire : « Désolé, il va falloir que je raccroche, mais on se fait un dîner très bientôt, OK ? »

Pensez avant de parler. Lisez avant de penser.

*

La nourriture a joué un rôle déterminant dans l'histoire du christianisme. Que seraient sans elle la multiplication des pains et la pêche miraculeuse ? Et la Cène, alors ? Aurait-elle eu le même impact ?

*

Si la nourriture n'existait pas, le kiwi ne serait qu'un oiseau, et au lieu de La Cerisaie, *Tchekhov aurait intitulé sa pièce* Un groupe d'arbres dénudés régulièrement espacés.

ARTS

Les arts

L'affirmation la plus déprimante sans doute jamais énoncée au sujet de l'art est que la vie l'imite. Ce serait là une nouvelle probablement plus réjouissante si sa véracité n'était pas aussi capricieuse. Car, à bien y regarder, il est évident que la vie n'est jamais aussi artistique que lorsqu'elle n'essaie pas de l'être. On peut même avancer sans prendre trop de risques que, la plupart du temps, la vie imite non pas l'art mais l'artisanat, tant il est vrai que notre existence quotidienne s'apparente beaucoup plus à une jardinière en macramé qu'à une toile de Seurat. Quand la vie s'attaque à l'art, c'est surtout le cadre qu'elle copie.

Farouchement déterminée à pousser plus avant mes investigations dans ce domaine, je me suis entourée d'un groupe d'associés partageant les mêmes vues que moi sur le sujet et nous avons entrepris le long et fastidieux projet d'imiter l'art à notre tour dans ses manifestations les plus contemporaines.

Art conceptuel

Nous nous sommes disposés au hasard sur un parquet en bois brut et avons fait semblant d'être des blocs de béton. Nous avons épinglé à nos chemises des étiquettes où étaient écrits des mots sans lien logique les uns avec les autres. Nous avons été incompris et grandement admirés. Nous avons trouvé cette expérience plutôt satisfaisante.

Graphisme

Certains d'entre nous se sont déguisés en audacieuses lignes droites ; d'autres, en chiffres et lettres énormes, clairs et faciles à lire. Nous arborions tous des couleurs simples et puériles. Nous avons adopté la forme d'un aéroport et des manières à la fois utiles et sémillantes. Nous avons eu un grand succès auprès des gens habillés comme nous.

Maquette de magazine

Bon nombre d'entre nous ont gardé le déguisement qu'ils avaient revêtu pour le Graphisme, mais dans des tailles beaucoup plus petites. Les autres se sont divisés en deux groupes – le premier a pris la forme d'illustrations en couleurs retouchées ; l'autre incarnait une série de citations privées de leur contexte et reproduites en très gros en plein milieu d'un article. Nous nous sommes positionnés de manière à maximiser notre potentiel d'encombrement. Tout le monde s'est serré dans l'espace réduit d'une seule page tout en ménageant astucieusement une certaine séparation grâce à l'usage de nombreux filets noirs. Nous avons fait un tabac et prouvé une bonne fois pour toutes que la direction artistique peut se passer d'art, mais que l'art ne peut pas se passer de direction, du moins s'il veut aller quelque part.

Design mobilier

Après mûre réflexion, nous avons opté pour un modèle à la fois pop et fonctionnel. Nous nous sommes recouverts de plastique moulé, de matériaux durables et de billots de bois en quantité industrielle. Nous avons épousé la forme de poufs géants, de radeaux gonflables, de peintures géométriques et de cumulonimbus. Cela nous a fortement rappelé notre période Graphisme, et nous avons éprouvé comme jamais auparavant à quel point notre existence était multifonctionnelle.

Architecture

Nous avons beaucoup réfléchi au verre et à de nouveaux matériaux de construction ultralégers. Nous nous sommes imaginés en écoles, en centres commerciaux, en immeubles de bureaux, en logements sociaux et en appartements de luxe. Nous avons chacun espéré qu'au moins une partie de nos camarades s'imaginent en pancartes signalétiques afin que les gens puissent nous distinguer les uns des autres.

Musique populaire

Nous avons revêtu des tenues éclatantes afin de refléter au mieux les espoirs et les rêves du public. Nous nous sommes infiltrés partout, dans les ascenseurs, les voitures, les avions, les téléphones. Nous sommes devenus une influence incontournable dans la culture et avons inspiré une dévotion fanatique, car nous avons offert de la musique joyeuse aux masses accablées d'ennui.

Cinéma

Nous avons pris soin de n'adopter que les attitudes associées aux œuvres cinématographiques sérieuses, bien conscients que la vie, en général, n'imite pas le divertissement. Nous avons fait preuve d'une sensibilité extrême et de virtuosité technique tout en nous déployant avec lyrisme. Nous avons exploré les divers thèmes qui agitent la société sous la surface lisse du quotidien – la violence, le désespoir et l'injustice sociale. Nous sommes restés sagement dans notre coin sans dire grand-chose.

Mode

Certains d'entre nous ont beaucoup emprunté aux autres. Certains ont fait preuve d'une imagination excessive. Nous nous sommes souvent sentis ridicules dans nos tenues, mais nous avons fait de notre mieux pour les charger d'une signification profonde. Compte tenu de l'omniprésence du polyester, ce n'était pas une tâche facile, mais les gens sont tombés dans le panneau. Croyant voir en nous l'expression de leur vraie personnalité, ils nous ont serrés contre leur poitrine et ont ajouté ici et là quelques touches fantaisistes de leur cru.

Pas d'humeur à porter des bijoux d'humeur

Étant donné mon penchant prononcé, cérébralement parlant, pour l'état comateux, j'avoue être assez agacée par le récent engouement pour tout ce qui a trait à la « connaissance de soi ». Je suis déjà bien assez consciente de ce que je ressens, merci beaucoup, et franchement, si j'avais le choix, je préférerais ne rien savoir du tout. Je ferais même volontiers don de mes émotions à quiconque se sentirait frustré de ne pas être « en phase » avec les siennes. Vous ne serez donc pas surpris d'apprendre que le concept des bijoux d'humeur ne soulève chez moi qu'un enthousiasme tout relatif. Pour ceux d'entre vous qui ont la chance de vivre dans une telle ignorance de notre monde moderne que même le merveilleux royaume de la publicité leur est inconnu, sachez qu'il s'agit de bijoux qui vous informent de votre état émotionnel par le biais de pierres minérales réactives à la chaleur corporelle. On pourrait croire que les pierres ont déjà suffisamment à faire, entre les tombes, les murs et ce genre de choses, mais non, apparemment elles ont désormais le devoir de signaler aux gens qu'ils sont angoissés. On pourrait croire qu'une personne se trouvant en proie à l'angoisse a les moyens de s'en rendre compte par elle-même sans recourir aux services d'un caillou monté sur une bague au demeurant fort disgracieuse, mais là encore, il faut croire que non.

Si les bijoux d'humeur se présentent sous diverses formes – colliers, bagues, montres, bracelets –, ils sont dans tous les cas ornés d'une pierre douée de perception et de sensibilité, laquelle vous indique non seulement dans quel état d'esprit vous vous trouvez à tout moment, mais aussi comment cet état d'esprit va peu à peu évoluer au fil de la journée. Et comment, me direz-vous, ladite pierre réalise-t-elle cette prouesse inouïe ? Tout simplement en changeant de couleur. Voyez l'exemple suivant, tiré d'un encart publicitaire que je me permets de porter à votre connaissance afin de partager avec vous mon intense exaspération.

CHAQUE CHANGEMENT DE COULEUR
RÉVÈLE VOTRE MOI INTÉRIEUR !

NOIR ONYX : Vous êtes surmené.

ROUGE AMBRÉ : Vous êtes tendu, peut-être même un peu angoissé.

JAUNE TOPAZE : Vous êtes inquiet et avez l'esprit ailleurs.

VERT JADE : État normal, rien d'inhabituel à signaler.

BLEU-VERT TURQUOISE : Vous commencez à vous détendre et à laisser éclore vos émotions.

BLEU LAPIS-LAZULI : Vous vous sentez bien. En phase avec vous-même. Laissez-vous aller. Laissez vos émotions s'épanouir.

BLEU SAPHIR : Vous êtes dans un état de plénitude totale. Vous vous sentez heureux. Centré sur les émotions et les passions de votre moi intérieur le plus profond. C'est le stade suprême.

Il n'est pas foncièrement aberrant, me semble-t-il, de subodorer qu'un individu éprouvant le besoin de consulter un bracelet pour connaître son propre état d'esprit est sans doute un individu que le monde de manière générale plonge dans la plus grande perplexité. Il s'ensuit qu'une pauvre breloque dont la seule propriété est de révéler les émotions ne saurait guère être utile à un tel individu, lequel ne se contente pas de se demander s'il est angoissé mais se trouve en permanence assailli, que dis-je, assiégé par des questions autrement complexes ; un tel individu a besoin de *réponses* ; un tel individu devrait pouvoir regarder son poignet empesé de pierreries et demander : « Suis-je grand ? petit ? naturellement blond ? un homme ? une femme ? un pommier ? propriétaire de mon logement ? doué du sens de l'humour ? envieux de la réussite d'autrui ? »

S'il faut vraiment que les bijoux d'humeur existent, la moindre des choses serait qu'ils soient un petit peu plus précis. Voici ce que je propose :

LE PETIT GUIDE DE FRAN LEBOWITZ
POUR ATTEINDRE À UNE INTIME CONNAISSANCE
DE SOI-MÊME ENCORE PLUS PROFONDE
GRÂCE AUX CHANGEMENTS DE COULEURS !

BEIGE ROUGEASSE : Vous êtes un Amérindien parfaitement insignifiant. Vous n'intéressez absolument personne, pas plus vous-même que les autres Amérindiens.

ROUGE BEIGEASSE : Vous êtes un individu blanc parfaitement insignifiant. Vous êtes dépourvu de toute qualité un tant soit peu intéressante, et cela vous inspire une grande honte. L'humilité ne rachetant pas le manque de personnalité, ne vous attendez pas à ce que les choses changent.

LAVANDE : Vous êtes soit un homosexuel, soit un tapis à poils longs assorti au carrelage de la salle de bains. Libre à vous de décider que vous êtes plutôt un tapis, mais dites-vous bien que si vous aviez choisi l'option homosexuelle, vous auriez eu plus de chances d'être invité sur le plateau d'un talk-show en deuxième partie de soirée.

RAYURES HORIZONTALES : Vous êtes extrêmement maigre et avez réagi à cet état de fait de manière un peu excessive. C'est le stade le plus bas.

CAFÉ AU LAIT : L'un de vos parents est en train de se transformer en Noir. Si vos deux parents sont déjà Noirs, alors c'est que l'un d'eux est en train de se transformer en Blanc.

PETITS PLIS IRRÉGULIERS : Vous commencez à vieillir. Il est probable que ça continue.

TERRE DE SIENNE AVEC REFLETS FAUVES MORDORÉS : Vous êtes en train de vous transformer en artiste, sans doute Hans Holbein le Jeune. C'est le stade suprême.

Les vêtements arborant des motifs et/ou des inscriptions (oui, je sais, tout m'énerve)

Et je ne parle pas seulement des sacs Vuitton. Ou des portefeuilles Gucci. Ou des foulards Hermès. Les grands couturiers et/ou les entreprises qui ornent de leur nom et de leurs initiales des accoutrements hors de prix et de qualité douteuse font bien entendu preuve du mauvais goût le plus déplorable, mais je ne compte pas me laisser distraire par de telles trivialités. Non, je parle de problèmes autrement importants. Les chemises à col ouvert style papier peint à motif de petits bateaux. Les jeans floqués du cadavre de Marilyn Monroe en couleurs pastel imperméables. Les robes sur lesquelles on peut jouer au Monopoly. Les salopettes pour enfants ornées de petits animaux roses soufflant des bulles de bandes dessinées leur rappelant de bien se brosser les dents. Les tee-shirts proclamant les préférences sexuelles illégales de celui qui les porte. Et cetera. Et cetera.

Si les vêtements arborant des motifs et/ou des inscriptions ne sont certes pas une invention moderne, ils n'en constituent pas moins un signe sûr et consternant de l'état actuel des choses – l'état actuel des choses dont je parle en l'occurrence étant celui qui encourage les gens à s'exprimer à travers leur tenue vestimentaire. Franchement, à titre personnel, je ne verrais aucun inconvénient à ce que la grande majorité des gens s'expriment en allant se jeter collectivement dans le plan d'eau le plus proche de chez eux, or je conçois que cette solution ne soit guère envisageable, mais j'aimerais au moins qu'ils s'abstiennent de s'épancher à tout bout de champ par l'intermédiaire de leurs vestes. Enfin quoi, soyez réaliste : si les gens ne veulent pas vous écouter *vous*, qu'est-ce qui vous fait croire qu'ils auront envie de prêter la moindre attention aux confidences de votre pull ?

Nous portons des vêtements pour deux raisons essentielles. Premièrement, dans le but de dissimuler nos défauts corporels, qui chez l'individu moyen sont au nombre de dix-sept. Deuxièmement, pour avoir l'air joli, ce qui pour le coup est plutôt réjouissant. Si certaines personnes trouvent que les couleurs sombres et unies sont un peu mornes, elles peuvent ajouter une petite touche de fantaisie grâce aux rayures, aux carreaux, ou encore, à l'extrême rigueur – si c'est l'été et qu'elles sont de sexe féminin –, à des pois. Quant à ceux d'entre vous qui trouveraient ce code vestimentaire un tantinet trop restrictif, je n'aurais qu'une seule question à vous poser : si Dieu avait voulu que les gens se baladent dans la rue avec une veste ornée d'un sundae caramel, alors pourquoi ne porte-t-il que des chemises à carreaux Ralph Lauren, *lui* ?

Non, la musique n'adoucit pas les mœurs (pas les miennes en tout cas)

Je tiens à préciser avant toute chose qu'en ce qui me concerne, à moins que je n'aie personnellement et délibérément choisi d'en écouter, il n'y a aucune différence entre la grande musique et la musique d'ambiance. Tomber sur Pablo Casals en train de répéter une sonate pour violoncelle ou me retrouver coincée dans un ascenseur au plafonnier équipé de haut-parleurs diffusant un tube de Simon and Garfunkel – pour moi, c'est du pareil au même. Vous trouvez que j'ai la dent dure ? Peut-être. Mais l'époque n'est pas à la douceur – et d'autant moins que ce qu'on appelait autrefois la vraie vie a été remplacée par ce crincrin incessant.

Il fut un temps où la musique savait se tenir. Ce temps est révolu. Vous me direz, ce n'est sans doute pas la faute de la musique elle-même ; il se peut qu'elle se soit laissé entraîner par de mauvaises fréquentations et qu'elle ait conséquemment perdu de vue tout sens de la politesse la plus élémentaire. Je suis prête à admettre cette hypothèse. Je suis même prête à essayer de donner un coup de main. J'aimerais participer à l'effort de redressement de la musique afin qu'elle retrouve un peu de décence et tourne le dos aux sentiers battus de la société. La première chose que la musique doit comprendre, c'est qu'il existe deux sortes de musique – la bonne musique et la mauvaise musique. La bonne musique, c'est la musique que j'ai envie d'entendre. La mauvaise musique, c'est la musique que je n'ai pas envie d'entendre.

Je me suis permis d'établir la typologie suivante afin que la musique prenne conscience de ses errements. Si vous êtes de la musique et que vous vous reconnaissez dans cette liste, cela signifie que vous êtes de la mauvaise musique.

1. La musique des radios-réveils des autres

Il m'arrive de passer la nuit dans le lieu de résidence d'une autre personne que moi-même. Très souvent, l'autre personne exerce une profession plus raisonnable que moi, ce qui l'oblige à se lever à une heure spécifique. Cette autre personne tripote alors, à mon insu, les boutons d'un appareil de telle manière que, le matin, je suis réveillée par Stevie Wonder. Lorsque ce genre d'incident se produit, je ne manque jamais de faire remarquer à l'autre personne que, si j'avais envie de me faire réveiller par Stevie Wonder, je coucherais avec Stevie Wonder. Or je n'ai pas le moindre désir de me faire réveiller par Stevie Wonder, et c'est pourquoi Dieu a inventé le réveil-alarme. Parfois, l'autre personne reconnaît que j'ai raison. Parfois, non. Et c'est pourquoi Dieu a inventé *beaucoup* d'autres personnes.

2. La musique ayant élu domicile dans la fonction « mise en attente » du téléphone professionnel des autres

Je ne supporte pas d'être « mise en attente », dans quelque circonstance que ce soit. Mais je suis une femme raisonnable. Je peux admettre que le monde est comme il est. Je suis capable de tolérer que la réalité soit ainsi faite. Ce que je ne peux pas tolérer, c'est la musique qui accompagne l'attente. De même qu'il existe deux sortes de musique – la bonne et la mauvaise –, il existe deux sortes de mise en attente – la bonne et la mauvaise. La bonne, c'est quand on vous fait attendre en silence. La mauvaise, c'est quand on vous fait attendre en musique. Quand j'attends, j'ai envie d'attendre en silence. Ainsi l'a voulu le Seigneur, car c'est de ça qu'il parlait lorsqu'il disait : « Gardez la foi. » Il a bien songé un moment à ajouter : « Et le silence. » Mais il s'est dit, manifestement à tort, que ça allait de soi.

3. La musique de rue

Nous assistons depuis quelques années à un accroissement significatif du nombre de musiciens de rue. Parallèlement, nous assistons depuis quelques années à un accroissement significatif du nombre de maladies graves. Ces deux faits sont-ils liés ? La question se pose. Mais quand bien même ce ne serait pas le cas – or, j'insiste, rien n'est moins sûr –, la musique de rue a incontestablement fait des ravages. Car elle provoque, à tout le moins, un désarroi certain. Quand on marche sur la 5e Avenue, on ne s'attend pas à entendre un quatuor à cordes jouer une valse de Strauss. Ce qu'on s'attend à entendre, quand on marche sur la 5e Avenue, c'est le bruit de la circulation. Aussi est-il fort compréhensible que, lorsqu'on tombe nez à nez avec un quatuor à cordes jouant une valse de Strauss alors qu'on était tranquillement en train de flâner sur la 5e Avenue, on soit passablement déconcerté et tenté de se dire qu'on ne se trouve pas du tout sur la 5e Avenue mais dans la Vienne d'antan. Or, lorsqu'on est amené à s'imaginer qu'on a atterri dans la Vienne d'antan, on court le risque d'être intensément contrarié en s'apercevant qu'il n'y a pas de soldes dans les boutiques de chaussures Charles Jourdan. Voilà pourquoi, lorsque je marche sur la 5e Avenue, la seule chose que j'ai envie d'entendre, c'est le bruit de la circulation.

4. La musique de film

Je ne parle pas ici des comédies musicales. Les comédies musicales sont des films qui ont au moins l'honnêteté de vous avertir : « Attention, beaucoup de musique là-dedans ; à prendre ou à laisser. » Non, je parle des films normaux, qui ne s'embarrassent pas de ce genre de politesses mais attirent d'innocents spectateurs pour les agonir ensuite d'une véritable avalanche de flonflons alors qu'ils n'avaient rien demandé. Il existe essentiellement deux genres de films relevant de cette coupable catégorie : les films policiers et les films dont l'histoire se déroule dans les années 1950. Ces deux types de films souffrent du même syndrome. Ils ne savent pas que les films sont censés être des films ; ils pensent que les films sont censés être des disques illustrés par des images. Ils n'ont pas compris que si Dieu avait voulu que les disques soient illustrés par des images, il n'aurait pas inventé la télévision.

5. La musique dans les lieux publics (restaurants, supermarchés, hôtels, aéroports, etc.)

Lorsque que je me trouve dans l'un ou l'autre des endroits sus-cités, je ne suis pas là pour écouter de la musique. Je suis là pour une raison ayant directement trait à la fonction du lieu en question. Je n'ai pas plus envie d'entendre « What a Wonderful World » quand j'attends la navette pour Boston qu'un spectateur assis dans les premiers rangs d'un match de boxe au Sands Hotel de Las Vegas n'a envie qu'on lui demande de choisir entre seize variétés de fromage blanc. Si

Dieu avait voulu qu'on fasse tout en même temps, il n'aurait pas inventé les calendriers de bureau.

Épilogue

Il y a des gens qui parlent tout seuls. Il y a des gens qui chantent tout seuls. Les uns valent-ils mieux que les autres ? Dieu n'a-t-il pas créé tous les êtres humains égaux entre eux ? Si, Dieu a créé tous les êtres humains égaux entre eux. Simplement, il a donné à certains le don d'inventer leurs propres mots.

Terrorisme artistique

L'une des modes sans doute les plus intéressantes de notre époque est l'occupation de bâtiments assortie d'une prise d'otages. Les responsables de ce type d'opérations ont généralement pour motivations principales le mécontentement politique, le refus de l'injustice sociale et le désir viscéral de se voir à la télé. Ce sont des gens audacieux, intrépides, déterminés et farouchement attachés à l'égalité du temps de parole.

Quoiqu'ils fassent régulièrement la une de la presse, ce genre d'événements ne suscitaient jusqu'ici guère d'intérêt dans les cercles artistiques, qui n'avaient cure de ces incidents très éloignés de leurs préoccupations et caractérisés à leurs yeux par une grande médiocrité conceptuelle. Toutefois, ce snobisme affiché fut fortement ébranlé à la suite d'une série d'attentats qui, par l'usage novateur de la couleur locale et l'impressionnante maîtrise de l'élément spatial dont ils firent preuve, provoquèrent un véritable séisme dans le petit monde de l'art.

Incident n° 1 – « Sans titre » (essence sur torchon)

Un groupuscule d'exilés cubistes prit d'assaut la rotonde du Capitole à Washington et menaça d'y mettre le feu à moins que la ville tout entière ne soit reconfigurée selon un motif géométrique. Ils prirent en otage Trois musiciens et annoncèrent aux médias que, si leurs exigences n'étaient pas satisfaites, ils pointeraient leurs armes sur l'un d'eux pour l'obliger, selon les propres mots du chef des terroristes, Braque X, à « jouer du violon pendant que le dôme brûlerait ».

Le gouvernement, paniqué à la perspective d'une telle tragédie, se réunit en urgence et, après avoir discuté toute la nuit, envoya dès le lendemain matin un Expressionniste Abstrait négocier dans l'espoir de résoudre la crise de façon pacifique. L'intervention de l'Expressionniste Abstrait, un petit malin qui avait passé sa vie à jeter de la poudre aux yeux des gens, semblait porter ses fruits – quand soudain Braque X l'accusa de manquer de perspective sur le sujet. Les négociations furent interrompues pendant quelques heures, mais l'Expressionniste Abstrait, qui avait tout intérêt à ce que les Cubistes restent en dehors de cette histoire, apaisa le courroux de Braque X en lui garantissant l'immunité s'il promettait de renoncer à son projet insensé. Braque X, comprenant qu'il était aculé, accepta de se rendre, et un avion de ligne et d'angles rapatria les Cubistes à leur juste place dans l'histoire de l'art.

Les autorités, toutefois, n'étaient pas satisfaites de cette issue, et le chef de la police déclara dans une interview d'une voix impitoyable : « Même ma fille de cinq ans aurait fait mieux que ça. » Cette déclaration enflamma l'imagination populaire, et un comité de citoyens vigilants fut aussitôt formé. Le soir même, l'Expressionniste Abstrait fut escorté par un peloton d'exécution au centre d'un champ de couleurs et éclaboussé de plusieurs rafales – énième victime de la volatilité des goûts du public.

Incident n° 2 – « Fille avec pistolet-mitrailleur »

Un groupe d'artistes féministes, les « Femmes Contre », prit en otage des peintres figuratifs de sexe masculin et exigea qu'ils leur disent pourquoi ils représentaient systématiquement les femmes avec des seins. Les hommes répondirent qu'ils représentaient systématiquement les femmes avec des seins parce que les femmes avaient des seins et accusèrent les féministes de ne plus savoir auquel se vouer. Frappées par la sagesse de ces paroles, les femmes présentèrent aussitôt leurs plus plates excuses en expliquant qu'elles étaient d'humeur chafouine parce qu'elles avaient leurs règles de l'art.

Incident n° 3 – « Forme suivant une fonction »

L'attention du monde entier se braqua sur une petite ville italienne le jour où une organisation terroriste révolutionnaire, baptisée « les Bombardiers du Bauhaus », menaça de faire exploser la tour de Pise pour la transformer en machine à tuer. Soucieux d'éviter la pagaille, les Bombardiers du Bauhaus ne prirent personne en otage, mais exigèrent qu'un objet purement décoratif soit détruit toutes les heures, à l'heure pile, jusqu'à ce que leur objectif soit atteint. Quel était cet objectif ? Nul n'en savait rien, car ils tenaient à garder le plus grand secret sur leurs plans tant qu'on ne leur aurait pas fourni la preuve irréfutable qu'aucune autre organisation terroriste ne cherchait à les leur dérober. Craignant de voir disparaître ce célébrissime monument, les autorités accédèrent à toutes leurs demandes sans barguigner. Un bric-à-brac d'objets divers fut déversé sur la place principale de la ville par camions entiers. Sous la supervision des Bombardiers, des dizaines et des dizaines de figurines en porcelaine, de tentures murales et de vases inutiles furent immolés au nom de cette cause mystérieuse.

La vie reprit son cours, mais les terroristes refusaient toujours de divulguer leurs revendications. La nervosité du public grandissait de jour en jour, et la police, craignant une émeute, finit par mettre en place un plan d'action. Un officier vêtu d'un pantalon en velours côtelé couleur rouille et d'un pull à col roulé noir réussit à infiltrer l'organisation. Grâce aux renseignements que leur fournit cette taupe, les autorités ne tardèrent pas à comprendre qu'en fait d'arsenal militaire les terroristes étaient armés d'un simple dispositif explosif dont la capacité de nuisance était dérisoire. Surpris par un tel minimalisme de la part des Bombardiers, les policiers interrogèrent leur agent double quant aux raisons de cette folie. Ce dernier, ayant passé pas mal de temps dans la tour, les toisa d'un air impassible et se contenta de répliquer : « *Less is more.* »

Soulagés, les policiers investirent le bâtiment et désarmèrent les terroristes sans coup férir. Sitôt en garde à vue, les langues se délièrent dans les rangs des Bombardiers du Bauhaus, lesquels continuèrent d'affirmer mordicus qu'ils défendaient une juste cause. Tout ce qu'ils voulaient, déclarèrent-ils, c'était que la tour de Pise soit remise d'équerre. Quand on leur demanda pourquoi ils avaient versé dans un tel extrémisme, ils s'écrièrent en chœur : « Plus jamais ça ! » Puis ils avancèrent leur ultime et imparable argument contre l'édifice croulant, à savoir que la tour de Pise constituait une violation flagrante des lois de la symétrie.

Incident n° 4 – « Fauteuil à bascule et grille-pain mangeant un morceau de réglisse »

Un petit groupe incongru de disciples de Dada, connu sous le nom de MOMA, tous vêtus d'un simple pantalon, se rendirent dans la banlieue de Chicago, d'où ils envoyèrent un message au président des États-Unis exigeant que les lois soient juxtaposées de manière plus amusante. Avant même que le président ait eu le temps de répondre, un célèbre avocat spécialisé dans la défense des droits des consommateurs accusa les membres du MOMA d'avoir orné le pourtour d'une tasse à thé avec de la fourrure prélevée sur un animal appartenant à une espèce en voie de disparition. Appelés à comparaître devant une sous-commission du Sénat, les dadaïstes furent contraints de signer un accord stipulant qu'à l'avenir ils n'auraient le droit d'utiliser que de la fourrure fantaisie. Les membres du MOMA furent consternés par cette disposition, car ils avaient déjà beaucoup souffert de l'usage des matières synthétiques, lesquelles avaient considérablement diminué l'intérêt, par exemple, de leur projet de fer à repasser agrémenté de clous. Au final, toutefois, les restrictions imposées par le Sénat se révélèrent une aubaine pour les dadaïstes : elles leur permirent de prendre conscience qu'ils avaient inventé une forme d'art susceptible de trouver sa place dans les musées – ce qui leur remonta le moral et les fit doucement rigoler.

Incident n° 5 – «   »

Un nombre effrayant d'artistes conceptuels (deux) occupaient un espace dans le bas de Manhattan et, un jour où tout le monde avait le dos tourné, ils furent obligés de migrer plus au nord. Là, ils disposèrent des cailloux de sorte qu'ils épellent un message annonçant qu'ils retenaient en otage cent soixante-huit cassettes vidéo. Leur revendication était que les gens s'imaginent que cela présentait un intérêt quelconque. Leur attentat ne provoquant pas la moindre réaction, ils se félicitèrent de ce triomphe et réitérèrent leur action *ad infinitum*.

LETTRES

Lettres

Étant donné l'état actuel du monde des lettres, il est désormais possible pour une femme de voir sa vie détruite par un livre. Du reste, étant donné l'état actuel du monde des lettres, il est désormais possible également pour un *homme* de voir sa vie détruite par un livre.

Les livres, bien entendu, ne représentent pas le seul danger, car les choses en sont arrivées au point où les magazines sont moins dangereux que les livres pour la seule et unique raison qu'ils sont moins longs. Mais les magazines mènent bien trop souvent aux livres, et les esprits avisés devraient les considérer comme l'équivalent du pelotage en littérature.

Chacun ferait bien de prendre bonne note de cet avertissement et, en vue de contribuer à rendre moins périlleux l'environnement littéraire, je me permets les quelques remarques suivantes, qui vous aideront à éviter de lire et/ou d'écrire des choses susceptibles de ruiner votre existence.

La littérature féminine

Inscrivez-vous en fac de médecine et spécialisez-vous en gynécologie. Vous ne tarderez pas à déchanter et à vous apercevoir que les possibilités offertes par la vulve, d'un point de vue littéraire, sont quelque peu surestimées.

*

Les femmes qui veulent à tout prix disposer des mêmes choix que les hommes feraient bien de songer au choix consistant à être du genre imperturbable et silencieux.

*

Ne pas avoir été populaire au lycée n'est pas une raison valable de publier un livre.

*

Avoir été populaire au lycée devrait vous suffire. Inutile de partager cette expérience avec les lecteurs.

*

Si vos fantasmes sexuels présentaient vraiment un intérêt quelconque pour les autres, ce ne seraient plus des fantasmes.

*

En tant qu'aficionado de la chose littéraire, vous trouverez sans doute fort intéressant d'apprendre que le mot *assertif* n'apparaît pas une seule fois dans toute l'œuvre de Shakespeare.

*

Gardez bien en tête qu'il existe encore certains sujets dont il est inconvenant de parler à table, et que beaucoup de gens lisent pendant qu'ils mangent.

La poésie

Si vous êtes de ceux qui pensent que songer au suicide est la preuve suffisante d'un tempérament poétique, n'oubliez pas que l'action est plus éloquente que le verbe.

*

De manière générale, il est inhumain d'avoir des épiphanies.

*

Les restaurants libre-service ont été inventés par des tenanciers de saloons pendant la Grande Dépression. Le vers libre trouve lui aussi son origine, bien souvent, dans la dépression. Si jamais une telle chose vous arrive, essayez de tuer cette impulsion dans l'œuf en allant boire un verre.

*

Si d'aventure, en regardant le soleil se coucher sur un parc de voitures d'occasion à Los Angeles, vous êtes frappé par la similitude entre cette image et le destin inévitable de l'humanité, par pitié, évitez de consigner cette réflexion par écrit.

Les magazines spécialisés

Être conforté dans sa féminité à travers la lecture d'un magazine spécialisé ne présente un intérêt spécial que pour les aspirants transsexuels. Pour celles qui sont déjà des femmes, ce n'est qu'une excuse pratique pour ne pas jouer au foot.

*

Les publications spécialisées devraient comprendre que, si elles attirent suffisamment d'annonceurs et de lecteurs pour dégager une marge de profit, c'est que leur sujet de spécialisation n'est pas si spécial que ça.

*

L'échange d'informations à propos des endroits à New York où trouver la meilleure couette en duvet de canard ou le meilleur poulet tandoori ne devrait être permis, me semble-t-il, qu'entre adultes consentants et en privé, afin d'éviter de graves traumatismes aux mineurs et aux gens cultivés.

*

L'attirance sexuelle pour les engins de chantier ne relève pas d'un goût spécial ; c'est une tare.

Les livres de développement personnel

Le mot *concrétiser* n'existe pas. Le mot *internaliser* n'existe pas. Il n'y a, en réalité, qu'un seul cas dans lequel les lettres *iser* sont appropriées en la circonstance, et c'est dans le mot *fertiliser*.

*

On atteint rarement – pour ne pas dire jamais – à l'équilibre psychique en revivant sa naissance dans une baignoire.

*

Si votre ambition est de réussir dans la vie, prenez un avocat – pas un livre.

*

La richesse et le pouvoir doivent sans doute beaucoup plus à la naissance qu'à la lecture.

*

Quoiqu'il puisse arriver de temps à autre que la personnalité transparaisse dans un visage, mieux vaut ne pas trop compter là-dessus, car en général c'est plutôt le visage qui finit par transparaître dans la personnalité.

Écrire : une vocation tout sauf romanesque

Contrairement à ce que nombre d'entre vous s'imaginent, le métier d'écrivain n'est pas sans présenter certains inconvénients – au premier rang desquels la déplaisante obligation de devoir régulièrement s'asseoir à son bureau pour écrire. Cette obligation est spécifique à cette profession, et d'autant plus exaspérante qu'elle rappelle en permanence à l'écrivain qu'il n'est pas ni ne sera jamais comme les autres. De fait, les exigences de ce métier sont si rudes, si injustes et si étrangères au commun des mortels que l'écrivain est en quelque sorte au monde réel ce que l'espéranto est au monde linguistique – une bizarrerie assez cocasse, certes, mais pas de quoi non plus se tenir les côtes. Il est donc grand temps, me semble-t-il, que tout le monde reconnaisse une bonne fois pour toutes que les auteurs sont des gens foncièrement différents des autres, qu'au royaume des aveugles les borgnes sont écrivains et que non, ça ne les amuse pas tant que ça.

Les observations qui suivent contribueront ainsi, je l'espère, à leur apporter quelque consolation. Les points 1 à 5 s'adressent aux parents – les explications ultérieures, aux masochistes. Ou vice versa.

Comment savoir si votre enfant est écrivain

Votre enfant est voué à devenir écrivain si l'un ou l'autre des critères énumérés ci-dessous s'applique à son cas. Soyez d'une honnêteté absolue dans vos réponses – vous pouvez tricher et mentir autant que vous voulez, ça ne changera strictement rien à la pénible réalité.

1. Stade prénatal

   A. Vous avez vos nausées matinales pendant la nuit parce que le fœtus n'aime pas travailler pendant la journée.
   B. Vous avez des fringales de renseignements téléphoniques et de dactylos.
   C. Quand votre obstétricien pose son stéthoscope sur votre abdomen, il entend des excuses.

2. Naissance

   A. Le bébé arrive trois mois après terme parce que la fin lui a donné beaucoup de fil à retordre.
   B. Votre accouchement dure vingt-sept heures parce que le bébé a tout laissé en plan jusqu'à la dernière minute et qu'il a passé un temps déraisonnable à essayer de faire pousser ses doigts de pied dans un ordre plus intéressant.
   C. Quand l'obstétricien donne des petites tapes sur les fesses du bébé, ce dernier n'est pas surpris le moins du monde.
   D. Il va de soi que vous avez accouché d'un seul enfant, parce que le bébé s'est dit que les jumeaux, c'était une idée un peu éculée.

3. Nourrisson

A. Le bébé refuse le sein et le biberon – il préfère se mettre tout de suite au Perrier-rondelle en prévision du jour où il devra arrêter de boire.
B. Le bébé dort toute la nuit peu après sa naissance. Et toute la journée aussi.
C. Les premiers mots du bébé, prononcés à l'âge de quatre jours, sont : « La semaine prochaine. »
D. Le bébé refuse d'apprendre à babiller sous prétexte qu'il est en train de faire ses dents.
E. Le bébé suce son index car il est fermement convaincu que le pouce est trop cliché.

4. Petite enfance

A. Il refuse d'utiliser un ours en peluche comme substitut métonymique.
B. Il dispose ses cubes alphabétiques de telle sorte qu'ils forment des jeux de mots tournant en dérision les noms d'autres personnes.
C. Quand il se sent seul, il ne demande pas à sa mère un petit frère ou une petite sœur, mais un mécène.
D. Quand il atteint l'âge de trois ans, il se considère comme une trilogie.
E. Sa mère n'ose pas décrocher ses gribouillages encadrés au mur de peur qu'il l'accuse d'être trop interventionniste sur ses premiers jets.
F. Quand on lui lit une histoire pour s'endormir, il fait des commentaires sarcastiques sur le style.

5. Enfance

A. À sept ans, il commence à envisager de changer de nom. Et de sexe.

B. Il rechigne à partir en colonie de vacances parce qu'il se doute qu'il y aura des enfants là-bas qui n'ont jamais entendu parler de lui.
C. Il dit à ses maîtresses qu'il n'a pas fait ses devoirs parce qu'il souffre de l'angoisse de la page blanche.
D. Il refuse d'apprendre à rédiger un Petit Mot Gentil parce qu'il sait qu'il n'en écrira jamais.
E. Dans l'optique d'en vendre les droits d'adaptation au cinéma, il refuse d'intituler sa rédaction « Ce que j'ai fait pendant les vacances d'été » et décide de lui donner un titre beaucoup plus percutant et efficace : « Vacances ».
F. Il est totalement hypocondriaque et convaincu que sa varicelle est en réalité un début de lèpre.
G. Pour Halloween, il se déguise en Hemingway.

Quand cet infortuné bambin finit par atteindre la puberté, il est déjà trop tard – il n'y a plus aucun espoir qu'il se détourne de sa vocation d'écrivain pour embrasser une carrière plus enviable, telle que victime de kidnapping, par exemple. Tout l'enjeu, dès lors, au moment où il entre dans la période déjà compliquée de l'adolescence, est de faire en sorte qu'il reçoive une éducation convenable au sein d'un environnement propice à son épanouissement. C'est pourquoi il est fortement recommandé que l'auteur bourgeonnant poursuive ses études dans une institution spécialement conçue pour l'aider à franchir ce cap difficile – le Lycée des Écrivains.

Là-bas, il aura pour condisciples des jeunes gens comme lui – pleins d'ingratitude. Il aura la possibilité de suivre des cours variés et adaptés à ses besoins (« Réussir son incipit », « Éviter Los Angeles », « Cours de rattrapage de sommeil », « Rédacteur en chef de magazine : pourquoi ? » et « Perfectionnement de la tournure de phrase »), tous dispensés par des enseignants aigris et jaloux qui préféreraient être à leur place. Il pourra également choisir parmi quantité d'activités extrascolaires – comme le Club de la Jaquette Illustrée, par exemple, où les élèves apprennent par des moyens ludiques les rudiments de l'art de subvenir à ses besoins en exerçant un job temporaire pittoresque tel que bûcheron, bookmaker, berger ou encore pornographe. L'équipe d'expression symbolique, les Métaforts, est d'un très haut niveau. Elle joue dans la cour des grands, et Janet Flanner, leur adorable mascotte, est la chouchoute incontestée du campus.

Quoiqu'il soit rarement imprimé à temps pour la cérémonie de remise des diplômes, le trombinoscope des élèves – intitulé *Le Mépris* – est néanmoins un précieux souvenir des années passées sur les bancs du Lycée des Écrivains. La cafétéria est gérée par une femme obèse et dévorée d'ambition qui sert des spécialités italiennes de médiocre qualité à des prix exorbitants. Afin de favoriser l'esprit de corps au sein de l'établissement, un grand rassemblement des élèves est organisé chaque semaine dans l'auditorium, appelé la Concaténation. Des cours de soutien scolaire sont proposés aux élèves en difficulté, ou « scribouillards », comme les surnomment affectueusement leurs condisciples.

Au terme de son cursus ou au moment de son expulsion du Lycée des Écrivains (l'expulsion étant une option prisée par les élèves envisageant une carrière à succès dans la littérature grand public, dans la mesure où elle constitue une formidable anecdote à raconter sur un plateau d'émission télé), l'écrivain en herbe est fin prêt à laisser son empreinte indélébile dans le monde des lettres.

Inutile de détailler l'étape suivante, celle du parcours littéraire proprement dit, puisque tous les écrivains finissent de la même manière – morts ou dans un foyer pour auteurs du troisième âge. Tous les écrivains redoutent de terminer leurs jours là-bas, et leur crainte est compréhensible, à en juger par les récents scandales ayant révélé que les pensionnaires de ce genre d'établissements sont régulièrement soumis à toute sorte de sévices sadiques – celui par exemple consistant à leur infliger en douce des critiques défavorables –, et plus d'un malheureux est décédé des suites d'un manque d'éloges.

Ce tableau n'est guère reluisant, j'en conviens – ni tout à fait réaliste non plus. Mais que cela ne vous encourage pas trop : raconter n'importe quoi ne fera pas forcément de vous un bon écrivain.

Il ne faut pas abuser

Je suis tombée l'autre jour sur un article du *New York Post* rapportant que plusieurs milliers de jeunes garçons étaient victimes d'abus et d'exploitation sexuelle dans la région de Los Angeles. Les cas avérés sont rares, faute de preuves concrètes, mais la police a avancé les estimations suivantes :

> Plus de trois mille enfants mineurs de moins de quatorze ans sont victimes d'exploitation sexuelle dans la région de Los Angeles.
>
> Au moins deux mille individus adultes de sexe masculin sont quotidiennement responsables d'abus sur des mineurs de moins de quatorze ans.
>
> Plus de vingt-cinq mille adolescents âgés de quatorze à dix-sept ans sont victimes d'abus de la part d'environ quinze mille individus de sexe masculin.

Quelque peu étonnée par ces statistiques concernant des affaires qui, officiellement, relevaient de la simple allégation, je me suis demandé où ils étaient allés dénicher ces chiffres. Ayant un peu de mal à croire que la police ait fait le tour de la ville pour compter les victimes une par une, j'ai cherché à résoudre ce mystère en imaginant la petite histoire suivante.

Une étude en quartier rouge

Quand je repense aux nombreuses aventures, aussi exaltantes que périlleuses, que j'ai vécues avec mon ami Mr Sherlock Hommes-Hebdo, nulle ne me paraît plus déconcertante (ni plus amusante) que celle que j'ai choisi d'intituler ici *Une étude en quartier rouge*. Bien sûr, *L'affaire est dans le sac en papier* nous a donné du fil à retordre, *Le Lévrier afghan des Baskerville* n'a pas été de la tarte, et *Les Très Irréguliers de Baker Street* n'a pas été non plus une partie de plaisir, mais aucune de ces affaires n'arrive à la cheville de celle que je vais raconter à présent.

Mais permettez-moi tout d'abord de me présenter. Je suis le Dr John Watson – même si Hommes-Hebdo se contente le plus souvent de m'appeler « mon cher ». J'exerce la profession de médecin libéral dans un cabinet privé sis entre les 60e et 70e Rues (tout près du grand magasin Halston) et, oserai-je le dire, je jouis d'une certaine réputation, car entre ma propre activité professionnelle et ma collaboration avec Hommes-Hebdo, tout le monde sait bien que s'il y a un squelette caché dans le placard, personne n'est plus indiqué pour le trouver que le Dr John Watson. Hommes-Hebdo et moi-même avons longtemps résidé, bien sûr, au 221-B Baker Street, mais l'effondrement du cours de la livre et les charges exorbitantes nous ont contraints à quitter Londres, tout comme Mick, Liz et tant d'autres de nos amis. Nous nous sommes installés à Manhattan, dans un immeuble idéalement situé, entre Park et Madison (tout près du grand magasin Halston), et c'est là que commence notre histoire.

Il était environ onze heures, en cette agréable matinée de début décembre, quand je descendis l'escalier de notre penthouse duplex aménagé avec goût. Hommes-Hebdo, bien plus matinal que moi, avait déjà pris son petit déjeuner et était allongé, les yeux clos, sur le canapé Empire Récamier damassé. Edward, un charmant jeune homme dont nous avions récemment fait la connaissance, lui jouait du violon. Hommes-Hebdo jouait lui-même de son violon autrefois, mais ça, c'était avant notre accession à la gloire. Mon camarade leva la main d'un geste langoureux pour me saluer, la manche de sa chemise en soie Yves Saint Laurent élégamment retroussée sur son poignet, et dit :

« Watson, mon cher, je vois que vous êtes un peu fatigué après avoir assisté hier soir au cocktail organisé pour le lancement de la nouvelle collection de draps de lit Bill Blass, puis dîné chez Pearl avec des personnalités du monde de la mode, avant d'aller boire un brandy chez Elaine en compagnie d'un célèbre écrivain, de danser chez Régine au bras de la fille d'une personnalité médiatique puis de finir la nuit dans les bas quartiers de Manhattan chez un parfait inconnu. »

Je me laissai tomber sur une marquise Louis XVI et regardai Hommes-Hebdo d'un air ébahi, car nos longues années de cohabitation n'avaient en rien diminué la sidération que m'inspiraient ses remarquables pouvoirs de déduction.

« Comment savez-vous tout cela ? lui demandai-je dès que je fus remis de mon étonnement. Je ne vous ai pas vu de toute la journée, accaparé que vous étiez par votre séance photo pour *L'Uomo Vogue*, et n'ai donc pas eu l'occasion de vous parler de mes projets pour la soirée.

– Élémentaire, mon cher : les quatre premières observations, je les ai déduites de la lecture du *Women's Wear Daily* tout à l'heure, et la dernière, en remarquant à l'instant que la veste Jackie Rogers bleu indigo que vous portez par-dessus votre pull Viyella d'une blancheur immaculée ne présente pas le moindre pli, ce qui indique que le très chic portefeuille Fendi formant d'ordinaire un léger renflement dans la poche intérieure de celle-ci ne s'y trouve pas ce matin. »

Je portai aussitôt la main à ma poche de poitrine, mais je savais que c'était inutile, car Hommes-Hebdo ne se trompait jamais.

« Allons, allons, mon cher Watson, ne soyez pas si dépité ; votre portefeuille en échange de quelques instants de plaisir, c'est un peu cher payé, je vous le concède, mais je crois que j'ai là quelque chose qui saura vous faire oublier cette perte fâcheuse. Figurez-vous que je viens de recevoir un message de Joli Mignon nous priant instamment de prendre le premier vol pour Los Angeles afin de lui prêter main-forte dans une affaire hautement sensible. »

Joli Mignon était un curieux personnage, qui avait une passion immodérée pour la généalogie (celle des autres, car il ne pouvait à titre personnel s'enorgueillir d'aucun ancêtre de renom), et Hommes-Hebdo le connaissait depuis des années. Il travaillait pour la police de Los Angeles, quoique de manière tout à fait officieuse. Ce n'était pas un agent assermenté des forces de l'ordre, ni même un détective amateur féru d'affaires criminelles sordides – simplement, disons-le sans ambages, il raffolait des uniformes. Quels que soient ses défauts, Mignon était du bon côté de la loi, et Hommes-Hebdo avait déjà maintes fois volé à son secours par le passé.

« Allez faire vos bagages, mon cher, me dit Hommes-Hebdo en attrapant son flacon de cocaïne. Le temps de me faire quelques lignes, et nous partons. »

Je me préparai en toute hâte et me retrouvai bientôt à bord d'un Boeing 747, confortablement installé dans un fauteuil de première classe. Une jeune femme vêtue d'un pantalon-tailleur fort mal coupé vint nous demander ce que nous désirions boire. Hommes-Hebdo lui lança un regard amène teinté d'un soupçon de dédain et commanda :

« Une Stolichnaya, sec – inutile de vous compliquer la tâche, car je vois bien que vous n'avez pas les idées très en place ce matin, ce qui ne m'étonne guère compte tenu des cinq whiskey-sours que vous vous êtes enfilés hier soir avant de rejoindre votre petit chargé de clientèle, sans parler de la marie-jeanne que vous avez fumée – de piètre qualité mais en grande quantité – avec le responsable commercial rencontré ce matin même en sortant de chez ledit chargé de clientèle dans l'Upper East Side, au coin de la 70e Rue et de la 3e Avenue. »

La jeune femme, bouche bée, bégaya : « Mais... monsieur... comment... comment avez-vous... ?

– Élémentaire, répliqua-t-il d'un air impassible. Toutes les hôtesses de l'air sont les mêmes. »

Je laissai échapper un petit gloussement, enchanté par la repartie de mon camarade. Hommes-Hebdo se tourna alors vers moi et me dit : « Bien, et maintenant, mon cher, je vais vous rapporter ce que m'a confié Mignon, afin que vous disposiez de tous les éléments nécessaires pour comprendre la façon dont je vais résoudre l'affaire. Il semblerait qu'un certain inspecteur de la police de Los Angeles – suivez mon regard – a fait fuiter dans la presse des estimations concernant le nombre d'homosexuels impliqués dans un scandale de trafic de mineurs. Mignon est d'avis (et je le partage) que la situation est un tantinet exagérée – vous savez comme moi que notre cher inspecteur aime se faire mousser – et que nul n'est plus indiqué que moi pour mener l'enquête, étant donné mes talents légendaires pour tout ce qui a trait aux chiffres.

– Absolument, m'empressai-je d'acquiescer. Vous êtes l'homme de la situation, aucun doute là-dessus. »

Hommes-Hebdo alluma sa pipe ; de mon côté, je me calai bien au fond de mon fauteuil pour feuilleter un magazine. Le vol se déroula sans incident notable, hormis une petite altercation entre certains passagers et Hommes-Hebdo après que celui-ci leur eut raconté la fin d'un film qui n'était pas encore sorti en salles (« J'ai assisté à une projection de presse la semaine dernière », me glissa-t-il en confidence d'un air jubilatoire), mais cette anodine péripétie fut vite oubliée et notre avion atterrit à Los Angeles à l'heure prévue.

Joli Mignon nous avait envoyé son chauffeur, qui nous fit monter dans une limousine assortie à sa livrée et nous conduisit sans encombre à notre hôtel. Le Beverly Hills a quelque peu perdu de son cachet ces dernières années, mais Hommes-Hebdo est resté fidèle à cet établissement dont il apprécie le très efficace système de radiomessagerie, et je confesse avoir moi-même une certaine tendresse pour le papier à en-tête rose du nécessaire à courrier qu'il met gracieusement à la disposition de ses hôtes.

Nous venions à peine de nous installer dans notre modeste chambre à l'annexe de l'hôtel (un peu éloignée du grand magasin Halston mais juste à côté du bâtiment principal) quand Joli Mignon fit son apparition.

« Mon Sher, mon cher ! s'exclama-t-il en nous plantant à chacun une bise fiévreuse sur les deux joues, il faut absolument que vous veniez avec moi, tout de suite ! Cet inspecteur a complètement perdu les pédales. Ses chiffres franchissent chaque jour un peu plus le mur du ridicule, et je tiens de source fiable qu'il est à deux doigts d'appeler Rona.

– Diable, mon Mignon, répliqua Hommes-Hebdo du tac au tac, il faut éviter cela à tout prix, même s'il me paraît peu probable qu'elle accepte de lui parler, ne croyez-vous pas ? »

Nous en convînmes, et je songeai que la puissance de discernement d'Hommes-Hebdo était décidément prodigieuse.

Nous montâmes tous trois en voiture. Hommes-Hebdo prit d'autorité le siège passager à l'avant, car il souhaitait, nous expliqua-t-il, avoir tout loisir de contempler la route – même si quelque chose me disait que ce qu'il souhaitait contempler, en réalité, c'était surtout l'exquise peau café-au-lait de Juan, le chauffeur attitré de Mignon. Hommes-Hebdo, après tout, est un gentleman à la curiosité éclectique.

Nous fîmes scrupuleusement le tour des divers quartiers de la ville – Hommes-Hebdo scrutant les moindres détails du décor environnant tandis que Mignon nous montrait les résidences des stars. Notre petit tour de reconnaissance terminé, nous allâmes dîner chez Mr Chow, où l'on nous réserva un accueil royal.

Mignon et moi regardions Hommes-Hebdo avec insistance, impatients d'entendre ses conclusions, mais il semblait éviter notre regard, et je dois avouer que, pour la première fois depuis les débuts de notre collaboration, je commençai, la mort dans l'âme, à douter de mon camarade. Ce dernier eut cependant tôt fait de dissiper mes craintes. Affichant tout à coup un franc sourire, il s'écria : « Oh, mais regardez qui va là ! Liza ! Quelle classe, non ? » Je me tournai et aperçus avec ravissement la célèbre vedette de cabaret, qui nous salua d'un petit geste de la main plein d'enthousiasme. Nous lui répondîmes d'un hochement de tête, puis braquâmes de nouveau nos regards sur Hommes-Hebdo, lequel était manifestement prêt à nous faire part de ses révélations.

« Toute cette histoire est simple comme bonjour en vérité, d'ailleurs ça me rappelle l'affaire du maquilleur porté disparu au Salon du prêt-à-porter, il y a de cela quelques années. Nous savions qu'un maquilleur manquait à l'appel – mais nous ne savions pas en revanche de *quel* maquilleur il s'agissait. Tout le monde était affolé, comme vous pouvez l'imaginer, jusqu'au moment où je fis remarquer qu'il nous suffisait d'examiner de près le visage des mannequins, de repérer celles dont les pommettes manquaient cruellement de fond de teint, de leur demander qui s'était chargé de leur maquillage, et nous découvririons ainsi l'identité du mystérieux disparu. Retrouver le jeune homme en question, dès lors, fut une simple formalité. Dans le cas qui nous occupe aujourd'hui, cependant, je dois dire que nous avons eu la chance de devoir explorer les quartiers les plus déshérités de la ville ; car si nous avions dû mener l'enquête dans les rues de Bel-Air, par exemple, nous aurions buté sur le problème causé par le recours aux services d'une domesticité nombreuse. Mais le fait que nous ayons dû explorer Brentwood et d'autres coins de la ville tout aussi malfamés m'a grandement facilité la tâche. Vous aurez sans doute remarqué, mes chers, que je m'intéressais beaucoup à l'aménagement extérieur des lieux résidentiels, et j'ai trouvé très exactement ce à quoi je m'attendais. Un grand nombre de pelouses étaient horriblement négligées et n'avaient pas vu la couleur d'une tondeuse depuis des lustres. J'ai découvert par ailleurs que dans plus d'une demeure les poubelles n'avaient pas été sorties depuis plusieurs jours, ni les journaux livrés sur le pas de la porte. Tant de menues tâches domestiques et de petits boulots ainsi laissés en déshérence ne pouvaient indiquer qu'une seule chose – ces quartiers souffraient à l'évidence d'une pénurie de jeunes garçons. Il m'a dès lors suffi de dénombrer tous ces manquements à l'ordre domestique le plus élémentaire pour parvenir aux chiffres très précis que voici :

> Mille cinq cent quatre-vingt-deux enfants mineurs de moins de quatorze ans sont sexuellement exploités dans la région de Los Angeles. Mille cinq cent quatre-vingt-quatre, pour être tout à fait exact, mais les deux autres sont des stars de cinéma – leur exploitation, hélas, n'a donc rien d'illégal.

Pensez avant de parler. Lisez avant de penser.

Au moins dix mille individus adultes de sexe masculin poursuivent quotidiennement de leurs assiduités des garçons âgés de moins de quatorze ans, mais seuls mille cent quatre-vingt-trois d'entre eux parviennent à les attraper.

Huit mille adolescents âgés de quatorze à dix-sept ans sont victimes d'abus de la part d'environ quatorze mille individus adultes de sexe masculin (maigre cueillette, en l'occurrence), mais vingt-huit mille cinq cent soixante et un individus adultes de sexe masculin sont exploités à leur avantage par dix-neuf mille cinq cents adolescents majeurs particulièrement malins qui s'ingénient à leur faire croire qu'ils ont entre quatorze et dix-sept ans.

Hommes-Hebdo se rassit bien au fond de son fauteuil d'un air satisfait, et Joli Mignon et moi le félicitâmes avec effusion. Une fois de plus, les talents extraordinaires de mon compagnon avaient triomphé du mensonge et de l'adversité, et en sortant du restaurant nous vîmes Barbra et Jon ignorer superbement Kris.

Ou ne pas émettre : telle est la réponse

C'est avec une intense satisfaction que j'entendis, un dimanche soir, l'hôte qui nous avait invités à passer le week-end dans sa maison de campagne prier son chauffeur de nous ramener à New York. Cette intense satisfaction puisait sa source dans ma conviction viscérale qu'il convient d'éviter de prendre toute forme de transport en commun avec autant de zèle qu'on en met à éviter d'attraper un herpès génital. Et dans l'ensemble, je l'avoue toute modestie bue, compte tenu de mes maigres ressources financières et de mon vaste entregent, j'ai jusqu'ici admirablement réussi à échapper à ces deux fléaux. C'est donc dans les plus joyeuses dispositions que je m'installai confortablement à l'arrière du véhicule. J'adressai un chaleureux sourire à mes compagnons de voyage, allumai une cigarette, puis me lançai avec enthousiasme dans une conversation visant à tourner en dérision les petites manies intimes de certaines de nos connaissances communes qui avaient le tort de ne pas être présentes ce soir-là. Au vu de ces circonstances, on comprendra aisément que je n'aie guère accordé d'attention à ce que dans mon immense candeur je pris au début pour d'innocents marmonnements émanant de notre chauffeur. Un moment de flottement dans la conversation, cependant, m'offrit bientôt l'opportunité de mieux prêter l'oreille à ce qui se passait à l'avant de la voiture, et je compris alors que quelqu'un d'autre marmonnait dans l'habitacle. Je regardai attentivement mes deux voisins de banquette et constatai avec soulagement que ni l'un ni l'autre, à l'évidence, ne m'avaient caché des talents de ventriloque. Notre chauffeur lui-même maîtrisait-il donc cet art difficile entre tous ? C'était tout à fait inconcevable. Piquée par la curiosité, je me penchai vers lui pour lui demander de but en blanc la raison de ce phénomène. Il m'expliqua qu'il était en train de discuter sur la fréquence dite *CITIZEN BAND*, ou « radio CB », grâce au dispositif émetteur-récepteur qu'il avait fait installer dans le véhicule de notre hôte. Les marmonnements qu'on entendait en retour étaient ceux d'un chauffeur routier dont le camion roulait à une trentaine de kilomètres devant nous. Je demandai au chauffeur ce qu'il attendait de cette interaction vocale à distance ; il échangeait des informations, me répondit-il, sur la météo, les conditions de circulation et les radars de police.

Je jetai un coup d'œil par la vitre. C'était une belle soirée de septembre, les étoiles brillaient dans un ciel vierge de tout nuage, et nous roulions pare-chocs contre pare-chocs. S'il y avait un radar de police dans le coin, il était sans doute en train de lire tranquillement son journal. Je me permis de faire part au chauffeur de ces observations ; il me répondit qu'il voulait savoir quelles étaient les conditions de circulation trente kilomètres plus loin. Je lui répliquai qu'on était dimanche soir, que nous roulions sur l'autoroute Merritt Parkway en direction de New York et que les conditions de circulation trente kilomètres plus loin seraient exactement les mêmes, à ceci près que le paysage alentour prendrait peu à peu des allures plus urbaines. Il ignora ma remarque et se remit à marmonner dans sa radio CB. Étant habituée à ce qu'on me délaisse au profit d'un camionneur, je me rassis à ma place sur la banquette arrière sans rien dire et décidai d'écouter la suite de cette conversation probablement insipide au possible. Au lieu de quoi j'eus la grande surprise d'entendre se déverser dans mes oreilles des paroles auxquelles je ne comprenais strictement rien, car les deux hommes conversaient en langage codé, employant des termes qui me semblaient dépourvus de toute signification. Ainsi découvris-je l'existence d'un jargon spécifique aux utilisateurs de la radio CB. Dans la mesure où c'était la première fois que j'étais exposée à ce phénomène, je reconnais sans le moindre scrupule que ma réaction initiale fut un sentiment de profonde consternation. Je n'y entendais rien. C'était il y a plus d'un an ; aujourd'hui, j'en sais beaucoup plus. Et oui, je suis toujours aussi consternée – oui, je suis horrifiée – et oui, je m'insurge.

J'avais dans l'idée de m'insurger sous la forme d'un échange de lettres fictives entre Oscar Wilde et Lord Alfred Douglas rédigées en sabir CB. Je m'attelai diligemment à cette tâche, mais ne tardai pas à me rendre compte que mes efforts étaient voués à l'échec, car le jargon CB est un moyen de communication qui ressortit résolument à la culture *butch*. On peut même supputer en toute confiance que, si les filles et les hommes homosexuels étaient entièrement rayés de la carte démographique des États-Unis, la langue CB deviendrait la langue officielle de notre nation.

Nul n'est mieux placé que moi pour avancer une telle allégation, car j'ai étudié le sujet en profondeur en vue du petit projet d'écriture susmentionné et hélas avorté. J'ose ainsi l'affirmer avec une assurance que rien ne saurait ébranler : je parle le CB pour ainsi dire couramment. Et croyez bien que j'en suis la première étonnée, car je garde en mémoire la noria de professeurs particuliers qui tentèrent de m'inculquer les rudiments du français tout au long de ma jeunesse et finirent par s'avouer vaincus, tous sans exception, devant ce qu'ils appelaient mon incurable surdité linguistique. Soit, soit ; mais peu importe, car pour ce qui est des *dialectes*, en revanche, sachez que je possède l'oreille absolue. À l'évidence, mon inaptitude à l'apprentissage des langues n'avait donc rien à voir avec le problème. Je fis de mon mieux. Je donnai à Lord Douglas le « blaze » (ou surnom, en langue CB) de « petit-minet », et à Mr Wilde celui de « gros-matou », trouvaille qui me permettait de filer astucieusement la métaphore féline. Je lus leur vraie correspondance. Armée d'un volumineux dictionnaire d'argot CB, je tentai de la traduire en intégralité ; puis de n'en traduire que des extraits choisis ; puis d'en établir une édition annotée. En vain. Le CB, après tout, est une langue assez pauvre, dont le vocabulaire se limite essentiellement aux accidents de la route, aux radars, aux boîtes de vitesse et aux pauses-café. Les préoccupations de Mr Wilde et Lord Douglas étaient tout autres. Il n'existe aucun équivalent en langue CB, par exemple, aux mots « dorure », « narcisse », « frivolité » ou « charmant éphèbe aux cheveux de miel ». Et même la plus parfaite épigramme ne saurait souffrir d'être traduite dans une langue qui emploie le terme « sac à viande » pour désigner un lit.

Heureusement, je ne suis pas du genre à me laisser décourager, et quand j'ai décidé de manifester mon déplaisir, rien ne saurait m'en dissuader, dussé-je recourir à d'autres moyens d'expression. Ainsi donc :

« CB » est le sigle de « *citizen band* » – « *citizen* » voulant dire « citoyen » en anglais –, ce qui laisse subodorer que les locuteurs de cette langue éprouvent à l'égard du principe démocratique un attachement dont on ne peut s'empêcher de penser qu'il confine au fanatisme. Et de fait, les portes du monde de la CB sont ouvertes à tous et à tout un chacun (mais surtout à tous). Il est bien plus difficile, croyez-moi, d'entrer dans un grand magasin Macy's.

*

Aux yeux de l'aficionado « moyen » (et vous aurez beau chercher, jamais vous ne trouverez un type d'individu auquel correspond mieux ce terme), la CB est un *hobby*. Or tout hobby, bien entendu, est une abomination, comme le sont toutes les marottes et les passions dévorantes qui ne mènent pas directement à un enrichissement personnel un tant soit peu conséquent.

*

Dans le monde des usagers de la CB, le respect mutuel est une obligation. Or toute obligation qui ne peut être instantanément convertie à la demande expresse du porteur d'icelle en espèces sonnantes et trébuchantes manque cruellement de raffinement comme de dignité.

*

Rien ne prouve mieux l'inanité du jargon CB que ses paradoxes : d'une part il est exotique, mais de l'autre il ne possède aucun mot pour désigner la papaye verte.

*

Pensez avant de parler. Lisez avant de penser.

La radio CB permet à n'importe qui d'entrer en contact avec divers individus venus de tous les horizons. Or ne perdons jamais de vue que « tous les horizons » inclut les artistes conceptuels, les gérants de pressings et les poètes vivants.

*

La langue CB sert quasi exclusivement à l'échange d'informations factuelles. Elle ne présente donc pas le moindre intérêt pour quiconque a un tant soit peu de goût pour les conversations civilisées.

Postal coitum animal triste

L'intense aversion que m'inspire la lecture des journaux m'oblige à me tourner vers autrui si je veux être informée de ce qui se passe autour de moi. Mes sources ne sont donc pas toujours fiables à cent pour cent. Elles ont cependant un charme bien à elles, et leur allure parfois singulièrement fantaisiste les rend d'autant plus précieuses et dignes de considération. Par exemple, j'ai appris l'autre jour que le service postal des États-Unis envisageait de ne plus distribuer le courrier que trois jours par semaine. Mon informateur était en l'occurrence très proche de sa mère, et donc tout à fait digne de confiance. J'ai été profondément choquée et consternée dans un premier temps en apprenant cette nouvelle, puis je me suis rappelé qu'il était déjà extrêmement rare de voir plus de deux fois par semaine le courrier adressé aux riverains du quartier où je vis parvenir en totalité dans leurs boîtes aux lettres. Comment expliquer, me suis-je alors demandé, que le bureau de poste dont je dépends fût si en avance sur le reste de la nation ? Pour résoudre ce mystère, j'ai décidé de mener discrètement ma petite enquête.

J'habite à Greenwich Village, un quartier de New York réputé pour ses qualités artistiques – qualités perceptibles non seulement dans l'atmosphère qui y règne et chez ses résidents, mais aussi chez les employés des services publics. Il n'est pas un seul fonctionnaire du bureau de poste local qui ne soit sujet à de telles sautes d'humeur qu'on en vient à se dire que seul le malheureux hasard d'un sens du rythme défaillant l'a empêché d'embrasser la carrière de compositeur d'opéras tragiques. Mes recherches approfondies n'ont cependant pas tardé à révéler que ce curieux phénomène n'était en rien dû au hasard, mais le résultat d'un effort sciemment entrepris par les services de la poste pour se rapprocher de ses usagers. La poste de Greenwich Village est une entité distincte et autonome, fonctionnant sur le principe selon lequel les hommes ne sont nulle part au monde plus égaux entre eux que dans cette enclave du sud-ouest de Manhattan. Ainsi, par exemple, les bureaux proprement dits se situent dans un bâtiment revendiquant clairement une influence Bauhaus. Les avis de recherche qu'on y trouve affichés renvoient à des désirs d'ordre plus personnel que fédéral. L'uniforme des facteurs répond à des critères de coupe et de tissu très précis. Et à la devise officielle de la poste ont été ajoutés quelques mots spécifiquement adaptés au quartier, de sorte qu'on peut lire aujourd'hui sur le grand panneau : « Ni neige, ni pluie, ni chaleur ni ténèbres de la nuit ne sauraient faire barrage à ces messagers dans le célère accomplissement des tournées dont ils ont reçu mission. *Néanmoins*, il peut toujours arriver qu'une vexation, un souvenir douloureux, une crise d'angoisse postale ou encore un rendez-vous impossible à décaler fasse bel et bien barrage à tel ou tel messager, et ce pour une période de temps indéfinie. Comme disent les Français : *c'est la vie*. » Cette devise mérite une petite exégèse, que je m'empresse de vous fournir ci-dessous afin d'en dévoiler les vérités profondes :

Vexation

Une situation de Vexation peut être officiellement déclarée lorsque l'employé de la poste risque de voir sa sensibilité heurtée au cours de sa tournée par l'un ou l'autre des phénomènes suivants :

1. Un immeuble aux proportions architecturales déplaisantes.
2. Un nombre excessif d'artistes conceptuels – le terme « excessif » correspondant en l'occurrence à la définition officielle suivante : « Plus de deux si les artistes en question sont décédés, plus d'un s'ils sont vivants. »
3. Les musiciens qui ne sont pas occupés à dormir.
4. Les animaux de compagnie raffinés.
5. Les restaurants ethniques dont le menu propose des plats pittoresques.

Souvenir douloureux

Une situation de Souvenir douloureux peut être invoquée lorsque le facteur est appelé à distribuer le courrier dans un quartier où :

1. Il a eu par le passé des rapports sexuels satisfaisants sur le plan émotionnel mais débilitants sur le plan physique.
2. Il a consommé un curry de crevettes préparé dans le plus flagrant mépris des règles de l'art culinaire.
3. Il s'est fait snober.

Crise d'angoisse postale

La Crise d'angoisse postale est une pathologie grave qui touche les facteurs particulièrement sensibles avec une fréquence inquiétante. Ses symptômes sont les suivants :

1. Incapacité à localiser l'adresse exacte du destinataire en raison d'un perfectionnisme inhibant et de la conviction profonde que la bonne adresse – la grande adresse, celle que vous étiez persuadé d'avoir depuis toujours en vous – restera à jamais hors d'atteinte.
2. Tendance à lire le code postal avec difficulté, accompagnée du pressentiment troublant que ce code pourrait bien être impossible à décrypter.
3. Inexpugnable sentiment que vous êtes au bout du rouleau. Que l'époque glorieuse de vos tournées triomphales est révolue.

Rendez-vous impossible à décaler

Le facteur de Greenwich Village fait tout son possible pour se rendre disponible pendant ses heures de travail, mais il n'est pas plus qu'un autre immunisé contre le rythme de vie effréné de la grande métropole, bien entendu, et se trouve contraint plus souvent qu'à son tour d'admettre qu'il n'a plus aucun créneau disponible dans son planning surchargé. Rien de très surprenant à cela, dans la mesure où il croit dur comme fer en l'adage « Qui va à la chasse perd sa place », ce qui l'entraîne bon gré mal gré dans le tourbillon vertigineux que constitue la vie sociale et professionnelle de ses semblables, comme en témoignent les notations suivantes, extraites d'une page choisie au hasard dans son carnet de rendez-vous :

Mardi 6 avril

10 h 30 – Réunion du conseil d'administration, fondation Ford

12 h – Discussion avec agent au sujet de l'offre pour les droits de traduction en néerlandais

13 h – Déjeuner, La Côte Basque – Barbara Walters

Postal coitum animal triste

15 h 30 – Discours au conseil de sécurité des Nations unies
18 h – Défilé, 500 Club – Oscar de la Renta – collection prêt-à-porter
20 h – Dîner de travail – Henry Kissinger – Chez Orsini

Les écrivains en grève : une prophétie terrifiante

Il n'est pas rare que les grandes métropoles soient paralysées par des grèves et des manifestations de médecins, d'éboueurs, de pompiers ou de policiers. Une partie de l'opinion publique ne manque jamais de s'en offusquer, car les gens, inquiets pour leur sécurité, imaginent aussitôt leur ville tout entière assaillie par des montagnes d'ordures en flammes et des hordes de meurtriers sanguinaires. Toutefois, les détritus sur la chaussée, les incendies domestiques, les assassins en liberté et les petites taches sur les poumons ne sont jamais que de simples désagréments d'ordre physique. Il peut se produire des crises sociales bien plus graves, et les hommes politiques comme les citoyens confrontés aux situations bénignes que je viens d'évoquer peuvent toujours se rassurer en se disant : « Bon, d'accord, c'est le bazar, mais au moins, Dieu merci, ce ne sont pas les écrivains qui sont en grève. » Car croyez-moi, comparé aux écrivains, même les chauffeurs routiers font figure d'enfants de chœur.

Imaginez. New York, un dimanche après-midi pluvieux. Partout dans la ville, les écrivains sont allongés dans leur lit, la tête sous l'oreiller. Ils sont de tout âge et de toute corpulence, de toute origine, de toute religion et de toute obédience, mais ils ne forment qu'une seule et même entité : les pleurnichards. Certains pleurnichent dans leur coin ; d'autres pleurnichent sur l'épaule de leurs amis ; peu importe. Comme un seul homme ils se tournent sur le côté et attrapent leur téléphone. Quelques secondes plus tard, chaque écrivain new-yorkais est en communication avec un autre écrivain new-yorkais. Ils parlent du fait qu'ils n'écrivent pas – ce qui constitue sans doute, après la question de savoir qui est gay ou pas, le sujet de conversation préféré des écrivains new-yorkais. Ce thème se décline sous des formes variées, entraînant diverses réactions chez l'écrivain :

Variation n° 1

Vous n'arrivez pas à écrire. Vous appelez un autre écrivain. Lui non plus n'arrive pas à écrire. C'est formidable. Vous pouvez dès lors discuter pendant deux heures du fait que vous n'écrivez pas puis aller dîner ensemble jusqu'à quatre heures du matin.

Variation n° 2

Vous n'arrivez pas à écrire. Vous appelez un autre écrivain. Lui est en train d'écrire. C'est une véritable tragédie. Non seulement il vous tiendra la jambe jusqu'à ce que vous vous soyez bien rentré dans la cervelle qu'il est en train d'écrire mais en plus il est persuadé que ce qu'il est en train d'écrire est probablement la meilleure chose qu'il ait jamais écrite. La seule alternative au suicide dans un tel cas de figure est d'appeler un musicien de rock. Une brève conversation avec ce dernier suffira à vous remonter le moral, et vous pourrez ensuite vous remettre à ne pas écrire en toute sérénité.

Variation n° 3

Vous êtes en train d'écrire. Un autre écrivain vous appelle pour vous parler du fait qu'il n'écrit pas. Vous lui dites que vous, si. Pris d'une pulsion masochiste, il vous demande alors ce que vous êtes en train d'écrire. Vous l'informez en toute modestie qu'il s'agit d'un petit texte de rien du tout, vaguement inspiré d'*Un mari idéal* mais en un peu plus drôle. Vous affichez le lendemain une mine empreinte de gravité et d'élégance à son enterrement.

Il existe d'autres variations sur ce thème, mais je pense que vous avez compris ce que je voulais dire. Bien. Revenons à présent à notre dimanche après-midi pluvieux. Un étrange phénomène s'est produit. *Tous* les écrivains new-yorkais sont en train de ne pas écrire. Dès que la nouvelle s'est répandue, une vague de soulagement généralisé a déferlé dans les rangs de la communauté des écrivains qui n'écrivent pas, et chacun éprouve un bien-être universellement partagé. Pendant quelques instants miraculeux, tous les écrivains new-yorkais s'apprécient mutuellement. Si *personne* n'arrive à écrire, alors il est évident que ce n'est pas la faute des écrivains. C'est forcément la faute des *autres*. Les écrivains décident donc de se liguer contre eux. De se venger. D'arrêter de ne-pas-écrire recroquevillé chacun dans son coin, enfermés chez soi, au fond de son lit. De ne-pas-écrire au grand jour. De lancer un grand mouvement de grève. D'investir en masse le lobby de l'hôtel Algonquin et de s'y installer pour ne-pas-écrire.

Les conséquences de cette grève ne se font pas sentir immédiatement, mais au bout d'un an et demi, les gens commencent à s'apercevoir qu'il n'y a plus rien à lire. Ils remarquent d'abord que les présentoirs des kiosques à journaux sont vides. Puis le phénomène se propage aux journaux télévisés. Ils existent toujours, mais ce sont souvent des rediffusions – ou des improvisations. Les gens commencent à râler. Ils exigent que les autorités réagissent. La municipalité envoie une commission parlementer avec les écrivains, constituée d'un pompier, d'un médecin, d'un employé de la voirie et d'un agent des forces de l'ordre. Les écrivains refusent de négocier. Leur réponse à la ville aux abois ? « Voyez avec mon agent. » Les agents refusent eux aussi de négocier tant qu'ils n'auront pas réussi à vendre les droits d'adaptation de cette crise au cinéma. La grève se poursuit. La Croix-Rouge est autorisée à franchir le cordon sanitaire mis en place afin de distribuer aux grévistes café chaud et relevés de droits d'auteur. La situation est de plus en plus désespérée. Partout dans le pays on voit des adultes assis sous des abribus en train de jouer aux osselets. De vieux numéros du magazine *People* sont mis aux enchères par la galerie Parke-Bernet et s'envolent à des prix astronomiques. Les bibliothécaires commencent à prendre des pots-de-vin et se promènent dans les rues de la ville au volant d'énormes Cadillac couleur lavande au toit en vinyle matelassé et à la lunette arrière en forme de page de livre. Une poignée d'individus se trouvant en possession de plusieurs vieux exemplaires du *New Yorker* se constitue en syndicat. Ils ouvrent un bar à lecture privé, réservé aux membres adhérents, lequel est bientôt visé par un attentat à l'explosif fomenté par un groupuscule extrémiste affirmant que Donald Barthelme appartient au peuple.

On finit par appeler à la rescousse la Garde nationale. Des centaines de soldats armés jusqu'aux dents prennent d'assaut l'Algonquin. Ils sont contraints de battre en retraite sous le feu roulant des répliques sarcastiques des écrivains.

Pensez avant de parler. Lisez avant de penser.

Quoique les écrivains soient convenus qu'il n'y aurait pas de chef à la tête de leur mouvement, l'un d'eux devient peu à peu une figure d'autorité. Son influence est fondée en grande partie sur le fait qu'il porte en permanence sur lui un exemplaire de l'édition originale de *L'Arc-en-ciel de la gravité* ; la légende prétend qu'il l'a même lu en entier. Mais il s'agit en réalité d'un médiateur de l'inspection du travail, chargé par la municipalité d'infiltrer la communauté des écrivains et de briser la grève. Déployant des trésors d'insidieuse fourberie, il sème la discorde parmi les écrivains en faisant croire aux uns que les autres sont en train d'écrire en secret et qu'ils disposeront d'un manuscrit prêt pour publication dès que la grève sera terminée. Il s'acquitte à merveille de sa mission. Les écrivains quittent l'Algonquin et rentrent ne-pas-écrire chez eux. Lorsqu'ils comprennent qu'on les a dupés, et qu'ils découvrent l'identité du traître, bon nombre essaient d'attenter à leurs jours, accablés par leur manque de discernement. Que cela vous serve à tous de leçon : ne jugez jamais une couverture à son livre.

Je préférerais ne pas (savoir)

Pour certains ce sont les colonnades, pour d'autres la philosophie, mais à mes yeux, ce qu'il y a de plus séduisant dans l'Antiquité grecque, c'est la tradition qui consistait à condamner à mort le porteur de mauvaises nouvelles. Si on remettait cette coutume au goût du jour et qu'on en profitait pour se débarrasser par la même occasion des porteurs de *bonnes* nouvelles, notre civilisation friserait pour ainsi dire la perfection. Coutume qui, si je puis me permettre, constituerait un progrès bienvenu dans n'importe quelle culture, mais surtout dans la nôtre. Je suis bien consciente qu'il y a beaucoup de gens qui *aiment* être informés – les nouvelles du monde comme il va sont pour eux importantes, éclairantes, parfois même distrayantes. À ceux-là, je ne dirai qu'une chose : vous avez tort. Ah non, c'est un peu court ! me rétorquerez-vous, et à la limite de l'irrévérencieux ; eh bien soit, je me ferai une joie de développer mes arguments pour votre gouverne. Afin, donc, de vous permettre d'ouvrir les yeux sur vos erreurs de jugement, analysons l'un après l'autre chacun des termes susmentionnés.

Important

Lorsqu'on réfléchit à un tel concept, il convient d'abord et avant tout de se demander : « Important *pour qui* ? » Nous nous attaquons ainsi directement au cœur du problème. Et presque aussitôt nous nous rendons compte que le « qui » en question n'est probablement pas nous. Nous parvenons à cette conclusion en nous posant les questions suivantes :

1. Avant d'aller travailler, est-ce que j'enfile une veste aux couleurs criardes dont la poche de poitrine porte un chiffre cousu ?
2. Une fois ainsi vêtu, est-ce que je m'installe à un long comptoir incurvé et échange des plaisanteries avec d'anciens athlètes et des femmes issues des minorités ?
3. Est-ce que j'interromps périodiquement cet échange pour me tourner vers une caméra et rendre compte d'une voix ferme et chaleureuse à la fois des activités inintéressantes de gens inélégants ?
4. Est-ce qu'au moins une de mes collègues de travail a fait carrière en se déguisant en mère de famille et en achetant des produits d'entretien dangereux ?

Si nous avons répondu *non* à ces questions, alors nous pouvons convenir, me semble-t-il, que l'adjectif « important » n'est pas pertinent pour nous en ce qui concerne les nouvelles du jour. À moins, bien entendu, que vous ne gagniez votre vie en distribuant les journaux à bicyclette, auquel cas les nouvelles du jour revêtent bel et bien une certaine importance, mais uniquement en comparaison avec votre propre insignifiance.

Éclairant

Les nouvelles du jour ne sont éclairantes, au sens strict du terme, que dans la mesure où elles fournissent une véritable information. Les questions qu'il faut dès lors se poser sont les suivantes :

1. Ai-je envie de connaître cette information ?
2. Ai-je besoin de connaître cette information ?
3. Qu'est-ce que vous voulez que j'en fasse ?

RÉPONSE À LA QUESTION N° 1

Non. Si un scientologue atteint d'une maladie génétique lourdement handicapante et armé d'une arbalète commet une tentative d'assassinat contre le vice-président de la fédération des clubs de gym du Texas et que quelqu'un a vent de cette histoire, j'aime autant qu'il la garde pour lui.

RÉPONSE À LA QUESTION N° 2

Non. Si trois forgerons psychopathes au chômage ont kidnappé la fille de l'inventeur de la peinture au plomb et menacent de lui lire à voix haute des extraits du *Complexe d'Icare* jusqu'à ce que les autorités californiennes offrent un cheval à chacun des résidents du comté de Marin, je ne vois pas bien en quoi être au courant d'un tel événement pourra m'aider à trouver un appartement plus grand et moins cher dans un meilleur quartier.

RÉPONSE À LA QUESTION N° 3

Aucune idée.

Distrayant

Dans le cadre de mes recherches sur ce sujet, j'ai regardé pas mal de bulletins d'informations télévisés et lu deux ou trois journaux. Je n'ai pas ri une seule fois.

Mais je ne voudrais pas paraître injuste ; voici donc deux sortes d'informations que je trouve tolérables. L'une existe ; l'autre pas. Bien évidemment, celle qui existe est très loin d'être aussi tolérable que celle qui n'existe pas – ce qui constitue, soit dit en passant, une définition quasi parfaite de la réalité.

Les bulletins d'informations radiodiffusés

Les nouvelles diffusées à la radio sont supportables, et ce pour une seule et unique raison : pendant la présentation du bulletin d'informations, le DJ n'est pas autorisé à parler.

Les nouvelles personnalisées

Le journaliste télé Walter Cronkite apparaît à l'écran. Il vous toise d'un regard tout à la fois sérieux et affable. Une esquisse de sourire se dessine au coin de ses lèvres exsudant une franche honnêteté. Il commence. « Bonsoir, Fran. Aujourd'hui, pendant que vous étiez allongée sur votre canapé en train de lire de vieux numéros de l'édition anglaise du magazine *Vogue* en buvant du Perrier, votre livre s'est écrit tout seul. Tout indique qu'il n'y a pas une seule virgule à corriger. Selon une source proche de la *New York Times Book Review*, il s'agit d'un ouvrage "magnifique, désopilant et voué à devenir un best-seller". Le patron d'un grand studio hollywoodien à la réputation irréprochable – oui, Fran, nous avons réussi à en dénicher un rien que pour vous – nous a confié que les enchères pour l'acquisition des droits d'adaptation ont été d'une férocité inédite, et beaucoup dans le métier s'inquiètent du dangereux précédent que cela pourrait créer. Dans l'actualité locale, Lauren Bacall a tenu une conférence de presse cet après-midi pour annoncer qu'elle souhaitait échanger son appartement contre le vôtre, et un expert a fait fuiter l'information de source sûre selon laquelle tous les artistes conceptuels new-yorkais ont décidé de partir s'installer à Berlin-Est. Et c'est ainsi que nous refermons ce journal. Bonne soirée, Fran, merci de votre fidélité, et à demain pour d'autres nouvelles encore plus réjouissantes. »

GENS

Les gens

Les gens (une catégorie sociale qui à mon humble avis a toujours suscité un intérêt très exagéré) sont souvent comparés à des flocons de neige. Cette analogie est censée suggérer que chacun est unique – qu'il n'y a pas deux personnes pareilles. Or rien n'est plus faux, à l'évidence. Les gens, même au vu du taux d'inflation actuel – *surtout* au vu du taux d'inflation actuel, serais-je même tentée de dire –, se ramassent à la pelle, et je m'empresse d'ajouter que leur seul point commun avec les flocons de neige, c'est leur propension aussi déplorable que systématique à se changer, dès qu'arrive le redoux, en un informe tas de boue sale et humide.

C'est là, j'en ai bien conscience, une opinion qui ne jouit pas d'une immense popularité auprès du grand public et qui n'a rien de très nouveau non plus. Je suis persuadée, cependant, que c'est la toute première fois que quiconque entreprend de l'exprimer en l'étayant de preuves concrètes, fiables et substantielles. Autrement dit, tout le monde parle des gens en permanence, mais personne ne fait jamais rien pour résoudre le problème.

Ce que j'ai donc décidé de faire pour remédier à cette situation, c'est de démontrer que, à de rares exceptions près, les gens sont peu ou prou comme tout le monde. Ils disent tous les mêmes choses, portent les mêmes noms et se coiffent de la même manière. Ce phénomène, par ailleurs, loin d'être spécifique à l'époque contemporaine, a été observé de tout temps depuis l'aube de l'humanité. Voici quelques éléments dont l'ordonnancement clair et rigoureux permettra de dissiper les doutes éventuels qui pourraient subsister à ce sujet :

I. CE QUE DISENT LES GENS

Vous trouverez ci-dessous la liste exhaustive et non abrégée des expressions et locutions servant de base à la conversation de base de l'individu de base depuis la nuit des temps :

a. Salut, comment ça va ?
b. Moi ? Mais pas du tout.
c. Tant mieux. Toi aussi maintenant tu comprends ce que ça m'a fait.
d. Ça vous dérange si je passe devant vous ? J'ai juste ça à payer.

II. LE NOM DES GENS

Ce paramètre est variable d'un siècle à l'autre, mais dans l'ensemble, quelle que soit l'époque, tout le monde porte le même nom. Les Joe d'hier sont simplement devenus les Jennifer d'aujourd'hui. Parfois au sens littéral.

III. LA COIFFURE DES GENS

Les possibilités capillaires ne sont hélas pas infinies. Les commentateurs sportifs et les coiffeurs seront peut-être choqués de l'apprendre, mais c'est un fait. Les preuves sont nombreuses et indiscutables, comme le montre la liste qui suit. (N.B. : Toutes les observations ci-dessous sont rigoureusement exactes ; si vous ne me croyez pas, allez vérifier par vous-même.)

Gens qui ont ou avaient presque exactement la même coiffure

a. Victor Hugo et Sarah Caldwell
b. William Wordsworth et Frank Lloyd Wright
c. W. B. Yeats et David Hockney
d. Jean Cocteau et Eli Wallach
e. Johan August Strindberg et Katharine Hepburn
f. Pablo Picasso et Phillip Splaver (mon grand-père maternel)

Bien. Maintenant que nous avons passé en revue ces trois leçons fondamentales, la plupart d'entre vous devez sûrement vous demander : « Mais alors en quoi les gens *diffèrent-ils* les uns des autres ? » Il y a deux réponses à cette question. La première, c'est que tout le monde a une pointure de pied différente – et même unique, oui, absolument. J'irais jusqu'à dire qu'il n'existe pas deux pieds identiques – pas même, comme vous l'avez sans doute déjà remarqué, les vôtres. Chaque pied humain possède sa propre taille inimitable, sa propre forme distinctive, sa propre petite personnalité. Ce sont donc les pieds, et non pas les gens, qui ressemblent à des flocons de neige. Ce sont vos pieds, plus que n'importe quelle autre partie de votre anatomie, qui font de vous la personne que vous êtes, et personne au monde n'a exactement les mêmes.

La deuxième chose qui vous caractérise en propre, qui vous permet de vous distinguer de la masse, c'est que chacun, partout dans le monde, préfère ses œufs préparés d'une façon différente et bien spécifique. Au chapitre des œufs, chacun a son goût particulier, subtil et individuel. Alors la prochaine fois que quelqu'un vous demande si vous les voulez au plat, brouillés ou à la coque, n'ayez pas peur, dites-le haut et fort. On n'a qu'une vie, après tout.

À ce stade de notre exposé, j'imagine qu'un certain nombre d'entre vous doivent se dire que la situation, telle que je l'ai décrite jusqu'à présent, est assez déprimante. Le monde ne se porterait-il pas mieux, vous demandez-vous peut-être, si tout le monde n'aimait que les œufs mollets, par exemple, et si les conversations, en revanche, étaient un peu plus variées ? Eh bien si, le monde se porterait beaucoup mieux ; or il existe une solution à ce problème, mais elle ne peut marcher qu'au prix d'un gigantesque effort collectif. Voici cette solution : je consens à vous enseigner rapidement les grands principes de l'art de la conversation civilisée à la condition expresse que vous vous mettiez tous d'accord sur une seule et même façon universelle de manger les œufs. Je conçois qu'il ne soit pas évident pour des pieds si nombreux, divers et bigarrés de marcher du même pas, mais si vous me promettez au moins d'essayer, alors moi aussi je suis prête à faire de mon mieux.

Avant d'aborder les questions d'ordre général relatives aux grands principes de l'art de la conversation, toutefois, je crois qu'il n'est pas inutile de faire un point rapide sur la notion d'excès de zèle.

L'excès de zèle

Celui qui cherche désespérément à briller dans la conversation est voué à trop embrasser et mal étreindre, ce qui est physiquement possible mais peu séduisant.

*

La notion de « pensée originale » est semblable à celle de péché originel : il s'agit dans les deux cas de quelque chose qui est déjà arrivé avant votre naissance à des gens que vous n'auriez pas pu connaître.

Les questions d'ordre général relatives aux grands principes de l'art de la conversation

Les gens civilisés parlent d'idées, les gens normaux parlent de choses, et les gens médiocres parlent de vin.

*

Une conversation polie n'est en général aucune des trois.

*

Vider son sac est une forme de conversation aussi élégante que l'expression qui la désigne.

*

Ne parlez jamais de gens connus à table pendant un dîner. La dernière chose sur laquelle on a envie de tomber dans sa soupe – à part une mouche –, c'est une célébrité.

*

La seule réponse appropriée à la question « Vous désirez ? » est : « Non, moi Barbara. »

Pensez avant de parler. Lisez avant de penser.

*

Dire à quelqu'un qu'il a l'air en forme n'est pas un compliment – c'est un deuxième avis.

*

Avoir l'air sincèrement attentif est comme scier une femme en deux puis la recoller en un seul morceau – on y arrive rarement sans l'aide d'un miroir.

*

Le contraire de parler, ce n'est pas écouter. Le contraire de parler, c'est attendre.

Comment ne pas épouser un millionnaire : petit guide à l'usage de celles qui courent après l'infortune

Le récent mariage de la célèbre héritière grecque d'un empire du commerce maritime avec un communiste russe au chômage a fait si grand bruit que certains ont pu se demander si on n'assistait pas à l'émergence d'une nouvelle mode. Il n'est pas totalement absurde de penser que dégringoler les échelons de la société puisse devenir la dernière lubie en vogue dans la frange la plus riche de la population – laquelle pourrait jeter son dévolu sur un large éventail de candidats putatifs, allant du simple bourgeois aisé au plus misérable crève-la-faim. Si tel devait être le cas, nos amies les plus fortunées auront sans doute grand besoin de nos conseils pratiques et de notre scrupuleuse sollicitude. C'est dans cette optique que j'ai rédigé le petit guide que voici.

I. OÙ TROUVER UN PAUVRE ?

Rencontrer un pauvre est en soi un problème, car les portes des lieux qu'ils fréquentent vous sont généralement fermées. Le pauvre n'a pas fait sa prépa dans la même classe que votre frère, ni fondé une société de courses hippiques avec votre bookmaker, ni perdu des sommes astronomiques contre vous à la table de blackjack du casino de Deauville sans se départir une seule seconde de son élégance et de son fair-play. Il ne partage pas votre passion pour l'art de la joaillerie dans les civilisations précolombiennes, votre irrépressible propension à faire tourner en bourrique le personnel de cuisine ou votre expertise en matière de fluctuation du prix du mètre carré à Gstaad. Il est donc peu probable que vous puissiez rencontrer un pauvre par hasard. Vous allez devoir vous bouger pour en trouver un. Or, lorsqu'on se met en quête d'un pauvre, il est primordial d'avoir une connaissance parfaite de ses mœurs et de son train-train quotidien.

a. La colonne vertébrale du système des transports en commun, *c'est* le pauvre, lequel, lorsqu'il doit se rendre quelque part, ne manque jamais d'adopter l'esprit de franche camaraderie qui prévaut à bord des bus et du métro. Si vous optez pour cette méthode, prenez bien garde de ne pas vous trahir en faisant le geste inutile et grotesque d'agiter la main pour héler une rame de la ligne E, ou en disant « le steward » pour parler du chauffeur de bus.

b. Le pauvre accomplit seul et par ses propres moyens la plupart des tâches indispensables de la vie quotidienne. Ainsi peut-on fréquemment l'apercevoir ici ou là en train d'acheter de la nourriture, de laver son linge, de chercher des outils dans un magasin de bricolage, de passer à la pharmacie récupérer son ordonnance et de déposer ses bouteilles vides à la consigne. Ces tâches peuvent être accomplies dans divers endroits répartis un peu partout dans la ville et ouverts au public, au sein duquel il vous est tout à fait loisible de vous compter, si tel est votre souhait.

c. En général, le pauvre passe l'été à l'endroit où il passe l'hiver.

d. À moins qu'il n'appartienne à la catégorie des pauvres parmi les pauvres (c'est-à-dire à moins qu'il ne touche les allocations), il est probable que le travail occupe une bonne partie de ses journées, voire de ses nuits. Le travail est un phénomène qui peut avoir lieu dans divers endroits : boutiques, bureaux, restaurants, maisons, aéroports ou siège conducteur d'un taxi. Hormis dans ce dernier cas, sans doute, vous pouvez avoir très facilement accès à ce genre d'endroits – n'hésitez pas à jouer de cette heureuse circonstance à votre avantage, car elle pourrait bien vous offrir l'occasion inespérée de faire le premier pas.

II. BRISER LA GLACE AVEC LE PAUVRE

Lors de la phase d'approche, vous pouvez bien entendu aborder le pauvre en recourant aux mêmes tactiques que pour aborder une personne appartenant à la même catégorie sociale que vous. Le charme, l'esprit, la sollicitude, un regard intense, la simple chaleur humaine, la manifestation d'un intérêt aussi soutenu que contrefait pour ses sentiments profonds – tout cela peut servir à établir le contact. Toutefois, les stratégies de ce genre ne sont pas sans risque, car elles peuvent être mal interprétées et ne sauraient en aucun cas se traduire par l'obtention immédiate du résultat escompté. Les gens pauvres, hélas, étant non seulement pauvres mais aussi des gens, sont imprévisibles ; eux aussi ont leurs humeurs, leurs fragilités, leurs susceptibilités. Il se peut ainsi qu'ils réagissent de manière déconcertante et quelque peu décevante au déploiement des armes de séduction précitées. Ne vous découragez pas pour autant, car c'est précisément à ce moment-là que vous pouvez exploiter à votre avantage votre statut d'individu plus fortuné, ce qui vous permettra à coup sûr et de manière presque instantanée d'approfondir le rapport d'intimité que vous aurez d'ores et déjà initié avec le pauvre.

Offrez au pauvre quelque chose d'onéreux : une voiture ; une maison ; un poste de télévision en couleur ; une table de salle à manger. Quelque chose de joli. Le pauvre apprécie toujours ce genre de cadeaux. Achetez-lui quelque chose dans ce goût-là, et il en concevra suffisamment d'affection à votre égard pour accepter à tout le moins de bavarder quelques instants avec vous.

III. LES CHOSES À NE SURTOUT PAS DIRE AU PAUVRE

C'est maintenant que vous allez devoir faire preuve de la plus extrême vigilance afin de ne pas perdre l'avantage que vous avez conquis de haute lutte. Car c'est une fois qu'elle a concrètement engagé la conversation avec le pauvre que même la plus appliquée et consciencieuse des aspirantes chasseuses d'infortune risque de se prendre les pieds dans le lino.

Amadoué par le cadeau somptueux que vous venez de lui faire, le pauvre se trouvera dans les dispositions les plus loquaces et amicales. Pour autant, la victoire ne vous est pas encore complètement et irrévocablement acquise ; vous courez toujours le risque de le prendre à rebrousse-poil, ce qui aurait pour effet de réduire aussitôt à néant tous vos efforts. Une remarque malencontreuse, une question indélicate, une allusion inopportune – au moindre faux pas, le pauvre est susceptible de se braquer au point de vous tourner définitivement le dos. Voici quelques exemples du genre de choses qu'il faut absolument s'abstenir de dire au pauvre, dans la mesure du possible :

a. C'est à vous la Daimler bleue qui bloque l'entrée de la résidence ?
b. ... et à la fin, évidemment, c'est toujours sur le plus gros actionnaire que ça retombe.
c. Je vous appelle demain vers midi. Vous serez réveillé ?
d. N'allez pas croire – ces serveurs gagnent une fortune.
e. Oh, un uniforme ! Quelle merveilleuse idée !

IV. PETIT GLOSSAIRE DES TERMES EMPLOYÉS PAR LE PAUVRE

fripe – vêtement déjà porté par une ou plusieurs personnes que le pauvre peut se procurer à moindre coût dans certaines boutiques spécialisées où règnent un grand désordre et une drôle d'odeur. À ne pas confondre avec *fric*, qui de toute façon n'est pas non plus un mot à employer trop souvent en présence du pauvre.

pain de viande – sorte de pâté tout à fait succulent quoique un peu étouffe-chrétien. Parfois servi chaud.

surmenage – sensation de fatigue extrême ; épuisement ; lassitude. Comparable au jet-lag.

loyer – argent jeté par les fenêtres. Ça revient tellement moins cher d'acheter.

Problèmes de riches

Angela de G.

Tout est calme à présent dans cet appartement donnant sur les quais de l'East River où l'on dirait qu'une tornade vient de passer. Le parquet à moitié défoncé est recouvert de bâches. Des escabeaux maculés d'éclaboussures de peinture se dressent tels des squelettes dans la lugubre pénombre que ne parviennent pas à dissiper des rampes d'éclairage d'une puissance insuffisante. Des teintes de gris disqualifiées se languissent en tristes mouchetures le long des plinthes. Des échantillons de tissu, violent camaïeu de verts acides et de noirs insondables, jonchent en furieuse pagaille le cadavre éventré d'un canapé Empire Récamier. Tout est calme à présent. Oui. À présent. Mais pour Angela de G., l'occupante de cette caverneuse épave, cet éphémère moment de calme n'est qu'un trop bref interlude ; un infime et précieux éclat de sérénité au cœur d'un monde sens dessus dessous, livré au chaos et au danger. Un monde de terreur et de désolation. Un monde de désespoir.

Angela de G. fait des travaux de rénovation chez elle.

On la contemple, silencieuse et frêle petite silhouette émaciée, recroquevillée sur elle-même, perdue dans un pull beaucoup trop grand. Un pull si volumineux et si peu seyant qu'on entend à peine sa voix quand elle parle – un pull, hélas, qu'elle ne pouvait pas refuser, peu importe que la coupe en fût déplorable et le coloris malheureux, peu importe que ce vêtement fût si mal assorti à son standing.

C'était un cadeau du grand couturier.

Mais Angela de G., tournée vers la fenêtre, le regard perdu dans les mornes lointains du Queens de l'autre côté des flots noirs et glacés du fleuve, ne semble pas se soucier le moins du monde de son allure. La crise qu'elle traverse en ce moment est si grande, et sa détresse si totale, qu'on dirait presque – presque – que même les questions de style vestimentaire n'ont plus aucune importance.

Quand Angela de G. se met à parler, on est tout de suite frappé par le déchirement intérieur qui transparaît dans sa voix ; elle parle tout bas mais son désespoir est criant lorsqu'elle égrène la litanie de ses souffrances, et la terrible histoire que racontent ces souffrances nous est ô combien familière, hélas, nous autres qui travaillons pour les services sociaux. Alors on fait silence, on l'écoute et on entend. On entend tout – les violentes empoignades entre le décorateur et l'architecte, l'arrogance du designer-éclairagiste, le retard perpétuel des ouvriers, la maladresse perpétuelle des peintres. Les dépassements d'horaires, les factures multipliées de moitié, multipliées par deux, le choc en découvrant l'existence de jours fériés auxquels on n'avait prêté jusqu'ici aucune attention. Oui, on écoute, on entend et, bien sûr, on fait ce qu'on peut. C'est-à-dire pas grand-chose. D'une voix hésitante, embarrassée par la modestie du secours que nous pouvons lui apporter, par notre propre terrible impuissance face à une telle situation, on la réconforte comme on peut. On lui glisse le nom d'un type qui fait des merveilles avec les parquets ; le numéro d'un plombier non syndiqué à Newark ; on espère de tout cœur avec elle qu'un jour elle finira par trouver un tapissier qui connaisse quelque chose à son métier. Oui, on fait ce qu'on peut. On fait des efforts. On affiche un optimisme à toute épreuve. Mais on sait bien, au fond, que ça ne suffira pas. Qu'il faudrait l'intervention d'une aide extérieure. Et de toute urgence.

Angela de G. fait des travaux d'aménagement chez elle.

Aidez-la, je vous en conjure.

Leonard S.

Leonard S. est seul. Très seul. Tout seul. Oui, Leonard S. est seul au monde à présent. Il n'en a pas toujours été ainsi. C'était différent autrefois. Très différent. Hier soir encore... Mais tout a changé désormais. Tout est fini. Car ce matin, en se réveillant, Leonard S. a été brutalement frappé par une tragédie qu'il redoutait depuis longtemps. Christopher R. n'était plus là. Oui, Christopher R., ce cher et tendre Christopher R. si merveilleusement bâti était parti, et Leonard S. était soudain seul. Christopher R., lui en revanche, ne l'était pas ; il avait emporté avec lui tout l'argent liquide de Leonard S., la moitié de sa garde-robe, sa télé couleur portative et son exquis petit croquis d'Ingres.

Leonard S. espère que Christopher R. est content à l'heure qu'il est.

Content de lui. Content de la façon dont il a traité Leonard S. Content de ses mensonges, de ses tromperies, de ses entourloupes. Content de la manière dont il a arnaqué Leonard S. en utilisant ses contacts, son numéro de carte bleue, son compte chez Paul Stuart. Content de sa puérile fourberie, content de son ignoble ingratitude, content de son exquis petit croquis d'Ingres.

Leonard S., lui, n'est pas content. Il est malheureux. Il est déprimé. Il a la nausée et il est épuisé. Il a la migraine. Ses illusions ont volé en éclats. Sa confiance a été trahie. Il n'a pas envie d'aller travailler ce matin. C'est un homme brisé, comme le sont des milliers d'autres hommes dans cette grande ville froide et sans cœur. Il est au fond du trou. Il est ravagé de chagrin. Et il se sent incapable de se rendre au studio aujourd'hui.

Leonard S. parle, et sa souffrance fait peine à voir. Leonard S. aimait Christopher R. Il le chérissait, il le soutenait, il prenait soin de lui. Leonard S. pensait que Christopher R. était un homme loyal. Il pensait que c'était un homme droit. Il pensait qu'il était différent. Différent des autres hommes. Différent de Timothy M., de John H., de Rodney W., de David T., d'Alexander J., de Matthew C., de Benjamin P. et de Joseph K. Différent de Ronald B., d'Anthony L. et de Carl P. Mais il se trompait. Il se trompait sur toute la ligne.

Il s'en rend compte à présent.

Comment a-t-il pu être aussi aveugle ? Il devait avoir perdu tout sens commun. Il devait avoir perdu la raison.

Le téléphone sonne.

Leonard S. se lève pour aller répondre. Et quand il revient dans la pièce, on comprend tout de suite que la tragédie vient de frapper une nouvelle fois. Il se sert un verre. Ses mains tremblent. Ses yeux sont deux puits de détresse sans fond. Il arrive à peine à parler, mais peu à peu il parvient à raconter toute la sordide histoire. Il a été doublement trahi. Le peu de foi en l'humanité qu'il lui restait s'est évaporé. Christopher R. est parti à Los Angeles. Avec le cœur de

Leonard S. Avec le cash de Leonard S. Avec la moitié de la garde-robe de Leonard S. Avec la télé couleur portative de Leonard S. Avec l'exquis petit croquis d'Ingres de Leonard S.

Et avec l'assistant de Leonard S., Michael F.

Leonard S. déclare que tout est fini. Il dit que sa vie est finie. Il dit que la vie n'a plus aucun sens pour lui désormais. Pourtant, il reste peut-être une lueur d'espoir. Peut-être que *vous*, vous pourriez l'aider. Tout le soutien que vous pourrez lui fournir fera l'objet de la plus grande discrétion. Anonymat garanti. Vous avez notre parole : votre patronyme ne sera pas divulgué.

Mr et Mrs Alan T.

Il y avait des éclats de rire ici autrefois. De la musique aussi. Des soirées. Des fêtes. Des petits-fours.

On s'amusait bien.

Mais aujourd'hui, c'est une atmosphère tendue à l'extrême qui règne dans cette demeure Tudor du quartier de Bel-Air. Ses habitants sont à bout de souffle. À bout de nerfs. Ils font ce qu'ils peuvent, mais la pression est insupportable, l'adversité insurmontable. Ils subissent les retombées catastrophiques de leurs erreurs de jugement. De leurs calculs fautifs. De leurs mauvais investissements.

Ils se sont mépris sur les attentes du public.

Fut un temps où un tel désastre eût été inimaginable. Une époque où Mr et Mrs Alan T. étaient au zénith. Le couple de producteurs-distributeurs le plus malin, le plus affûté de toute l'industrie. Jamais une hésitation, jamais la moindre baisse de régime, jamais un faux pas. Marges de profit, salles combles, pourcentage sur le chiffre d'affaires – le brut, pas le net. Mr et Mrs Alan T. tenaient le monde entre leurs mains. Branchés en permanence sur le pouls de l'Amérique. Mr et Mrs Au-Bon-Endroit-Au-Bon-Moment. Toujours prêts à offrir aux gens ce qu'ils désiraient. De la jeunesse révoltée quand l'Amérique voulait de la jeunesse révoltée. De la Blaxploitation. De la nostalgie. De la camaraderie masculine. De l'occulte. Ils avaient anticipé toutes les modes. Déniché et creusé tous les filons. Pendant des années et des années. Ils avaient de l'entregent. Ils avaient de la respectabilité. Ils avaient du pouvoir. Ils avaient quatre Mercedes flambant neuves. Brun chocolat. Blanc cassé. Gris métallisé. Bordeaux. Cadeaux du studio.

Et puis l'édifice a commencé à s'effriter. Une bévue par-ci, une erreur par-là. Oh, trois fois rien au début ; une sortie en salles programmée un peu trop tôt ; une grosse production confiée à un réalisateur de vingt-quatre ans qui n'avait pas les épaules pour un budget aussi pharaonique ; un monteur alcoolique ; une jolie petite starlette débordée par un rôle trop grand pour elle. Des mauvaises critiques. La relégation au circuit des cinémas drive-in.

La bordeaux a été la première sacrifiée. Suivie de près par la blanc cassé. Mr et Mrs Alan T. vivent aujourd'hui plongés dans les affres d'un désespoir inconcevable pour la plupart d'entre nous. Semblables à deux biches blessées, deux grands malades rongés de l'intérieur par quelque mystérieuse affection de l'âme, assis face à face, figés dans un silence funèbre, ils se regardent. Ils savent que ce n'est plus qu'une question de temps. Ils savent que la gris métallisé est la prochaine sur la liste. Et que pour finir il leur faudra aussi dire adieu à la brun chocolat. Ils s'adressent à eux-mêmes et l'un à l'autre de lourds reproches. Leur tourment est d'autant plus insoutenable que ces braves gens à la poitrine naguère gonflée d'orgueil sont persuadés d'être les seuls et uniques responsables de leur malheur, les seuls et uniques artisans de la situation atroce dans laquelle ils se trouvent inextricablement englués.

Mr et Mrs Alan T. ont raté le train de la science-fiction. Comment ont-ils pu passer à côté de ce phénomène ? Ils ne se l'expliquent pas. Tous les signes étaient pourtant là : les éditions de poche qui partaient comme des petits pains ; les conventions de futurs fans ; les BD ; les jouets. Une déferlante sur le point de tout emporter. Une mine d'or. Une machine à faire cracher les billets par millions. Une nouvelle terre vierge à exploiter. Et eux, où étaient-ils pendant ce temps-là ? Ils répondent à leur propre question dans un frisson d'horreur où se mêlent à parts égales la tristesse et la haine de soi : quelque part sur un plateau de tournage en décors naturels – une histoire de yorkshire-terrier possédé par le diable qui allait faire un bide monumental au box-office. Un sommet de ringardise. La Playmate du mois de janvier dans le numéro de février.

Pouvez-vous leur venir en aide ? Pouvez-vous tendre la main à Mr et Mrs Alan T. ? Essayez. Je vous en supplie. Proposez-leur quelque chose, un projet, n'importe lequel – de toute façon ils n'ont plus les moyens de refuser quoi que ce soit.

Kimberly M.

Kimberly M. est seule dans le terminal de l'aéroport. Silhouette solitaire. Les yeux rivés sur le tapis de livraison des bagages qui continue de tourner à vide – et en vain, elle le sait. Ça fait des heures qu'elle est là. Qu'elle attend. Elle est allée voir tout le monde – les employés de la compagnie aérienne, l'équipage au sol, et même, dans son aveugle panique, les hôtesses de l'air. Tous ses espoirs – envolés. L'atterrissage est rude... Elle en a la certitude : elle ne retrouvera pas ses bagages. Ses sept valises. Offertes par sa grand-mère. Des Vuitton. D'époque. Authentiques.

En cuir véritable.

Elle n'arrive pas à croire que ça lui arrive à *elle*. Ce n'est pas possible, ça doit être un affreux cauchemar, elle va bientôt se réveiller... Mais Kimberly M. entend la voix métallique annoncer les retards, les vols annulés, et elle sait que ce n'est pas une hallucination, qu'elle n'est pas en train de rêver. Ils ont bel et bien égaré ses bagages. Où sont-ils passés ? Elle n'en a pas la moindre idée. Un autre passager est-il parti avec par erreur ? Sont-ils dans la soute d'un avion en partance pour Cleveland ? À la douane de Hong Kong ? Sans doute ne le saura-t-elle jamais.

Envolés, ses pulls Sonia Rykiel. Son chemisier Kenzo adoré. Envolés, ses tout nouveaux produits de toilette de la marque Clinique. Ses escarpins Maud Frizon. Envolées, ses bottines Charles Jourdan. Envolé, son carnet d'adresses. Oui. Son carnet d'adresses. Envolé. Envolé. Envolé.

Kimberly M. est seule dans le terminal de l'aéroport. Silhouette solitaire. Les yeux rivés sur le tapis de livraison des bagages qui continue de tourner.

Kimberly M. a perdu ses valises. Quelqu'un aurait-il la bonté de la dépanner en lui offrant l'une des siennes ?

PAUVRES RICHES...
NE LES OUBLIONS PAS !

Petits conseils pédagogiques à l'usage des parents

Ces quelques conseils, comme le suggère le titre de ce chapitre, sont destinés à ceux d'entre nous qui ont entrepris de participer activement à l'effort de reproduction de la race humaine. Et si j'ai bien conscience que, pour bon nombre de mes lecteurs, la notion de reproduction n'a de sens que dans le cas d'une armoire Louis XV de facture manifestement récente, j'ai néanmoins le sentiment que certaines choses de la vie ne sauraient être passées sous silence plus longtemps. En effet, quoique étant moi-même résolument nullipare, j'ai découvert que j'avais des idées très arrêtées sur l'éducation du petit d'homme, et ce pour des raisons diverses, sinon baroques, qui vont de l'inquiétude sincère quant à l'avenir de l'humanité à la plus élémentaire répugnance d'ordre cosmétique.

Loin d'être aussi méchante qu'on pourrait le croire si l'on s'en tenait à la réputation que d'aucuns se plaisent à me faire, je ne pense pas que les enfants soient entièrement responsables de leur comportement affligeant. Au contraire, je pense qu'en règle générale la faute en incombe plutôt à leurs aînés. Telle est donc l'ambition qui a présidé à la rédaction de cette petite liste de recommandations : mettre mes connaissances à la disposition des parents afin qu'eux-mêmes puissent les mettre à profit.

Votre responsabilité en tant que parents n'est pas aussi grande que vous pourriez l'imaginer. Ne vous sentez pas dans l'obligation de mettre au monde le prochain grand épidémiologiste ou une star de cinéma. Si votre enfant devient quelqu'un qui à l'âge adulte ne dit pas « par contre » au lieu de « en revanche », vous serez déjà en droit d'estimer que vous vous êtes brillamment acquittés de votre mission pédagogique.

*

Les enfants n'ont pas vraiment besoin d'argent. C'est vrai, après tout : ils ne paient pas de loyer et n'ont pas de colis à envoyer. Il convient donc de ne pas leur donner plus d'argent de poche qu'il n'est nécessaire pour s'acheter des bonbons et un paquet de cigarettes de temps en temps. Un enfant qui possède son propre livret d'épargne et/ou peut prétendre à des exonérations fiscales n'est pas un enfant qu'on peut aisément contraindre par la menace à obéir.

*

Un enfant à qui l'on n'a pas rigoureusement inculqué les bonnes manières à table est un enfant dont on met l'avenir en péril. Il est peu probable en effet que quelqu'un qui s'amuse à plier sa serviette en lin pour lui donner la forme d'un tricorne soit le convive le plus recherché des dîners en ville.

Pensez avant de parler. Lisez avant de penser.

*

Le terme « enfant acteur » est un pléonasme. Inutile de l'encourager à jouer encore plus la comédie.

*

N'emmenez pas votre enfant se faire couper les cheveux dans un vrai salon de coiffure par un vrai coiffeur. À ce stade de son existence, il est encore beaucoup trop petit pour être exposé à une telle morgue.

*

Abstenez-vous, un jour de pluie, de demander à votre enfant ce qu'il a envie de faire, car croyez-moi sur parole, ce qu'il a envie de faire, vous n'avez pas envie de le voir.

*

Les émissions éducatives à la télévision doivent être strictement interdites. Elles ne peuvent entraîner chez votre enfant que des espérances déraisonnables et une cuisante déception le jour où il s'apercevra que non, les lettres de l'alphabet ne bondissent pas hors des pages de livres pour danser la farandole avec des poulets bleu roi.

*

Si vous voulez vraiment préparer votre enfant à affronter l'avenir, ne lui apprenez pas à soustraire – apprenez-lui à déduire.

*

Évitez à tout prix de lui donner un nom biblique. Vous vous trahiriez à coup sûr.

*

Ne scolarisez pas votre enfant dans le genre d'établissement progressiste qui autorise les élèves à écrire sur les murs, à moins que votre souhait le plus ardent ne soit qu'il fasse carrière sous le nom de TAKI 183.

*

Si vous tenez vraiment à offrir des cours particuliers à votre enfant, envoyez-le dans une auto-école. Il est beaucoup plus probable qu'à l'âge adulte il possède une Datsun plutôt qu'un Stradivarius.

*

Un enfant qui porte des vêtements de marque est comme un adulte qui porte une combinaison de ski : il est extrêmement rare qu'il n'ait pas l'air ridicule.

*

N'autorisez jamais votre enfant à vous appeler par votre prénom. Il ne vous connaît pas depuis assez longtemps.

*

N'encouragez pas votre enfant à exprimer sa fibre artistique, à moins que vous ne soyez la mère de George Balanchine.

*

Ne sondez pas les opinions politiques de votre enfant. Il n'en sait pas plus que vous sur le sujet.

*

Ne laissez pas vos enfants préparer des cocktails. C'est tout à fait inapproprié, et en plus ils mettent beaucoup trop de vermouth.

*

Laisser votre enfant choisir lui-même le mobilier de sa chambre équivaut à laisser votre chien choisir lui-même son vétérinaire.

*

Pour savoir si votre enfant passe trop de temps devant la télévision, regardez s'il commence à fondre.

*

Ne vous fatiguez pas à essayer de parler de sexe avec des enfants. Leur contribution dans ce genre de discussion est en général d'un intérêt assez limité.

*

Ne braquez jamais le canon d'un revolver sur la tempe d'un enfant. Il ne connaît pas le second degré.

*

Demandez à votre enfant ce qu'il aimerait manger pour le dîner uniquement si c'est lui qui régale.

Aide aux ados

Il n'est sans doute aucun âge de la vie, pour les principaux intéressés, qui soit plus déplaisant, plus ingrat, plus répugnant à tous égards que l'adolescence. Et si presque tous ceux qui d'une manière ou d'une autre entrent en contact avec lui en sont affectés de la plus désagréable façon, nul assurément n'en éprouve de plus violent traumatisme que l'adolescent lui-même. Ayant passé les douze premières années de son existence à arborer sans discontinuer le minois le plus craquant, il se trouve singulièrement démuni face aux cruelles conséquences d'une transformation physique aussi soudaine qu'embarrassante. À peine a-t-elle fêté son treizième printemps que la petite fille adorablement potelée devient une grosse dondon ; quant au garçon dont on disait hier encore qu'il était « petit pour son âge », le voici du jour au lendemain devenu « un nabot ».

Les problèmes relatifs à la beauté physique, si graves soient-ils, ne sont en outre pas les seuls à assaillir l'innocent adolescent. Les difficultés – philosophiques, spirituelles, sociales, judiciaires – auxquelles il se trouve quotidiennement confronté sont innombrables. Fort déconcerté – on le serait à moins –, l'adolescent sombre dès lors dans un abîme de malheur sans fond. Tout cela est regrettable, bien sûr, et même triste à pleurer. Pourtant, il n'est pas rare d'observer que le jeune ainsi plongé dans le désarroi ne suscite guère la compassion. Cette hostile indifférence que paraît inspirer l'adolescent à la grande majorité des adultes est très certainement due à l'état d'agitation frénétique et quasi permanente dont celui-ci semble la proie et qu'il impose à autrui sans la moindre vergogne. C'est qu'il se trouve, pour dire les choses simplement, à un âge où l'on est incapable de rien garder pour soi. Il n'est aucune impulsion, même la plus passagère, aucune émotion, même la plus fruste, que l'adolescent n'éprouve l'irrépressible besoin de partager avec son entourage immédiat.

À force de se comporter de la sorte, évidemment, l'adolescent finit souvent par s'aliéner l'affection de ses semblables. S'il est assez fréquent, du reste, que ce soit là précisément le but qu'il recherche, il n'en demeure pas moins difficile de réagir autrement que par une franche aversion à son encontre.

Voilà pourquoi je tiens à adresser aux adolescents les quelques conseils qui suivent, afin de les aider à devenir, sinon plus intelligents, du moins plus respectueux des convenances.

Si en plus d'être physiquement peu attirant vous vous apercevez que vous ne vous entendez pas très bien avec les autres, n'essayez sous aucun prétexte de résoudre le problème en développant une personnalité intéressante. Une personnalité intéressante est quelque chose de parfaitement intolérable chez un adulte ; dans le cas d'un adolescent, c'est souvent puni par la loi.

*

Porter des lunettes de soleil à la table du petit déjeuner est socialement acceptable uniquement si vous êtes aveugle ou si vous êtes en train de consommer votre premier repas de la journée à l'extérieur pendant une éclipse totale.

*

Au cas où vous auriez des opinions politiques radicalement différentes de celles de vos parents, n'oubliez pas que certes, la Constitution vous autorise à manifester lesdites opinions sous une forme verbale, mais qu'il est toutefois très mal élevé de le faire quand on a la bouche pleine – et à plus forte raison quand elle est pleine de côte de bœuf rôtie au four par votre adversaire politique.

*

Pensez avant de parler. Lisez avant de penser. Ce stratagème permettra à votre cerveau de découvrir et d'explorer d'autres concepts que ceux qu'il a forgés tout seul dans son coin – ce qui est une bonne idée en soi tout au long de la vie, mais surtout à dix-sept ans, c'est-à-dire à l'âge où vous êtes le plus à risque de penser des inepties.

*

Pour vous remonter le moral, dites-vous que si votre conseiller d'orientation avait pleinement exploité son potentiel, *lui*, il aurait quitté le lycée depuis longtemps.

*

De tous les périls qui menacent l'adolescent, nul n'est plus grave que celui qui se manifeste sous la forme d'une tendance à tenir le cinéma pour une forme d'art digne de considération. Si telle est déjà votre opinion, ou si vous sentez que vous êtes sur le point de vous y ranger, je peux peut-être vous épargner de longues années d'insupportable snobisme en vous posant la question suivante : si le cinéma (ou le septième art, comme vous appelez sans doute ça désormais) était une pratique culturelle noble et sérieuse, croyez-vous vraiment que les films seraient projetés dans des endroits où on vend du soda à l'orange et des bonbons ?

*

C'est à cet âge que vous allez consacrer le plus de temps et d'attention aux questions relatives à la sexualité. C'est là un phénomène non seulement tout à fait normal, mais qui mérite même d'être encouragé, car c'est la dernière fois de votre vie que le sexe présentera un réel intérêt. Les plus prévoyants d'entre vous seront bien inspirés de commencer dès maintenant à cultiver d'autres loisirs, afin de ne pas se retrouver entièrement désœuvrés, plus tard, quand ils auront vieilli. À titre personnel, je recommande la cigarette – une pratique dont on ne se lasse jamais.

*

Et à ce propos, n'oubliez pas que l'adolescence est aussi la dernière période de votre vie durant laquelle on pourra éventuellement vous pardonner de fumer des cigarettes dont l'exotisme – qu'il s'agisse de leur forme, de leur couleur ou du paquet dans lequel elles se présentent – est susceptible de susciter des commentaires.

Pensez avant de parler. Lisez avant de penser.

*

La fille de votre classe qui propose que le club de théâtre monte cette année *La Cantatrice chauve* restera toute sa vie durant une plaie pour les autres.

*

Si par miracle vous êtes un adolescent qui n'est pas physiquement repoussant, pensez bien à en conserver une preuve photographique. C'est le seul moyen pour que les gens vous croient, plus tard.

*

Évitez les drogues autant que faire se peut. Car s'il est indéniable qu'elles peuvent, à ce stade de votre existence, constituer un agréable divertissement, ce n'est pas le genre de choses susceptibles à l'avenir (si tant est qu'il vous en reste un) de vous être d'une quelconque utilité pour faire l'acquisition de produits d'épargne bancaires fiscalement avantageux et de propriétés en bord de mer.

*

Si vous résidez dans un État où l'âge de la majorité se situe en dessous de la barre des vingt ans, le moment venu, faites comme si vous ne l'aviez pas encore atteint. Aucun adulte au monde n'a envie d'être contractuellement lié par une décision qu'il a prise à dix-neuf ans.

*

Gardez bien à l'esprit qu'en tant qu'adolescent vous êtes en train de vivre la toute dernière période de votre existence pendant laquelle vous vous réjouirez que le téléphone sonne et qu'on vous dise que c'est pour vous.

*

Refusez catégoriquement de rester éveillé pendant les cours d'algèbre. Soyez inflexible sur ce point. Croyez-moi sur parole, dans la vraie vie, l'algèbre n'existe pas.

Une interview pas très catholique

C'est une belle journée, pas un nuage dans le ciel, le soleil caresse de ses rayons dorés les dômes de la basilique Saint-Pierre ; le décor de cette scène est toujours aussi impressionnant et monumental – et pourtant j'y prête à peine attention en traversant la place à grandes enjambées, car je suis en retard pour mon interview et, comme le savent tous les journalistes dignes de ce nom, les papes n'aiment pas beaucoup qu'on les fasse attendre. J'arrive hors d'haleine aux portes du Vatican, avise au passage le Garde suisse (plutôt mignon, je dois dire), et me dirige vers les appartements privés du pape, où je suis censée retrouver l'organisateur de cette entrevue – le cardinal le plus proche du souverain pontife.

« Salut ! me lance une espèce de grand échalas qui ne doit pas avoir plus de trente ans. Jeff Cardinal Lucas, mais appelez-moi Jeff. » Jeff me tend alors la main ; n'étant pas moi-même catholique, je ne sais pas trop comment réagir. J'échappe toutefois de justesse à l'embarras extrême dans lequel aurait pu nous mettre tous deux cette situation lorsqu'une voix rauque et virile retentit dans la pièce d'à côté.

« Jeff, Jeff, si c'est la fille du magazine, dis-lui que j'arrive dans une minute. Juste le temps de finir mon encyclique. »

Soixante secondes plus tard – admirable ponctualité –, je me retrouve face à un grand gaillard aux cheveux en bataille, aux cils étonnamment longs, le visage éclairé par un sourire avenant, presque malicieux. « Bonjour, me salue-t-il de cette voix de stentor que j'ai entendue pour la première fois il y a une minute à peine. Je suis le souverain pontife, mais appelez-moi Ron – tout le monde m'appelle Ron. »

À ma grande surprise, cette familiarité ne me pose aucun problème, car le pape Ron est un homme chaleureux dont la cordialité est sincère et diablement contagieuse. Nous voici bientôt confortablement installés sur un immense vieux canapé en cuir, à papoter comme si nous nous connaissions depuis toujours. Quelques instants plus tard, nous sommes rejoints par Sue, l'élégante épouse du pape aux boucles blondes préraphaélites, et Dylan, l'espiègle petit garçon que Ron a eu d'un premier lit.

Je vérifie que mon magnétophone fonctionne puis demande à Ron de me parler un peu de sa vie personnelle – quels sont ses loisirs, que fait-il pour se détendre, pour échapper à la pression de la sainteté et de l'infaillibilité ?

« Ma foi, répond Ron, depuis l'avènement de la nouvelle Église, tout est quand même beaucoup plus relax, j'ai envie de dire. J'essaie de m'adapter aux autres. De me mettre à leur place, de comprendre des points de vue différents du mien. De grandir, quoi. D'évoluer. D'explorer le champ infini de la méditation. Vous savez, il y a une expression à laquelle je pense souvent et qui m'a beaucoup aidé depuis que je fais ce boulot. Une sorte de devise, si vous voulez, qui a vraiment redonné du sens à l'Église de manière générale. D'ailleurs, Sue la trouve tellement chouette qu'elle m'a offert ça. »

Ron soulève son surplis, dévoilant un tee-shirt en coton blanc barré d'une grande inscription en lettres rouges : INFAILLIBLE MAIS PAS INFLEXIBLE. « Bon, évidemment, continue le pontife, ce n'est qu'un prototype. Dès qu'elle aura terminé l'urne sur laquelle elle bosse en ce moment – vous n'êtes pas sans savoir, j'imagine, que Sue a un don incroyable pour la poterie –, elle va s'occuper d'en faire faire pour tous les membres du Collège cardinalice.

« Pour ce qui est de me détendre, eh bien je confesse que mon péché mignon, c'est les travaux manuels. Je trouve que garder le contact comme ça avec les matériaux bruts de la nature, ça aide à rester modeste – et croyez-moi, pour un pape, ce n'est pas une sinécure. Vous voyez ce sceptre, là ? Ça m'a demandé six mois de travail. C'est du bois de rose. Mais je peux vous dire que ça en valait la peine, parce que le fait de l'avoir fabriqué de mes propres mains me donne l'impression que c'est vraiment quelque chose qui vient de moi, qui m'appartient en propre. »

Le visage de Sue s'illumine alors d'un sourire empli de fierté, et elle dépose un petit baiser mutin sur la chevalière de Ron. Ces deux-là forment un couple qui respire le bonheur.

« Et puis je fais pas mal d'autres trucs dans la résidence. Avec Sue, bien sûr, et puis Dylan nous donne parfois un coup de main, pas vrai, Dyl ? dit Ron en ébouriffant la tignasse de son fiston d'une main paternelle. Au début, quand on s'est installés ici, mon Dieu, vous n'avez pas idée… Tout était ultra formel, ultra protocolaire, très collet monté… Et puis c'est tellement grand ici, on n'a pas vraiment eu le temps de faire de gros aménagements… Enfin si, un truc qu'on a fait quand même – on a terminé pas plus tard que la semaine dernière, d'ailleurs, Sue et moi, je veux dire –, c'est qu'on a complètement décapé les murs de la chapelle

Sixtine, pour révéler la brique naturelle, et le résultat est vraiment chouette, très chaleureux, très simple. »

Autour d'une tasse de thé à la menthe, nous regardons d'un air attendri le petit Dylan essayer la mitre de son papa. Nous éclatons de rire quand la grande coiffe lui tombe sur les yeux. Puis la conversation reprend.

« Je voudrais vous poser une autre question, Ron, et je ne doute pas que vous me répondrez avec franchise, cela va sans dire... Le pape est-il catholique ?

– Ah, eh bien en ce qui me concerne à titre personnel, oui, je suis catholique. Mais bon, vous savez, la religion, tout ce tralala, aujourd'hui c'est un peu anachronique. C'est en train de changer, tout ça, c'est devenu plus souple, et je crois d'ailleurs que mon catholicisme n'a joué qu'un rôle mineur dans mon élection. Le Collège cardinalice cherchait un candidat qui soit ouvert au Seigneur mais aussi en phase avec lui-même, quelqu'un qui soit du genre à communiquer plutôt qu'à excommunier, si je puis dire – parce que ça, voyez, l'excommunication, c'est super négatif, c'est même tout le contraire des nouvelles valeurs de l'Église, enfin en tout cas j'espère. Oui, aujourd'hui l'Église est ouverte à toutes les possibilités, et quelque chose me dit qu'un jour, dans un futur pas trop lointain, il y aura un pape Rochester, une papesse Ellen ou même un pape Shlomo. J'en mettrais ma main à clouer.

– Un pape Shlomo ? Vous ne trouvez pas ça quand même un peu improbable ? Un pape juif, alors que l'Église prétend depuis des siècles que ce sont les Juifs qui ont tué le Christ ?

– Écoutez, pontifie Ron, tout ça c'est du passé. Vous savez bien que plus personne n'accuse plus les Juifs d'être responsables de la mort de Jésus. Bon, d'accord, ils avaient bien quelque chose à voir dans cette triste affaire, mais il faut remettre ça dans une perspective historique, et aujourd'hui l'Église s'est complètement rangée à l'avis que j'ai exprimé dans ma bulle de l'année dernière, à savoir qu'il fallait accepter l'hypothèse selon laquelle ils l'avaient juste légèrement malmené, donc voilà, pour moi c'est très clair, les Juifs ont un peu fait tourner le Christ en bourrique, d'accord, mais ils ne l'ont pas tué. »

Soulagée, j'interroge ensuite Ron sur ses débuts, les années de lutte, l'époque difficile que doit traverser tout jeune homme ambitieux rêvant de gloire et de ciboires, l'adversité qu'il doit vaincre s'il veut atteindre son objectif divin.

« C'est vrai, dit Ron, c'est vrai, ça a parfois été un calvaire, mais bon, je me suis bien amusé aussi. J'ai vraiment suivi le parcours de A à Z, toutes les étapes – le Big Boss que vous avez aujourd'hui devant vous a commencé enfant de chœur, vous savez... J'ai écouté des gamins au confessionnal me raconter leurs pensées impures... J'ai baptisé des bébés à la pelle – toujours sur le front, pour ainsi dire », ajoute Ron en pouffant à sa propre blague. « J'ai animé les soirées bingo, célébré l'union des fidèles, mené le troupeau... Je suis le plus jeune prêtre de Long Island à être devenu cardinal, et ça n'a pas toujours été facile, croyez-moi, mais on a bien rigolé aussi, et puis au bout du compte, le soir où j'ai été élu pape, je me suis dit que toutes ces épreuves n'avaient pas été en vain. Je m'en souviens comme si c'était hier... Une belle soirée, la douceur de l'air, la brise légère... Moi et Pam – ma première épouse –, on était là à guetter la fumée, on attendait, on attendait... Il a fallu neuf tours – mais ça m'a paru un million – avant que la fumée soit enfin blanche et que je comprenne que ça y est, j'avais réussi. Nom de Dieu, c'était magnifique, vraiment magnifique. »

Ron écrase les larmes que ce souvenir fait perler au coin de ses yeux, mais il n'a pas honte de ses émotions ; voilà quelqu'un qui s'est manifestement libéré du corset de pudeur rigoriste dans lequel la gent masculine étouffe depuis la nuit des temps, qui a su résister à la dictature étriquée des vieilles valeurs morales interdisant aux hommes d'éprouver des sentiments. Je lui en fais la remarque, et Ron m'adresse un grand sourire où je décèle une joie mêlée de reconnaissance.

« Je vais vous dire, poursuit-il dogmatiquement – et on comprend que ce n'est pas pour rien que ce type est devenu pape –, on est tous dans le même bateau, voyez ? Je veux dire, Sue et moi, on est des *partenaires*. On discute de *tout* ensemble, et quand je dis *tout* je veux dire *vraiment tout*. Jamais je ne signerais un édit sans la consulter d'abord. Et pas parce que c'est ma femme, mais parce que je respecte son opinion ; parce que je me fie à son jugement. Il y a des tas d'initiatives qu'elle a lancées elle-même. Tenez, par exemple, l'hostie bio à la farine complète ? C'était son idée à elle. C'est elle qui m'a fait remarquer que les fidèles s'abîmaient la santé depuis des siècles en gobant des hosties industrielles. Et je ne vous parle pas de tout le reste – des idées comme ça, elle en a eu je ne saurais même pas vous dire combien. Ouaip, un sacré bout de femme, ma petite Sue. Elle a vraiment à cœur de servir les intérêts des fidèles. Croyez-moi, quand je dis qu'elle pense tout le temps aux autres, ce n'est pas qu'une façon de parler. Oui, c'est une vraie grande dame, ma Sue – et même mieux que ça : c'est *notre* dame. Parole d'évangile. »

Vie des saints modernes

Saint Garrett le Pétulant (†1974) : saint patron du maquillage, invoqué dans les cas extrêmes de bouffissures et d'hyperpigmentation.

Garrett naquit à Cleveland en 1955 – du moins selon ses propres dires. Son père, ouvrier en usine, ne s'intéressait guère à ce fils pâlot et fragile. Sa mère, qui était très pieuse et arrondissait les fins de mois du ménage en vendant des produits cosmétiques au porte-à-porte, fut sans doute la grande inspiration de Garrett dans le royaume terrestre.

Dès son plus jeune âge, Garrett révéla un esprit d'une générosité précoce et peu commune ; il ne ratait jamais une occasion d'aider sa mère à faire « au moins les yeux » des femmes qu'il rencontrait. À onze ans, sans rien d'autre sur le dos qu'un simple survêtement en rayonne, il fit soixante-quinze kilomètres à pied, en pleine tempête de neige, pour aller au fin fond de la forêt déposer quelques victuailles en offrande aux animaux des bois. Le site historique de cette action de grâce est aujourd'hui un lieu de pèlerinage, appelé

Saintes-Cerises-sur-Neige, où viennent se recueillir chaque année des milliers de personnes venues des quatre coins du monde. C'est à peu près à la même époque que Garrett réalisa son premier miracle, en corrigeant l'aspect extérieur du nez d'une matrone – qu'elle avait particulièrement large et bulbeux – sans faire usage du moindre fond de teint.

L'été de ses seize ans, Garrett rencontra un comédien new-yorkais à la gare routière, et c'est grâce aux bons offices de cet homme (qui dans sa profonde humilité demanda à garder l'anonymat) que Garrett eut sa première grande revlonation. Exténué et tremblant, il eut une vision : un immense panneau réfléchissant, liseré d'un halo d'ampoules éblouissantes. Il vit, au centre de ce panneau, deux yeux brillants de détresse qui imploraient son aide. Il vit des pommettes mal dessinées. Il vit des lèvres molles et desséchées. Il vit une palette de couleurs magnifiques. Il vit sa destinée.

Fortement impressionné par l'épiphanie de Garrett, son histrionique compagnon l'aida à se rendre à New York, où Garrett allait bientôt accomplir son deuxième miracle : il acheta et meubla un appartement somptueux dans un immeuble de standing alors qu'il ne disposait, semble-t-il, d'aucune ressource financière.

La rumeur se répandit comme la vérole dans le bas clergé : il y avait en ville un jeune homme capable de transformations prodigieuses. Les femmes qui bénéficiaient de son intervention le disaient saint, et bientôt il devint un objet de vénération dans le Golgotha new-yorkais.

En dépit du culte qu'on lui vouait, Garrett était resté humble, et il n'était point rare qu'on le vît, dans les quartiers les plus malfamés de la ville, s'avilir jusqu'aux plus extrêmes positions pour accomplir de basses besognes au bénéfice d'autrui. Un dimanche matin, on découvrit son corps martyrisé dans la chambre à coucher de son loft du Lower East Side.

Pensez avant de parler. Lisez avant de penser.

SAINTE AMANDA DE NEW YORK, SOUTHAMPTON ET PALM BEACH (†1971 ; débuts en société : 1951) : sainte patronne des gens bien élevés, invoquée contre l'ostracisme social, les revers de fortune obligeant à puiser dans son fonds de pension et l'usage impropre du mot « résidence ».

Fille de Mr et Mrs Morgan Hayes Birmingham IV de New York, Southampton et Palm Beach, Amanda vit le jour au Doctors Hospital de New York le 3 janvier 1933. Elle fit ses débuts en société lors du grand bal annuel de Gotham et ses études au couvent du Sacré-Cœur, puis à l'université de Manhattanville. Son grand-père paternel, Morgan Hayes Birmingham III, membre éminent du Cercle boursier de New York, avait fondé le cabinet Birmingham, Stevens & Ryan. Amanda était une descendante en ligne directe du Colonel Thomas M. Hayes.

Dès sa naissance, il apparut qu'Amanda était douée d'un sens de la bienséance confinant au sublime. Pendant son baptême à l'église Saint-Ignace-de-Loyola, elle fut l'incarnation de la dignité infantile et ne versa pas une larme ni ne poussa le moindre cri, en dépit du fait que le prêtre officiant avait la réputation d'être un arriviste. Toute petite déjà, elle faisait preuve d'une attention aux détails quasi fanatique, et l'on décela pour la première fois ses pouvoirs miraculeux le jour où, alors qu'elle était âgée de trois ans à peine, on découvrit dans la nursery de magnifiques compositions florales hors saison arrangées avec un goût exquis dans des vases Lalique. Ces pouvoirs se manifestèrent une deuxième fois six ans plus tard, quand la petite Amanda, tandis qu'elle assistait, sage comme une image pieuse, à son cours de français à New York, améliora un plan de table qu'avait agencé avec une maladresse stupéfiante le secrétaire protocolaire de sa grand-mère maternelle en vue d'un dîner de gala à Hobe Sound.

Le martyre d'Amanda se produisit pendant une réception au cours de laquelle elle préféra se laisser servir *par la droite* une salade contenant des champignons cueillis par son hôte plutôt que de créer un esclandre en se récriant contre cette impardonnable faute de goût.

SAINT WAYNE († v. 1975) : saint patron des cadets d'une fratrie, invoqué contre les rogatons.

Wayne naquit deux ans après son brillant et séduisant frère Mike et trois ans et demi avant son adorable sœur Jane. Sa vie et son œuvre n'ont laissé que très peu de traces dans les mémoires, et il ne dut sa canonisation qu'à un malentendu : Mike ayant été canonisé deux fois par erreur, il avait dans son infinie et coutumière générosité offert à Wayne sa sainteté surnuméraire.

SAINT INGMAR-FRANÇOIS-JEAN-JONAS-ANDREW : saint patron des étudiants de troisième cycle en cinéma, invoqués contre la fréquentation des salles obscures à des fins de pur divertissement, les détracteurs de Stan Brakhage et les hérétiques doutant du génie de John Ford.

Saint Ingmar-François-Jean-Jonas-Andrew naquit dans une salle obscure de la maternité d'une petite bourgade comme l'Amérique en compte par milliers. Dès son plus jeune âge, il révéla des dons de perception étonnants qui le rendaient capable de repérer dans n'importe quelle image divers sous-textes référentiels invisibles à l'œil nu du spectateur moyen. À six ans, Saint Ingmar-François-Jean-Jonas-Andrew maîtrisait déjà l'art difficile entre tous de sur-écrire et de sous-expliquer simultanément.

Parmi les nombreux miracles qu'on lui attribue, citons la fois où il réussit à convaincre plusieurs adultes d'assister à une rétrospective consacrée à Jerry Lewis, ou encore le cours qu'il donna à l'université sur « La philosophie de Busby Berkeley et son influence sur Rainer Werner Fassbinder et Robert Bresson ».

Plutôt que de s'offrir lui-même au martyre, Saint Ingmar-François-Jean-Jonas-Andrew préféra envoyer l'un de ses étudiants à sa place.

Petit problème domestique

Il y a de cela quelques années, ayant bénéficié de deux ou trois critiques favorables, j'eus la bonne fortune de gagner ce qu'on appelle communément un peu d'argent. Ce coup de chance aussi bienvenu qu'inattendu me permit pour la toute première fois de mon existence de trouver un logement qu'on pourrait avec beaucoup de mansuétude qualifier de spacieux. Déterminée à décorer au mieux mon nouveau foyer, j'entrepris de faire aussitôt l'acquisition de quelques pièces de mobilier dont l'élégance apparente serait susceptible de donner une fausse impression quant à mon niveau d'instruction et mon extraction sociale. Une fois entourée de ces vénérables objets, je pris conscience, non sans une certaine jubilation, que je venais enfin d'atteindre les trois grands objectifs matériels que je m'étais fixés dans la vie : avoir de l'argent, des vieux meubles et une pièce séparée pour écrire.

Toutefois, en raison de ma coupable propension à laisser filer les heures (pour ne pas dire les années) en lisant les livres des autres plutôt que d'écrire les miens, mes pénates ne tardèrent pas à ressembler à six petites bibliothèques privées mises bout à bout où il était non seulement permis mais obligatoire de fumer. Les cendres à la cendre, la poussière à la poussière... Paroles plus pertinentes furent-elles jamais prononcées ? Je ne crois pas. C'était une évidence, et une urgence : il me fallait une femme de ménage. Hélas, je ne savais pas du tout comment en trouver une. Cela me tracassait énormément. De plus en plus fébrile et angoissée, je dus pour finir me prendre par la main et m'expliquer à moi-même, avec calme mais fermeté, qu'une femme de ménage n'était pas non plus la prise la plus exotique du monde, après tout, et qu'il était tout à fait concevable qu'on pût s'en procurer une par les moyens les plus classiques. Il m'en vint bien quelques-uns à l'esprit, mais je les disqualifiai presque aussitôt. Un magasin ? Non, cela faisait beau temps qu'on ne pouvait plus *acheter* une femme de ménage, et même à l'époque, il n'y avait pas de magasins pour ça. Un bar ? Allons, un peu de sérieux ; je cherchais une femme de ménage, pas un agent littéraire. Alors où ? J'étais complètement démunie, à court d'idées, dans l'impasse, je n'avais nulle part où aller, personne vers qui me tourner. Personne – jusqu'au moment où me revint en mémoire le nom d'une amie qui devait sa fortune, elle, aux hasards de la naissance plutôt qu'à la sueur de son front. C'était la personne idéale à qui m'adresser pour demander conseil ; elle saurait sans nul doute m'éclairer la voie, me montrer le chemin.

Je décrochai aussitôt mon téléphone. L'ignorance et la détresse dans lesquelles je me trouvais durent lui paraître graves, car elle accepta non seulement de m'aider mais de se mettre elle-même en quête de la perle rare. Elle me précisa cependant, sur un ton navré, que dans la mesure où je cherchais quelqu'un qui ne viendrait faire le ménage chez moi qu'une fois par semaine, je ne pouvais pas prétendre à des prestations haut de gamme comme celles qui constituaient l'ordinaire de son propre foyer. J'encaissai cette information avec un sang-froid admirable, puis attendis les instructions de mon amie. Elle me rappela quelques jours plus tard pour m'annoncer qu'elle avait sélectionné plusieurs candidates, lesquelles viendraient bientôt chez moi pour un entretien – et par entretien, précisa-t-elle, elle voulait dire que je devrais leur demander non pas où donc elles allaient chercher toutes ces idées et si elles avaient toujours possédé ce sens de l'humour décapant, mais plutôt dans quels postes elles avaient été employées auparavant, quel était leur tarif et quelles tâches ménagères elles étaient disposées à accomplir. Il m'appartiendrait dès lors de décider si elles me plaisaient – *en tant que femmes de ménage, pas en tant qu'individus*. Mon amie insista sur ce point, non seulement comme si l'un excluait l'autre, mais sur un ton dans lequel il me parut déceler une pointe de reproche injustifié. Lorsque je lui fis part de cette impression, elle répliqua qu'elle tenait simplement à me mettre en garde contre la tentation d'appliquer des critères d'appréciation personnelle qui n'entraient pas en ligne de compte dans ce genre de situation. Cela signifiait, crus-je comprendre, qu'il fallait juger une femme de ménage à ses talents de repasseuse et non pas parce qu'elle vous avait vue à la télé. C'est à partir de ce moment que j'ai commencé à pressentir qu'avoir une femme de ménage n'était peut-être pas aussi plaisant que je me l'étais imaginé au départ. Je décidai néanmoins de persévérer et acceptai de me lancer sans tarder dans cette opération de recrutement.

L'après-midi même, la première candidate se présenta à ma porte – et en fait de candidate il s'agissait d'un candidat, un jeune homme très propre sur lui, tiré à quatre épingles. Notre monde moderne nous a apparemment gratifiés non seulement de femmes prêtres mais aussi de soubrettes mâles.

L'un comme l'autre me paraissent totalement inacceptables, mais enfin, étant donné que ce pauvre garçon était planté là devant moi, je n'avais guère d'autre choix que de le faire entrer, et j'allai même jusqu'à lui demander poliment si je pouvais le débarrasser de son gilet. Il déclina ma proposition, sans doute parce qu'il ne voulait pas se donner la peine de défaire un à un tous les boutons. Je voulus le conduire au salon, mais comme nous traversions le couloir et passions devant la chambre à coucher, quelque chose sembla piquer sa curiosité et il entra dans la pièce pour l'inspecter de plus près. Son œil avait été attiré par un petit tableau accroché au-dessus du poêle à bois encastré.

« Ah, lâcha-t-il, de l'art décoratif. J'imagine que vous trouvez ça amusant.

– Pas du tout, rétorquai-je tout en me demandant combien de fois j'avais déjà rencontré ce garçon. Je trouve ça décoratif.

– Et le lit ? demanda-t-il ensuite en haussant un sourcil circonspect.

– Néo-Renaissance, contre-attaquai-je avant de porter l'estocade. Attribué à Herter.

– Ah, fit-il, je vois. Américain. »

À mes yeux, l'entretien était déjà terminé. S'il se refusait à passer le plumeau sur un lit de facture américaine, il était peu probable qu'il s'abaisse à nettoyer les vitres. Avant que j'aie eu le temps de lui en faire la remarque, toutefois, il me faussa compagnie pour rejoindre le salon, où je le trouvai quelques instants plus tard fort décorativement affalé sur mon canapé américain. Il leva les yeux, m'adressa un sourire affable et m'indiqua en hochant de manière expressive sa petite tête expressive que je pouvais m'asseoir. Puis il se lança dans un long monologue, dont le propos était de me démontrer toute l'étendue et le raffinement de sa sensibilité.

Je tentai à plusieurs reprises d'interrompre sa logorrhée pour lui demander combien il prenait de l'heure, ayant fomenté le plan diabolique de le faire déguerpir en lui proposant un salaire extrêmement minimum. Mais chaque fois que j'abordais ce sujet, il esquivait. Les histoires d'argent lui semblaient à l'évidence de la dernière vulgarité ; c'étaient là des considérations de parvenu, du mauvais goût le plus choquant. Enfin il s'interrompit de lui-même pour reprendre son souffle, et j'en profitai pour lui demander avec la plus grande amabilité si, au lieu d'une rétribution sonnante et trébuchante, il préférerait peut-être que je fasse, en toute discrétion, un don à son organisation caritative préférée. Ce stratagème porta ses fruits, pour ainsi dire, et le jeune homme prit congé sans plus de tralalas.

Je n'eus cependant guère le temps de savourer ma victoire, car il me restait à voir encore une interminable kyrielle d'aspirants domestiques. Ils évoquèrent chacun les deux mêmes préoccupations d'une voix si unanime que je fus positivement incapable de les distinguer les uns des autres. Tous sans exception souhaitaient travailler pendant la journée et ne laissaient planer aucun doute quant à leur intention d'occuper physiquement mon domicile le temps de s'acquitter de leurs tâches. Ces conditions étaient bien entendu inacceptables à mes yeux, étant donné que, pendant la journée, je suis chez moi en train de ne pas écrire. J'eusse donc de loin préféré qu'ils viennent faire le ménage pendant la nuit, c'est-à-dire quand je suis *dehors* en train de ne pas écrire. Je tentai par tous les moyens de les convaincre que c'était là l'arrangement idéal, mais toutes mes tentatives se soldèrent par un échec cuisant, de sorte que je fus obligée en fin de compte de choisir le moins mauvais de ces candidats tous plus nuls les uns que les autres et déplorablement dépourvus de tout sens pratique. Me remémorant les sages conseils de mon amie, j'embauchai celle qui me plaisait le plus en tant que femme de ménage, et s'il est indéniable que son aisance devant une planche à repasser ait en grande partie contribué à me la rendre aimable, c'est surtout le fait qu'elle ne parlait pas un mot d'anglais, je l'avoue toute honte bue, qui scella notre entente. S'il fallait vraiment que je passe toute la journée en présence d'une autre personne chez moi, j'aimais autant que cette autre personne ne comprenne pas un traître mot de ce que je racontais quand je parlais au téléphone.

Les débuts de notre cohabitation furent paisibles, presque harmonieux, même ; mais au bout de quatre semaines, je commençai à trouver cette situation insupportable. J'avais beau m'appliquer à ne jamais être dans ses pattes, c'est elle qui me suivait à la trace dans tout l'appartement, armée d'une inquiétante batterie d'ustensiles ménagers et me lançant sans cesse des regards méprisants en portugais. Il était très clair qu'elle n'éprouvait guère de sympathie pour une femme qui passait manifestement le plus clair de ses journées à traîner chez elle et dont les seules activités consistaient à utiliser l'une après l'autre ses serviettes de toilette et à papoter au téléphone dans une langue étrangère. Après un incident particulièrement violent (un cendrier qu'elle vida d'un geste courroucé et plus dédaigneux encore que d'ordinaire), je dus me rendre à l'évidence : j'allais être obligée dorénavant de passer mes journées dehors.

Sortir durant le jour fut une expérience plutôt intéressante, au début. Des tas d'établissements étaient ouverts, et indéniablement bien éclairés, même s'il y avait un peu trop de monde et de bruit à l'intérieur. Je fis de mon mieux, non pas pour prendre plaisir à ces petites expéditions, n'exagérons rien, mais du moins pour m'adapter à cet étrange univers. L'effet de nouveauté eut cependant tôt fait de se dissiper, et je m'avisai qu'il m'était de plus en plus difficile de poursuivre une vie normale dans cet environnement hostile et inconnu. Je me faisais souvent houspiller, parfois même insulter, par des portiers d'immeubles atrabilaires qui n'avaient pas l'air d'avoir envie de m'adresser d'aimables sourires quand je venais flâner sous leur marquise et me poser quelques instants, sans rien demander à personne, pour faire les mots croisés de *TV Magazine*. Je sentais se former autour de moi des attroupements d'où sourdait une impatiente colère chaque fois que j'entrais dans une cabine téléphonique pour garder le contact avec mon vaste réseau de connaissances. Et on me gratifiait régulièrement de remarques peu amènes dès que je m'installais, en toute innocence et non sans une certaine élégance, sur le capot d'une voiture garée au bord du trottoir afin d'avancer dans ma lecture en cours.

Cette situation ne pouvait pas durer éternellement, à l'évidence ; il fallait faire quelque chose, et vite. Mais quoi ? La réponse à cette question n'allait pas de soi. Le problème était grave et appelait une réflexion sérieuse. J'étais prête, pour le résoudre, à user de toutes les méthodes dont je disposais. Hélas, les méthodes dont je dispose sont rarement d'une quelconque utilité dans ce genre de cas, qui réclament des recherches méticuleuses et la plus extrême attention aux détails. La plupart du temps, il faut bien l'avouer, mes méthodes à moi me servent surtout à élaborer des projets extravagants et des théories farfelues. Le lecteur ne sera donc pas étonné d'apprendre que je n'aboutis pour finir à aucune résolution probante, et me pardonnera, je l'espère, de ne pouvoir lui fournir que la preuve écrite tangible de ma bonne volonté.

LA PREUVE ÉCRITE TANGIBLE DE MA BONNE VOLONTÉ

J'avais vite compris qu'un appartement, c'était comme un chemisier : impossible à nettoyer tant qu'on était dedans. Cette réflexion amenait logiquement à la conclusion suivante : pour nettoyer un appartement, comme pour nettoyer un chemisier, il fallait l'apporter à un établissement spécialisé. Je pris donc la résolution de fonder une chaîne de pressings immobiliers. Jusque-là, rien à dire, c'était une idée brillante. Le hic ne m'apparut qu'un peu plus tard, lorsque je songeai à l'étape où le client venait récupérer son appartement au pressing. Je me remémorai alors l'analogie avec le chemisier sale, et cédai aussitôt à un découragement profond, auquel vint se greffer une vision tout aussi plombante – moi, plantée devant le comptoir du pressing, en train de m'égosiller : « Mais puisque je vous dis que ce n'est *pas* mon appartement ! Non mais enfin je suis quand même bien placée pour savoir à quoi ressemble mon appartement, vous ne croyez pas ? Le mien, c'était celui avec la pièce séparée pour écrire et les deux poêles à bois. Celui-ci n'est pas à moi. Il n'y a pas de pièce séparée pour écrire dans cet appartement, et il n'y a qu'un seul poêle à bois – et un lit en mezzanine ! Est-ce que j'ai l'air de quelqu'un qui dort dans un lit à mezzanine ? Non mais vous m'avez bien regardée ? Alors bon, hein, n'essayez pas de me faire croire que c'est bien mon appartement mais que toutes les pièces ne sont pas encore prêtes. Et puis d'abord, vous pouvez m'expliquer comment on égare un poêle à bois ? Ce n'est pas comme s'il ne tenait plus qu'à un fil quand je vous l'ai apporté ! Il était encastré dans un mur en plâtre tout ce qu'il y a de plus solide. Non, je vous le répète, cet appartement n'est pas le mien, et il est hors de question que je reparte avec. Et non, je ne préférerais pas repartir avec cet appartement plutôt qu'avec aucun appartement du tout, merci bien. Je veux *mon* appartement, celui que je vous ai confié. Oh, ne vous en faites pas pour ça, un peu que je vais vous coller un procès aux fesses, non mais si vous croyez que je vais me gêner ! Mon avocat vous contactera – d'ailleurs je l'appelle tout de suite. »

Et sur ce, je tournais les talons et sortais en claquant furieusement la porte. La vision que j'eus ensuite était encore plus lamentable : je me retrouvais dehors, réfugiée dans une cabine téléphonique, cernée par une foule hargneuse qui manifestait son impatience. C'est à ce moment-là que je pris une décision : si je n'avais décidément pas d'autre choix que de sortir de chez moi pour passer mes coups de fil, alors autant garder mes deux poêles à bois.

CHOSES

Les choses

Toutes les choses qui existent dans le monde peuvent être divisées en deux grandes catégories : les choses naturelles et les choses artificielles. Ou, comme on les appelle plus familièrement, la nature et l'art. Or la nature, je ne le sais que trop bien, hélas, a ses défenseurs inconditionnels. Pour ma part, disons que dans l'ensemble j'aurais quelque réticence à me compter au nombre de ces derniers ; ou, pour formuler les choses de manière un peu plus directe, que je ne suis pas du genre à vouloir retourner à la terre – je suis plutôt du genre à vouloir retourner à l'hôtel. Cela est dû en partie au fait que la nature et moi n'avons pas grand-chose en commun. Nous n'allons pas dans les mêmes restaurants, nous n'avons pas le même humour et, surtout, nous n'avons pas les mêmes fréquentations.

Il n'en a pas toujours été ainsi, cependant. Quand j'étais petite, il n'était pas rare qu'on m'aperçoive dans un décor extérieur naturel, en train de jouer dans la neige, par exemple, de marcher dans les bois ou encore de barboter dans un étang. Les scènes de ce genre faisaient partie intégrante de ma vie quotidienne à l'époque. Mais peu à peu j'ai grandi, et c'est au cours de ce processus de maturation que j'ai commencé à remarquer les nombreux et flagrants inconvénients de la nature. Premièrement, la nature se trouve la plupart du temps à l'extérieur – lieu où, je crois que personne ne me contredira sur ce point, sévit une pénurie endémique de fauteuils confortables. Deuxièmement, la moitié du temps il y fait jour, en raison des violentes conditions d'éclairage qui prévalent dans cet endroit, lesquelles sont peu flatteuses au teint du fumeur invétéré. Enfin, et plus à propos dans le cadre du présent exposé, je me permets de rappeler que la nature, par définition, est un lieu sauvage, mal entretenu et souvent infesté de bestioles. Il s'ensuit tout naturellement, si j'ose dire, que les choses de la nature ne sont pas, en règle générale, ce qui excite le plus la convoitise.

Afin d'illustrer mon propos, j'ai préparé un petit tableau visant à démontrer de manière graphique l'immense supériorité des créations humaines sur les créations naturelles.

NATURE	*ART*
Le soleil	Le four à gril
Vos deux pieds	Vos deux coupés sport Bentley
La chute des feuilles en automne	La chute des prix de l'immobilier
Les racines et les baies	Les *linguine alle vongole*
La course inexorable du temps	La fonction « pause »
Le lait	Le beurre
Les bienfaits de la terre nourricière	25 % sur la marge brute

NATURE	*ART*
Le blé complet	Les *linguine alle vongole*
Un homme pour l'éternité	Marc Bohan pour Dior
La glace	Les glaçons
Les poils	Les lames de rasoir
L'odeur de la campagne après une averse d'été	Les *linguine alle vongole*
Les MST	Le MLF
La grâce divine	La roulette
Le murmure cristallin d'un ruisseau de montagne	Paris

Bien. Maintenant que vous avez une vision un peu plus nette des choses (mais je vous en prie, c'est tout naturel), il est temps d'en approfondir l'exploration, de vous interroger sur ce que vous avez appris et de vous demander comment mettre à profit vos nouvelles compétences dans ce domaine. Bon, la première chose que vous avez apprise – et la plus importante –, c'est que les *linguine alle vongole* sont le chef-d'œuvre suprême et indépassable de l'espèce humaine, bien évidemment. Mais passons – inutile de s'appesantir sur ce sujet et d'entrer dans les subtilités d'un concept dont tout le monde saisit sans peine l'évidente clarté.

Quant à la question de savoir comment mettre à profit vos nouvelles compétences, je crois que le mieux est de commencer par nous pencher sur ce que dit la sagesse populaire à propos des choses, en l'interprétant à la lumière de vos connaissances récemment acquises.

CE QUE DIT LA SAGESSE POPULAIRE À PROPOS DES CHOSES ET SON INTERPRÉTATION À LA LUMIÈRE DE VOS CONNAISSANCES RÉCEMMENT ACQUISES

Tout vient à point à qui sait attendre : Cette idée n'est pas sans en rappeler une autre, tout aussi célèbre et populaire, celle qui prétend que heureux sont les humbles car ils hériteront de la terre. Gardons ce rapprochement en tête et choisissons une méthode classique, s'il en est, pour analyser la première sentence, en la décomposant en deux segments distincts : a) Tout vient à point ; b) à qui sait attendre. Grâce à ce que nous venons d'apprendre, nous comprenons aussitôt de quoi il est question lorsque nous disons « tout ». En revanche, avec « qui sait attendre », nous entrons en territoire inconnu. Dans un cas comme celui-ci, tous les experts s'accordent sur ce point, le mieux est souvent de prendre des exemples dans la vie de tous les jours. Il convient donc de penser à un endroit où, d'après notre expérience, nous savons que se trouvent des gens « qui savent attendre » et qui, de fait, sont en train d'attendre. Or aucun endroit ne saurait être plus idoine dans cette perspective, me semble-t-il, que la zone de livraison des bagages de l'aéroport d'une grande métropole.

La question fondamentale qui sous-tend cette interrogation – à savoir le degré de véracité de la proposition « Tout vient à point à qui sait attendre » – est en réalité la suivante : « Est-il bel et bien avéré que tout vient à point à qui sait attendre ? » Là encore, décomposons cette proposition en deux segments distincts, et nous observons alors que : a) « tout » inclut les *linguine alle vongole*, les véhicules fabriqués par le constructeur automobile Bentley et la ville de Paris qui ne laisse jamais d'émerveiller le visiteur.

Nous savons par ailleurs que : b) « qui sait attendre » se trouve en train d'attendre à l'aéroport O'Hare de Chicago. Nous repensons alors aux diverses péripéties de notre vie quotidienne, consultons de nouveau notre précieux tableau, et sommes amenés à conclure, hélas, que : « Non, il n'est pas vrai que tout vient à point à qui sait attendre. » À moins qu'interviennent dans l'équation certaines préférences personnelles de la part de « qui sait attendre », préférences que nous ne pouvions pas deviner ni, donc, prendre en compte dans notre raisonnement, en conséquence de quoi il découle que « tout ce qui vient à point » est susceptible d'inclure un élément désigné sous la formule LE CONTENU D'UN DE VOS BAGAGES A ÉTÉ PERDU ET LA DIRECTION DE L'AÉROPORT DÉCLINE TOUTE RESPONSABILITÉ.

Une chose de beauté est une joie éternelle : Le problème de cette charmante citation tirée d'un poème de John Keats n'est pas tant son inexactitude que son archaïsme. Mr Keats, ne l'oublions pas, était non seulement poète mais également fils de son temps. N'oublions pas non plus que l'une des caractéristiques essentielles de la première moitié du XIXe siècle était l'émerveillement un tantinet excessif qu'inspirait aux gens à cette époque la simple capacité des choses à durer. Ainsi donc, s'il est indéniable qu'une chose de beauté soit en effet une joie, nous autres citoyens du monde contemporain, libérés du carcan des valeurs du passé, pouvons nous permettre d'affirmer sans le moindre scrupule que, neuf fois sur dix, un week-end suffit amplement.

Chacun tue l'objet de son amour : Et c'est bien compréhensible, étant donné qu'on lui a fait croire que ce serait une joie éternelle.

Pensez avant de parler. Lisez avant de penser.

Chacun son truc : L'emploi du mot « truc » (synonyme fréquemment utilisé pour désigner une « chose ») est en l'occurrence d'une précision inhabituelle, car les gens à qui s'applique cette expression *font réellement* des trucs, au sens concret du terme, par opposition à ceux qui se contentent de faire leur travail – par exemple, la poterie est un truc, tandis que l'écriture est un travail.

La vie n'est qu'une longue succession de catastrophes : Et la mort est un cabaret.

Petits conseils
à l'usage des animaux de compagnie

Le devoir d'honnêteté m'oblige à commencer par une déclaration qui, à mes yeux, relève du simple constat objectif mais que d'aucuns, j'en suis bien consciente, prendront pour un aveu honteux et coupable. Je n'aime pas les animaux. Tous les animaux. Je n'aime même pas *l'idée* des animaux. Les animaux ne sont pas mes amis. Ils n'occupent aucune place dans mon cœur. J'ai rayé les animaux de mes papiers. Je tiens à préciser toutefois, au nom de l'esprit de nuance, que je ne leur veux strictement aucun mal. Jamais je ne m'en prendrais à un animal, à partir du moment où il ne s'en prend pas à moi. Bon, d'accord, peut-être convient-il d'apporter un léger correctif à cette dernière phrase – jamais je ne m'en prendrais *personnellement* à un animal. En revanche, je suis d'avis qu'une assiette dans laquelle ne figure aucune tranche de quelque chose de bien saignant est une insulte pour tout gourmet qui se respecte, et s'il m'est arrivé plus souvent qu'à mon tour de rencontrer des individus qui se nourrissaient exclusivement de patates et de brocolis, je ne peux pas dire non plus qu'ils m'aient jamais inspiré une sympathie excessive.

Il serait donc plus juste sans doute d'affirmer que je n'aime pas les animaux *à deux exceptions près*. La première, c'est quand il est question d'eux à un temps du passé – je n'ai pas le moindre reproche à faire aux animaux quand ils se présentent sous la forme d'une côtelette d'agneau bien grillée ou d'une élégante paire de mocassins en cuir de vachette véritable. La deuxième, c'est quand ils sont dehors, et quand je dis *dehors*, je ne veux pas simplement dire *en dehors de la maison*, mais *vraiment* dehors, très loin, là-bas tout au fond des bois ou, encore mieux, là-bas tout au fond de la jungle amazonienne. Il me semble du reste que c'est la moindre des choses ; après tout, je ne vais pas là-bas, moi, alors pourquoi viendraient-ils ici, eux ?

Compte tenu de toutes ces considérations, personne ne s'étonnera d'apprendre que je n'approuve guère l'usage des animaux à des fins domestiques. « N'approuve guère » étant en l'occurrence un bel euphémisme ; en réalité, je pense que les animaux de compagnie devraient être interdits par la loi. Surtout les chiens. Surtout à New York.

Je me suis souvent autorisée à exprimer cette opinion à voix haute dans ce qu'on appelle abusivement la bonne société, et me suis systématiquement entendu rétorquer que, quand bien même on interdirait aux gens de posséder un chien pour des raisons frivoles, la question des aveugles et des personnes souffrant de solitude extrême continuerait de se poser. Or il se trouve que je ne suis pas totalement dépourvue de compassion et, après mûre réflexion, je crois que j'ai trouvé la solution idéale à ce problème : il suffit de reconvertir les personnes seules en guides d'aveugles. La mise en œuvre d'une telle initiative permettrait aux uns d'avoir quelqu'un à qui parler et aux autres de ne pas se cogner contre un poteau dans la rue sans qu'il soit besoin d'infliger au reste de la population le spectacle, hélas récurrent, de ces hommes adultes qui s'adressent à leur berger allemand sur un ton pétri de respect d'ordinaire réservé aux doyens du clergé et aux fonctionnaires de l'administration fiscale.

À vous autres, amis de la gent animale qui n'êtes pas particulièrement séduits par l'idée d'aider des accordeurs de piano à traverser la rue aux carrefours les plus fréquentés, je n'aurais donc qu'un conseil à donner : trouvez-vous des amis ailleurs. Si vous n'en avez aucun à portée de main, je vous suggère de prendre exemple sur votre célébrité préférée et d'investir dans l'acquisition d'une garde rapprochée. Songez-y. Les avantages d'un tel investissement sont aussi évidents que multiples : une garde rapprochée est indéniablement supérieure à un chien (ou même à un ami humain, bien sûr), et les bénéfices s'en ressentent presque instantanément. Vous n'êtes pas obligé de promener plusieurs fois par jour votre garde rapprochée ; c'est même tout l'inverse, puisque l'une des principales attributions d'une garde rapprochée est précisément de vous escorter, vous, durant vos promenades. Vous n'êtes pas obligé de donner un nom à votre garde rapprochée. Vous n'êtes pas obligé de jouer avec elle. Vous n'êtes pas obligé de l'emmener chez le vétérinaire – même si l'on ne saurait trop conseiller au propriétaire consciencieux de veiller à ce que les vaccins de sa garde rapprochée soient bien à jour. Vous devez également veiller à ce que votre garde rapprochée soit correctement nourrie, bien entendu, mais n'importe quelle trattoria fera l'affaire et vous n'aurez pas à vous encombrer de toute une batterie d'écuelles en plastique et d'énormes boîtes de conserve.

Si vous n'êtes que moyennement convaincu par l'idée d'une garde rapprochée, alors vous feriez peut-être bien d'envisager le concept de sociabilité sous un autre angle. Les choses vivantes ne sont pas votre seule et unique option. La vaisselle en argenterie ancienne et les méridiennes Duncan Phyfe sont idéales pour vous tenir compagnie, tout comme les boissons alcoolisées et les fruits hors saison. Faites travailler votre imagination, n'écartez aucune possibilité – vous finirez bien par trouver quelque chose.

Si toutefois il ne vous vient décidément à l'esprit aucune idée satisfaisante – et il est fort probable que ce soit le cas, étant donné que les amoureux des animaux ont en général un certain niveau d'exigence –, voici quelques conseils que j'adresse cette fois directement à nos amies les bêtes, dans l'espoir qu'ils les aident au moins à se comporter avec grâce et dignité face à leurs intraitables propriétaires.

Si vous êtes un chien et que votre maître vous propose de porter un tricot... proposez-lui de porter une queue.

*

Si votre maître vous a donné le nom d'un être humain appartenant à la catégorie des artistes, fuyez. Il est inconcevable, même pour un animal, d'être obligé de partager son espace de vie avec quelqu'un qui appelle son chat Ford Madox Ford.

*

Les chiens qui gagnent leur croûte en jouant dans des spots publicitaires où ils passent leur temps à pousser des jappements agressifs pour quémander un bout de viande feraient bien de ne pas oublier que dans au moins un pays du continent asiatique ce sont eux qui font office de pâté.

*

Si vous êtes simplement un oiseau enfermé dans une cage dorée, estimez-vous heureux.

*

Un chien qui pense qu'il est le meilleur ami de l'homme est un chien qui n'a de toute évidence jamais rencontré un avocat fiscaliste.

*

Si vous êtes une chouette et que vous servez d'animal domestique, j'applaudis et j'encourage de tout cœur vos hululements. Vous avez toutes les raisons du monde de pousser de telles plaintes. Une chouette, bien évidemment, n'est pas un animal domestique ; ce n'est qu'une manière aussi déprimante qu'impardonnable de faire l'original.

*

Un animal ne devrait jamais bondir sur le mobilier de la salle à manger à moins d'être sûr et certain de pouvoir se montrer à la hauteur de la conversation.

Le stylo de ma tante passe sur le billard

Un meublé ? Ah non, je ne crois pas, non. Je ne suis vraiment pas intéressée par un appartement meublé. Non, vraiment. Pas du tout. Pas un meublé. Quoi ? Si j'ai déjà entendu parler de la technologie de pointe ? Oui, je connais. Si, si, vraiment. Je vous assure. Je sais très bien de quoi il s'agit.

Je connais également très bien l'hôpital Sloan-Kettering, mais ce n'est pas pour autant que j'ai envie d'aller m'installer là-bas.

Non. Absolument. Non. Quel immeuble ? Vraiment ? Oh, mais j'adore cet immeuble ! C'est un immeuble fabuleux. Je ne savais pas que c'était vous qui vous en occupiez. Vous avez l'exclusivité ? Ah. Très bien. Et il n'y a pas d'appartements non meublés dans cet immeuble ? Oh. Oui, bien sûr, le marché... Je sais... Je vois... Oui, vous avez raison, si jamais il y en a un qui se libère, sait-on jamais... Bon, mais en tout cas non, vraiment, un meublé, ça ne m'intéresse pas du tout.

Je n'y crois pas. Je n'arrive pas à croire que je vais là-bas. Un meublé. Je ne veux pas d'un appartement meublé. Un meublé ? Hors de question. Je hais les meublés. Même s'il ne me viendrait pas à l'idée de qualifier de meublé un appartement doté si peu que ce soit des dernières technologies de pointe. Je dirais qu'il est « tout équipé », à la rigueur. Ou qu'il « bénéficie de tout le confort moderne »... Chaque fois que je me retrouve dans un appartement de ce genre, j'ai envie de demander combien de litres au cent il consomme. Où se trouve la salle des machines. Ou l'unité de soins intensifs. La dernière fois que j'ai mis les pieds dans un appartement similaire, j'ai passé deux heures à renifler partout, à chercher où était la plaque de bronze avec le nom du donateur marqué dessus. Technologies de pointe... Je n'y crois pas.

Oh, bonjour. Oui, moi aussi. Bien sûr, oui, allons-y.

Mazette, regardez-moi ça... Oh, dites, je suis navrée mais je crois que je n'ai pas de ticket sur moi. Vous pensez que vous pourriez me dépanner ? Quoi ? Pas de tourniquet ? Oui, sans doute un oubli, vous avez raison. Les gens oublient souvent les petits détails... Ou alors il aura voulu faire preuve de sobriété dans la décoration... Il a dû se dire que les urinoirs dans le salon, c'était suffisant... Non mais je dis ça, c'est joli... Et pratique ! Surtout pour un homme qui a ce genre de goûts... enfin pour un homme de goût, je veux dire... Ah, tiens, voilà une chose à laquelle je n'aurais pas pensé – une lampe de chevet au néon en forme de panier de basket – ça ne m'aurait vraiment jamais effleuré l'esprit... Pas inintéressant comme idée, cela dit. Audacieux. La petite touche d'humour visuel... J'ai toujours bien aimé ça, l'humour visuel... Je me demande si j'ai quelqu'un dans mon entourage qui connaîtrait Magic Johnson... Probablement pas. Dommage, ça aurait pu l'intéresser... Peut-être que lors du prochain match des Lakers il pourrait faire un dunk *dans une lampe de chevet... Ça l'amuserait sans doute follement... Moi en tout cas, je suis sûre que ça m'amuserait...*

Oh, et ça, là, regardez ! Non mais franchement, visez-moi un peu ce truc... Un authentique lavabo médical avec plateau à instruments chirurgicaux intégré !

Ah non, tiens, je n'avais pas remarqué.

Un robinet à poussoir au niveau du genou. Drôlement commode. Parfait pour se laver les mains quand on ne sait plus où donner de la tête… Oui, tout à fait, merveilleusement assorti à la barre de maintien et à la baignoire d'hôpital en acier chromé. Décidément, je crois qu'on peut dire qu'il ne manque rien dans cette salle de bains. S'il y a quelque chose que vous ne trouvez pas ici, c'est que ça n'existe pas ! Un bon petit récurage à la Bétadine, un petit coup de serviette, un petit scan cérébral vite fait bien fait et hop, au dodo ! Rien de très compliqué, hein, juste histoire de se tranquilliser l'esprit pour passer une bonne nuit de sommeil…

La salle à manger ? Ah mais oui, je serais ravie de voir la salle à manger !

Bon, écoutez, soyons sincère – à ce stade, je serais ravie de voir tout et n'importe quoi. Qui sait combien de temps il me reste ?… Enfin, quoi qu'il en soit, peut-être que la salle à manger me remontera un peu le moral. Attendez voir – « peut-être que la salle à manger me remontera un peu le moral » ? Mais qu'est-ce que je raconte… Après cette salle de bains, une opération à cœur ouvert me remonterait le moral. Un week-end à Téhéran avec l'ayatollah Khomeyni serait une bouffée d'air frais. Une visite de l'inspection des finances serait comme le mois de mai. Me remonter le moral ? Je vais vous dire ce qui me remonterait le moral. Ce qui me remonterait le moral, ce serait que la Ford Motor Company, en guise de représailles, redécore chacune de ses usines avec des causeuses en velours rose, des coussins à franges et des guéridons en teck à cendrier intégré. Ce qui me remonterait le moral, ce serait de pouvoir revenir ici en douce ce soir et d'épingler quelques jolis napperons çà et là. Ce qui me remonterait le moral, ce serait que demain matin le Congrès vote à une écrasante majorité une loi faisant de la possession et du recel de meubles en acier inoxydable un crime fédéral. Ce qui me remonterait le moral, ce serait de trouver un moyen de faire en sorte que ma grand-mère puisse emménager ici. Ou Sister Parish. Ou ma grand-mère et *Sister Parish.*

Oui. Tout à fait. Ce couloir est en effet assez spectaculaire.

Un couloir spectaculaire ? Ça ferait surtout une piste d'atterrissage spectaculaire, vous voulez dire ! Je vois ça d'ici. Le DC-10 en approche, le reflet des lumières clignotantes à travers les parois en brique de verre... Parfait. Somptueux. Le décollage poserait peut-être quelques petits problèmes, mais bon, tant pis, si on ne peut pas y toucher, on n'y touche pas. On n'a jamais trop d'espaces de rangement, après tout.

Ah, la salle à manger ! La fameuse salle à manger. Très impressionnante en effet. Pas non plus un amphithéâtre, hein, bien sûr, mais c'est probablement que l'immeuble a été divisé en plusieurs lots. L'amphithéâtre doit se trouver dans l'appart d'à côté. C'est bien ma veine : pas d'amphithéâtre pour bosser. Enfin bon, ne chipotons pas, c'est quand même une chouette salle à manger. Très belle table. Longue. Et brillante, vraiment très brillante. Et tapissée. Ça doit être une expérience intéressante de dîner sur une table pareille. Une petite assiette de clous n° 10 en guise de hors-d'œuvre, et ensuite une bonne dose de vaccin antitétanique en plat de résistance... Je me demande quel vin se marie le mieux avec le vaccin antitétanique, tiens. Je me demande dans quoi on carafe le vin. À moins qu'on le serve directement dans une seringue préremplie ? Je me demande où on la met ; à droite ou à gauche de l'assiette ? Et si c'est un dîner de gala et qu'on sert plusieurs vins ? Et les domestiques ? Imaginez qu'ils aient un geste maladroit et qu'un invité se mette à pisser le sang ? Partout sur le revêtement de sol en caoutchouc... Ça part sur le caoutchouc, le sang ? Je me demande s'ils fabriquent des convives pour dîners de gala, chez Pirelli... De bons convives bien robustes, aux lignes sobres, et accessibles à toutes les bourses... Oui, tiens, des convives en caoutchouc, ça c'est une idée !

Immense, cette pièce. Très spacieuse. Peut-être même un peu trop... Petit problème d'échelle... Si j'étais le propriétaire, je crois que j'installerais deux techniciens en rayons X à chaque extrémité de la pièce, légèrement sur le côté. Des techniciens en rayons X pas trop grands, 1,67 mètre, 1,68 mètre, pas plus. Histoire de rééquilibrer un peu les proportions, que ce soit plus à taille humaine, plus cosy... Et peut-être, juste pour le plaisir des yeux, un aide-soignant noir posé dans le coin, là-bas. Un seul. Dans l'angle. Oui.

La cuisine ? Eh bien je vous avouerai que je ne suis pas vraiment un cordon-bleu, mais bon, maintenant que je suis là, bien sûr, allons donc voir la cuisine.

Ah oui, en effet, ça c'est de la cuisine. Le réfectoire doit être juste derrière, j'imagine ? Impressionnants, ces énormes ustensiles. Pas pour les cuisiniers du dimanche... Et l'éclairage ! Littéralement éblouissant. Ça, on ne risque pas de déprimer dans un endroit pareil ! Même en essayant. Non, mon lieutenant, même si vous étiez de corvée de plonge tous les jours de la semaine, impossible d'avoir le moral en berne dans une telle cuisine ! Très chouette aussi, le plan de travail. Jolis tabourets. Comment vous m'avez dit qu'on appelle cette pièce, déjà ? Chez Joe's – Traiteur & Restau Grill ? Non mais quelle cuisine... J'en connais des gens qui seraient contents de pouvoir préparer leur tambouille ici... SOS-Enfance en détresse, déjà. Nairobi. Le syndicat des ouvriers de l'industrie des vêtements pour femmes. L'association des artistes de radio et de télévision. Ah oui, c'est sûr que c'est le genre de cuisine qui ferait le bonheur de pas mal de monde... Seulement voilà, je suis navrée mais j'ai bien peur de ne pas faire partie de ce monde, justement... Non mais c'est vrai, quoi, vous imaginez ? Qu'est-ce que vous diriez si vous aperceviez, à travers la porte vitrée de ce frigo, là, en plein milieu – oui, juste là, dans la clayette où il devrait y avoir les poches de plasma –, deux pamplemousses, un vieux morceau de gruyère, une demi-

bouteille d'eau gazeuse et c'est tout ? Non, franchement, ça serait du plus mauvais effet.

La chambre ? Ah oui, la chambre. Non, je n'avais pas oublié la chambre, pas du tout.

Dormir ? Dans cette pièce ? C'est une plaisanterie, j'imagine. Une plaisanterie cruelle. Dormir, vous dites ? Mais pendant combien de temps au juste ? Jusqu'à quelle heure ? On fait sonner le clairon à quoi dans cette caserne, cinq, six heures du matin ?

Oui, j'ai remarqué, en effet. J'ai bien remarqué le lit. Si j'en ai déjà vu des comme ça ? Ah non, pas très souvent, je dois dire.

Pas de cette taille-là en tout cas. Pas un mastodonte pareil. Je ne comprends même pas comment ils ont fait pour le livrer. Même en pièces détachées.

Non, non, je ne crois pas que j'aie envie de l'essayer, merci.

J'ai toujours été un peu timorée... C'est bête, je sais, mais j'aurais peur de me blesser... Rien de personnel, hein, je tiens à préciser – je suis sûre que si vous faites bien attention, il ne peut rien vous arriver de mal. Rien du tout.

Mais bien sûr, je vous en prie. Allez-y. Je ne bouge pas.

Ça doit coûter bonbon, un appart comme ça... Je peux peut-être m'éclipser discrètement avant qu'elle revienne... Je ne sais vraiment pas quoi lui dire. Et si elle insiste ? Si elle veut qu'on parle financement ? Comment on fait pour emprunter, déjà ? On remplit un formulaire ou on attend d'être déféré devant le juge ? Elle a parlé des charges, il me semble... Comme quoi elles n'étaient pas très élevées... Je me demande si elle voulait dire par là que le loyer est inférieur à sept cent cinquante dollars par mois ou que la cage d'escalier était nettoyée au karcher une fois tous les deux ans...

Et si ça devient une mode et que les gens commencent à gagner ce genre de trucs dans les jeux à la télé ? Oui, Mrs Smith, vous m'avez bien entendu, vingt kilos d'éléments d'angle, et attendez, ce n'est pas fini – oui, Mrs Smith, vous repartez également avec ce lot de trois paniers de bicyclette en fil métallique – tout ça est à vous désormais, Mrs Smith, et merci d'avoir joué avec nous !

Oh non, ça y est, la voilà qui revient. Mais qu'est-ce que je vais bien pouvoir lui dire ? Je ne voudrais pas être impolie… Si ça se trouve, un jour ou l'autre, un vrai *appartement se libérera dans cet immeuble… Je sais. Je vais simplement lui dire qu'il est trop cher pour moi, très au-dessus de mes moyens, et puis qu'il y a trop de travaux à faire… Dommage, cela dit. J'aime vraiment beaucoup cet immeuble. Je me demande combien ça coûterait de démolir les murs en ciment pour révéler les lambris d'origine en acajou naturel… Non, hors de question, évidemment… Encore un rêve absurde…*

LIEUX

Lieux

L'un des aspects les plus saillants de la vie moderne est sans nul doute l'expansion inédite du concept de liberté de pensée. Cette évolution a entraîné un certain nombre de conséquences fort déplaisantes, mais le plus déconcertant est que la notion de lieu, autrefois immuable entre toutes, soit devenue aujourd'hui une question d'opinion personnelle. Ce phénomène se manifeste de diverses façons, tant et si bien qu'il est désormais impossible de puiser quiétude et confiance dans l'idée qu'il y a un lieu pour tout, qu'on peut toujours se mettre en lieu sûr, qu'on s'occupe de notre dossier en haut lieu ou encore qu'il existe des lieux-dits, des lieux d'aisances et même des compléments de lieu.

Cette liste, bien entendu, est loin d'être exhaustive ; je pourrais continuer *ad libitum* dans cette veine, et je le ferais d'ailleurs bien volontiers si cette affaire ne comportait un enjeu autrement plus grave. Car les lieux susmentionnés ont beau mériter notre considération, ils paraissent toutefois insignifiants lorsqu'on songe que notre lieu de résidence lui-même – entité ressortissant naguère à la réalité la plus froidement objective – relève désormais d'une question de point de vue personnel. Il est évidemment inconcevable qu'une telle situation soit autorisée à perdurer. Au risque de paraître alarmiste, je me vois par conséquent dans l'obligation de déclarer sans la moindre équivoque que lorsque votre foyer, après avoir été pendant des siècles une forme d'art figuratif, devient soudain la cible du conceptualisme le plus sournois – je m'excuse mais il n'y a pas d'autre mot –, il est grand temps d'agir.

Vous dites ? Trop tard ? Le temps d'agir est passé ? Le mal est fait ? Je ne suis pas d'accord. Nous sommes encore un certain nombre, quand on nous demande où nous habitons, à oser répondre avec bon sens et conviction. New York, répliquons-nous crânement, ou Boston. Philadelphie. Des Moines. Nous formons un groupe certes modeste mais éclectique, et je suis persuadée qu'à force de labeur et d'opiniâtreté nous pouvons réduire à quia et à jamais ceux d'entre nous qui, déposant les armes devant la toute-puissance de l'ineptie contemporaine, ont lâchement décidé d'en embrasser tous les lieux communs.

Or pour remporter une bataille, quelle qu'elle soit, la première étape consiste bien sûr à identifier l'ennemi. C'est dans cet objectif que j'ai établi les profils suivants :

CELUI QUI SE DÉFINIT AVANT TOUT COMME HABITANT DE LA PLANÈTE – OU « MONSIEUR TERRIEN »

Enclin aux généralisations les plus grossières, Monsieur Terrien se reconnaît immédiatement aux rapports de franche camaraderie qu'il entretient avec les végétaux verts et feuillus. Il trouve sa subsistance (et ses idées) dans les plus bas échelons de la chaîne alimentaire et croit souvent à la réincarnation – théorie qui a au moins le mérite d'expliquer comment il gagne sa vie. Son livre préféré est un machin qui s'appelle *La Bible de l'autosuffisance*, une espèce de catalogue grâce auquel il achète ses vêtements par correspondance, et on l'aperçoit si souvent le regard perdu en contemplation vers les étoiles qu'on ne peut qu'espérer qu'il envisage sérieusement de s'y installer.

CELUI QUI SE DÉFINIT AVANT TOUT COMME CITOYEN DU MONDE – OU « MONSIEUR INTERNATIONAL »

Monsieur International, dont l'incarnation suprême est le grand couturier italien, se sent chez lui partout où il va. Il connaît les meilleurs restaurants, les meilleures langues étrangères, et c'est l'une des dernières personnes vivantes au monde à avoir de l'argent liquide sur lui – et des tableaux chez lui. Quoiqu'il puisse offrir matière à distraction en soirée, l'effet produit par Monsieur International est tel qu'on ne peut s'empêcher à son contact de trouver le monde entier soudain banal et vulgaire. Qu'est-ce que Londres, après tout, aux yeux d'un homme pour qui le Moyen-Orient n'est qu'une banlieue malfamée parmi d'autres et qui dit « la plage » pour désigner la côte sud-africaine ?

Et puis comment se fait-il que Monsieur International, avec un agenda aussi chargé, ait encore autant de temps et d'énergie à consacrer à l'inflation des prix de l'immobilier à Manhattan ? À force, je crains qu'il ne finisse par transformer la ville de New York tout entière en un vaste complexe touristique comparable à Acapulco dans les années 1950. Les écrivains indigènes, parqués dans les cuisines des hôtels de luxe, en seront réduits à gagner leur vie en découpant des pamplemousses en des formes élaborées pour les cocktails de Monsieur International – client, soit dit en passant, que la perspective de rencontrer votre sœur célibataire laissera probablement de marbre.

CELUI QUI HABITE BEAUCOUP TROP LOIN DANS LES QUARTIERS SUD – OU « MONSIEUR LOFT »

Les gens qui vivent dans des lofts feraient mieux de s'abstenir de jeter la pierre à autrui – surtout quand ils sont dans la position envieuse d'en avoir eux-mêmes de précieuses plein les poches et de pouvoir les vendre. Vous pensez sans doute que je fais allusion ici à SoHo, mais je vous assure que je n'ai pas l'esprit de clocher aussi hypertrophié que vous semblez le croire et que mon expérience personnelle, hélas, m'autorise à affirmer qu'il existe désormais des quartiers similaires dans la quasi-totalité des bourgades américaines de moindre envergure. Généralement situés sur d'anciens chantiers portuaires reconvertis en zone résidentielle, les quartiers quiches, comme je les appelle pour ma part, ont redéfini de manière aussi regrettable qu'inédite le concept d'« industrie légère ».

Sachez que Monsieur Loft, contrairement à ce que pourraient laisser croire les apparences, est un proche compagnon de route de Monsieur Terrien, et qu'il convient à ce titre de l'éviter autant que faire se peut.

CELUI QUI DONNE L'IMPRESSION D'HABITER À L'AÉROPORT DE SEATTLE – OU « MONSIEUR REPRÉSENTANT DE COMMERCE »

Monsieur Représentant de Commerce, comme on l'appelle communément, est un type qui a l'air assez stressé. À force d'errer d'une porte d'embarquement à une autre, il n'est guère étonnant qu'il en vienne souvent à douter de sa propre santé psychique. Il entend en permanence des voix émettant des instructions explicitement adressées aux « passagers à l'arrivée du vol Northwest Airlines ». Ces voix ont l'air tout à fait officielles ; elles ont même l'air tout à fait réelles. Toutefois, Monsieur Représentant de Commerce n'est pas dupe ; il sait bien qu'il n'y a jamais aucun passager à l'arrivée des vols Northwest Airlines – que sur les vols Northwest Airlines il n'y a jamais que des passagers au départ. On peut même aller jusqu'à affirmer que dans n'importe quel aéroport, à n'importe quel moment donné, la population présente dans le terminal est constituée aux trois quarts de passagers au départ d'un vol Northwest Airlines.

Il est dès lors inévitable que des gens qui passent autant de temps ensemble finissent par s'imaginer qu'ils forment une communauté, avec toutes les conséquences que cela implique. Ils ont ainsi pris l'habitude de nouer entre eux des liens romantiques éphémères, élaboré leur propre régime alimentaire à base de pistaches grillées, et ils ont la chance enviable de ne jamais traverser la moindre turbulence sociétale, puisque la compagnie aérienne leur a déjà assigné à chacun une place bien précise dans telle ou telle classe.

Et pourtant, Monsieur Représentant de Commerce est malheureux, car même s'il cherche constamment à s'élever, il sait bien que sa carrière ne décollera jamais.

Leçon n° 1

Los Angeles (prononcé *loss-an-djeu-lèsse* ou *loss-an-gueu-lèsse*), dans l'État de Californie, est une immense zone d'aspect vaguement urbain qui s'étend tout autour du Beverly Hills Hotel. On peut y accéder très facilement depuis New York par voie téléphonique et aérienne (quoique l'inverse ne soit pas vrai).

En 1956, la population de Los Angeles était de 2 243 901 habitants. En 1970, on en recensait 2 811 801 – dont 1 650 917 attendent toujours le résultat de leur casting.

Les premiers colons espagnols baptisèrent ce lieu *El Pueblo de Nuestra Señora la Reina de los Angeles,* ce qui signifie « La Ville de Notre-Dame la Reine des Anges ». Ce nom fut amputé de moitié en 1835, quand Los Angeles devint une ville mexicaine. Aujourd'hui, on appelle souvent Los Angeles en PCV.

Leçon n° 1

Géographie et ressources

SITUATION, SUPERFICIE, RELIEF ET PAYSAGE

Los Angeles est située sur la côte pacifique, à un peu moins de cinq mille kilomètres du centre de Manhattan. Le sol est varié – terre battue, gazon ou résine, selon le type de surface qui convient le mieux à votre jeu. Los Angeles est du genre à faire les choses en grand : elle couvre une superficie de mille deux cents mètres carrés ; il est donc fortement conseillé de jouer près du filet.

Le relief et le paysage sont eux aussi très variés – on trouve des collines, des palmiers, d'immenses affiches publicitaires montrant d'anciens choristes et de futurs choristes, des fleurs aux couleurs vives, des paupières liftées, des gardiens de parking, ainsi qu'un gigantesque panneau composé de lettres épelant le mot « Hollywood », qui sert à indiquer au visiteur qu'il est bel et bien descendu de l'avion.

DEVISE MONÉTAIRE

La devise la plus couramment utilisée à Los Angeles est le point. Les écrivains sont rémunérés en points plutôt qu'en dollars. Détail curieux : il est impossible d'utiliser ses points pour acheter des biens ou louer des services, de sorte qu'il est impératif de toujours avoir un billet d'avion aller-retour sur soi.

CLIMAT

Le climat est généralement très ensoleillé à Los Angeles, ce qui permet aux autochtones de lire leurs contrats à la lumière naturelle. Le beau temps est l'un des deux principaux sujets de conversation à Los Angeles – l'autre étant le mauvais temps à New York.

De nombreux touristes viennent à Los Angeles pour le climat, attirés sans doute par la lumière délicieusement éblouissante et les couleurs primesautières de l'air ambiant.

PRODUITS LOCAUX

Les principaux produits locaux de Los Angeles sont les novélisations, la salade, les jeux télévisés, les points, le tonus musculaire, les mini-séries et les révisions éditoriales. Tous ces produits s'exportent très bien – à l'exception notable du tonus musculaire et des points, qui n'ont pas beaucoup de succès en dehors des limites du comté de Los Angeles.

Démographie et sociologie

Les habitants de Los Angeles ont souvent l'air vivants, et il faut avoir un œil de lynx pour les identifier afin de ne pas se retrouver en train de discuter avec quelqu'un qui est beaucoup trop mort pour vous décerner des points. Les initiés savent qu'il faut observer attentivement la chaîne en or d'un producteur putatif et ne rien dire tant qu'on n'est pas sûr à cent pour cent qu'elle se soulève bien en rythme sur sa poitrine.

Les habitants de Los Angeles sont un peuple chaleureux, et les liens familiaux revêtent une telle importance à leurs yeux qu'il n'est pas rare d'entendre un fleuriste vous informer spontanément que la mère adoptive de sa belle-sœur est l'ex-femme du grand-oncle de Lee Major avant même que vous ayez eu le temps de lui poser la question.

Leçon n° 1

US ET COUTUMES DE LA VIE QUOTIDIENNE

La vie quotidienne à Los Angeles est assez relax, mais très stratifiée ; le meilleur moyen sans doute d'en saisir toutes les complexités est de bien comprendre que rien ne rendrait plus heureux les résidents de cette localité que de disposer d'un annuaire qui listerait les abonnés par leur prénom et préciserait que le correspondant que vous recherchez possède quatre lignes de téléphone, seize numéros de poste et un numéro sur liste rouge jalousement gardé.

ALIMENTATION

De très nombreuses personnes à Los Angeles suivent un régime diététique qui restreint drastiquement l'ingestion de produits alimentaires de synthèse. Ce phénomène s'explique par la croyance semble-t-il très répandue dans cette région que la consommation de fruits et de légumes bios maximise les effets de la cocaïne.

L'une des spécialités locales préférées des autochtones est le *ganbei*, et il est servi exclusivement chez Mr Chow's, un sympathique petit restau chinois sur North Camden Drive. Le *ganbei* est décrit sur le menu comme suit : « Tout le monde raffole de ce plat mystérieux. On croit en général qu'il est à base d'algues, parce qu'il en a le goût et l'apparence. Mais ce n'est pas le cas. C'est un secret. » Ce mystère a été récemment résolu par une femme de lettres new-yorkaise de passage à Los Angeles qui, après l'avoir goûté, déclara : « C'est de l'herbe.

– De l'herbe ? répéta, incrédule, la personne avec qui elle dînait. Tu veux dire de la marijuana ?

– Non, répliqua la femme de lettres. De l'herbe – de la pelouse, du gazon, tu vois ce que je veux dire ? Voilà donc quel était ce fameux secret : chaque après-midi, tous les jardiniers de Beverly Hills se rassemblent derrière le restaurant, le cuisinier enregistre les commandes, et quelques minutes plus tard les clients ravis dévorent, pour trois dollars cinquante et sous forme de friture, leur propre jardin. »

CULTURE

Los Angeles est une ville contemporaine qui, à ce titre, ne se sent pas le moins du monde tenue de se conformer aux normes étriquées de l'art conventionnel. Les citoyens de cette Athènes moderne ont ainsi pu développer en toute liberté des formes d'expression artistique inédites et innovantes. La plus intéressante d'entre elles est la novélisation, car elle donne tout son sens à la fameuse expression : « Une image vaut mille mots. »

USAGES VESTIMENTAIRES

Le style vestimentaire de Los Angeles est chamarré, caractérisé par une prédominance du jaune canari, du bleu ciel et du vert citron, surtout chez les hommes dans la force de l'âge, qui par ailleurs ressemblent tous à l'acteur Alan King. Il est d'usage, lorsqu'ils portent une chemise, qu'ils gardent ouverts en permanence les cinq boutons du haut afin de laisser audacieusement apparaître la touffe de poils grisonnants qui orne leur poitrail. Avis aux visiteurs : ne vous donnez pas la peine d'appeler la police pour qu'elle vienne reboutonner tout ce petit monde ; elle ne se déplacera pas.

Les adolescents, garçons et filles, arborent des tee-shirts qui démentent la théorie selon laquelle les jeunes ne lisent plus, et des expressions faciales qui démentent leurs tee-shirts.

Les adultes de sexe féminin s'habillent en général comme les adolescentes pendant la journée, mais après 18 heures, elles ont envie de se faire belles et tendent alors à enfiler leur robe de bal de fin d'année.

LINGUISTIQUE

L'alphabet et la prononciation en usage à Los Angeles sont dérivés de l'anglais, tout comme la façon de lire les reçus de carte bancaire, de gauche à droite. Le lexique local présente cependant quelques particularités exotiques, et l'on ne saurait trop conseiller au visiteur de se pencher attentivement sur le petit glossaire que voici :

Formel : pantalon.

Concept : poursuite en voiture.

Assistant réalisateur : personne chargée d'indiquer aux voitures la direction dans laquelle elles doivent aller. Ce terme se traduit à New York par « agent de la circulation ».

Réalisateur : personne chargée d'indiquer à l'assistant réalisateur la direction qu'il doit indiquer aux voitures. Ce terme se traduit à New York par « agent de la circulation ».

Contrôle artistique : pas de points.

Prendre rendez-vous : expression plus répandue que « se fixer rendez-vous », selon toute probabilité parce que « prendre » est le verbe préféré des autochtones.

Sarcasme : ce qu'on trouve à New York au lieu de jacuzzis.

TRANSPORTS

Il existe deux moyens de transport à Los Angeles : la voiture et l'ambulance. Nous conseillons aux visiteurs souhaitant passer inaperçus de favoriser la deuxième option.

Pensez avant de parler. Lisez avant de penser.

ARCHITECTURE

L'architecture de Los Angeles, en gros, est le produit d'un héritage espagnol et d'une vie intérieure très riche. Les bâtiments publics, désignés par les termes « stations-service » ou « restaurants », se caractérisent par leur hauteur de plafond limitée et sont en général de taille comparable à celle des bureaux de l'agent littéraire moyen, quoiqu'ils puissent avoir parfois une plus grande capacité d'accueil. Les maisons, désignées par le terme « résidences », se distinguent des bâtiments publics par le nombre de Mercedes-Benz garées devant le portail. S'il y en a plus de douze, il est probable qu'elles prennent la carte American Express.

Journal d'une chasseuse d'appartements new-yorkaise

Vendredi : Réveillée dès potron-minet par un coursier m'apportant le supplément *Immobilier* de l'édition dominicale du *New York Times*. Les six premiers appartements sont déjà vendus. Passé un bon quart d'heure à essayer de diviser le nombre de journalistes du *New York Times* par le nombre probable de personnes à la recherche d'un trois-pièces. Puis une demi-heure à me demander comment quiconque ayant un journal à publier tous les jours peut bien trouver le temps d'entretenir mille cent relations amicales. Fini par admettre que cette théorie était peu plausible et tiré la conclusion que tous les typographes du canard doivent sans doute habiter dans des résidences de luxe équipées de poêles à bois. Bref moment de perplexité en songeant que les annonces immobilières mentionnent systématiquement la présence de poêles *à bois*. Tiré la conclusion que, vu le prix de vente affiché, il doit s'agir d'un simple avertissement à l'attention des acheteurs potentiels qui risqueraient sinon de se dire : « Bah, quelle importance ? » et de voir par la suite leur investissement partir en fumée.

Pensez avant de parler. Lisez avant de penser.

Appelé V.F. pour lui demander poliment si quelqu'un dans son très bel immeuble n'aurait pas eu par hasard l'heureuse idée de décéder pendant la nuit. Réponse négative. C'est à n'y rien comprendre ; cet immeuble est non seulement très beau mais aussi très grand, et pourtant aucun locataire n'y est mort depuis plusieurs mois. Dans le minuscule gourbi où j'habite, à l'inverse, ça tombe comme des mouches. Hypothèse à creuser : l'espérance de vie est peut-être proportionnelle à la hauteur sous plafond et/ou à la présence de moulures. Petit moment d'angoisse en songeant que quelqu'un, quelque part, dans un immeuble pire que le mien, attend ma mort à *moi*. Profond soulagement en songeant que a) personne n'habite dans un immeuble pire que le mien et b) encore moins les gens qui attendent ma mort.

Samedi : Direction le grand nord, pour aller visiter un appartement dans un vénérable immeuble situé en plein centre de Manhattan. Rendez-vous avec l'agente immobilière dans le hall d'entrée. Version caucasienne de la Rose de Tokyo. Elle m'a tout de suite parlé de la kyrielle de gens exerçant une profession *respectable* qui se battent pour avoir cet appartement. Première étape : le salon. Spacieux, aéré, vue imprenable sur un magasin d'une célèbre enseigne discount. Deux vraies chambres. Cuisine, ou à peu près. Quand je lui ai demandé pourquoi le locataire actuel avait jugé bon de faire aménager trois voûtes de deux mètres de haut dans la chambre principale, elle m'a parlé d'une histoire de ventilation naturelle ou je ne sais quoi, ce n'était pas très clair. Quand je lui ai fait remarquer que le mur opposé était dépourvu de fenêtres, elle a sorti de son sac une liasse de documents et fait mine de les examiner attentivement. Sans doute la liste de tous les juges à la Cour suprême qui se disputaient l'appartement. J'ai néanmoins insisté – qu'est-ce qu'elle voulait que je fasse de trois voûtes de deux mètres de haut aménagées dans le mur de ma chambre ? Elle a suggéré des vitraux. J'ai suggéré des prie-Dieu dans le salon et une messe tous les dimanches. Elle m'a ensuite montré une pièce qu'elle a désignée sous le terme « salle d'eau ». Je lui ai demandé où les esclaves faisaient leurs ablutions. Elle s'est remise à compulser sa liasse de papiers d'un geste comminatoire, puis nous sommes retournées dans le salon. J'affichais un air contrarié. Elle s'est animée en me montrant une pièce appelée « la salle de bains fantaisie », recouverte de papier peint du sol au plafond par quelqu'un qui n'avait manifestement pas peur de mélanger les motifs. Je l'ai informée sans cérémonie que je ne voulais plus jamais voir une salle de bains fantaisie de toute mon existence. Je n'ai aucune envie de me livrer à quelque fantaisie que ce soit dans ma salle d'eau ; je veux juste pouvoir donner le bain à mes esclaves.

Elle m'a de nouveau ramenée dans le salon. De deux choses l'une : soit elle était vraiment hypnotisée par cette vue imprenable sur le grand magasin discount, soit elle cherchait à me piéger en me faisant croire qu'il y avait trois salons. Avec une impudence éhontée, je lui ai demandé s'il y avait un endroit prévu dans cet appartement pour se sustenter, étant donné que je n'avais pas encore vu l'ombre d'une salle à manger et que la cuisine faisait à peu près la taille d'un verre à cognac.

« Eh bien, m'a-t-elle répondu, certaines personnes utilisent la deuxième chambre comme salle à manger. » Je lui ai rétorqué que j'avais besoin de la deuxième chambre pour écrire. Grave erreur de ma part – car cette remarque lui a rappelé que sa liste de locataires potentiels comptait également un certain nombre d'ambassadeurs auprès des Nations unies.

« Ma foi, a-t-elle dit, la chambre principale est assez spacieuse...

– Bon, écoutez, je mange déjà sur mon lit. Dans la studette à loyer modéré d'un immeuble minable, d'accord, je veux bien manger sur le lit ; dans le trois-pièces un tantinet onéreux d'un immeuble résidentiel de luxe, en revanche, vous allez peut-être me trouver un peu extravagante et capricieuse, mais j'aimerais pouvoir prendre mes repas à table. » Après m'avoir raccompagnée à la porte, elle m'a plantée dans le hall et s'est prestement éclipsée – impatiente, sans doute, d'appeler le cardinal Cooke pour lui dire c'est bon, l'appart est à vous.

Dimanche : Passé la journée entière à me remettre de mes émotions après une conversation au téléphone avec un ami courtier en immobilier qui, comme je venais de lui exposer toute l'étendue du déplaisir que m'avait causé la visite d'un appartement dont la pièce se rapprochant le plus d'un placard à balais était le salon, m'a répliqué : « Mais, ma pauvre Fran, à quoi tu t'attendais pour mille quatre cents par mois ? » Puis il a raccroché avant que j'aie eu le temps de lui répondre que justement, pour mille quatre cents par mois, je m'attendais au palais d'Hiver – mobilier et domestiques inclus.

Lundi : Visité ce matin un appartement au dernier étage d'un immeuble que j'ai secrètement baptisé la Casa de l'Oncle Tom. À l'extrémité de la pièce principale, le plancher était suffisamment incliné pour que je puisse me tenir debout sous les combles et demander pourquoi le frigo se trouvait dans le salon. Je me suis vite fait remettre à ma place par le propriétaire, qui m'a répondu en me regardant droit dans les yeux : « Parce qu'il ne passe pas dans la cuisine.

– Ah oui, ai-je concédé en m'approchant, c'est vrai que c'est un problème. Cela dit attendez voir, j'ai peut-être une idée, je ne sais pas si vous y avez déjà pensé mais... il me semble que la cuisine tiendrait dans le frigo – ça vaudrait le coup d'essayer, non ? »

Je suis partie avant qu'il mette mon conseil à exécution et je me suis précipitée dans une cabine téléphonique. Taux de mortalité dans l'immeuble de V.F. toujours au plus bas.

Passé un coup de fil après avoir repéré une annonce dans le journal. Informée qu'il fallait rajouter cent mille dollars à cause des récents travaux de rénovation. Répliqué qu'à moins que Rembrandt en personne ne soit venu gribouiller sur les murs, cent mille dollars, ce n'était pas des travaux de rénovation ; c'était des réparations de guerre.

Mardi : En désespoir de cause, allée visiter un appartement qualifié d'« intéressant ». « Intéressant » signifie en général qu'il y a un velux, pas d'ascenseur et allez, les enveloppes en papier cristal sont offertes, cadeau de la maison. Celui-ci était encore plus intéressant, car figurez-vous, m'a dit l'agent immobilier, que Jack Kerouac avait vécu ici autrefois. Quelqu'un vous aura fait marcher, lui ai-je dit ; Jack Kerouac vit toujours ici.

Mercredi : Croisé une vague connaissance sur la 7e Avenue. Coïncidence, lui aussi est à la recherche d'un trois-pièces. Nous avons comparé nos expériences.

« Tu l'as vu celui avec le frigo dans le salon ? m'a-t-il demandé.

– Ne m'en parle pas...

– Eh bien figure-toi que moi, aujourd'hui, j'ai visité un cabinet de dentiste du côté de la 50e Rue Est.

– Un cabinet de dentiste... Et le fauteuil était encore là ?

– Non, mais il y avait un lavabo dans chaque pièce. »

J'ai songé que ça pourrait sans doute intéresser quelqu'un. Essayé de me souvenir si je connaissais une faiseuse d'anges susceptible de chercher un trois-pièces ; aucun nom ne m'est venu à l'esprit.

J'ai appelé une courtière en immobilier pour m'enquérir du prix des appartements proposés à la vente dans un tout nouvel immeuble résidentiel. Verdict : six chiffres au bas mot.

« Et avec un plan de financement ? ai-je demandé.

– Un plan de financement ? a-t-elle répété en haussant audiblement les épaules avec mépris. Ah non, je regrette, dans cet immeuble il faut payer rubis sur l'ongle. »

Il me semblait pourtant, me suis-je étonnée, que cet immeuble n'était pas situé dans le quartier des diamantaires. Elle m'a conseillé de chercher plus loin au nord. Je lui ai répondu qu'avant de m'aventurer plus loin au nord, il faudrait que je prenne des cours de karaté. Elle a trouvé que c'était une idée judicieuse.

Jeudi : Visité l'appartement d'un acteur récemment décédé. Tellement blasée à ce stade que je n'ai même pas froncé un demi-sourcil en avisant le lavabo dans la chambre principale. Soit il ne tenait pas dans la salle de bains, me suis-je dit, soit le type était acteur *et* dentiste à temps partiel pour arrondir ses fins de mois. La première hypothèse était la bonne, quoiqu'elle fût assez incompréhensible ; compte tenu de l'absence de douche dans la salle de bains, il aurait dû y avoir largement assez de place pour un lavabo, non ? L'agent immobilier a attiré mon attention sur quelques aménagements récents : des appareils ménagers couleur mandarine dans la cuisine ; un miroir encadré en bronze au-dessus de la cheminée ; de la déco fantaisie dans le salon. Informé l'agent immobilier que, vu le prix du loyer – plus les charges et les coûts engendrés par les contre-aménagements –, je n'avais pas les moyens d'habiter dans un tel appartement *et* de continuer à porter régulièrement des chaussures.

Rappelé V.F. D'abord, la bonne nouvelle : une femme vient de mourir dans son immeuble. Ensuite, la mauvaise : il semblerait qu'elle ait décidé de ne pas bouger.

Le guide de la routarde

Les conseils qui suivent sont le résultat des recherches exhaustives et fastidieuses que j'ai menées lors d'une récente tournée promotionnelle qui m'a conduite à visiter pas moins de quatorze villes. Ce qui ne veut pas dire qu'ils auront moins de pertinence pour vous qui n'avez peut-être pas écrit un livre dont la promotion vous aurait emmené aux quatorze coins du monde. Adaptez simplement ces conseils à votre propre situation personnelle, ayez l'indulgence d'accorder une petite marge d'erreur au pilote, et ils pourront vous profiter grandement.

1. Il est impératif, quand vous voyagez en classe économique, que vous vous reteniez de laisser libre cours à votre imagination galopante. Car il est très peu probable, en réalité, malgré l'impression tenace qui pourra momentanément s'emparer de vous lors de cette expérience, que l'intégralité des passagers autour de vous soient des enfants en bas âge en train

de hurler à la mort tout en tirant sur des cigares américains bas de gamme.

2. Même si vous voyagez en première classe, il n'est pas inutile que vous gardiez à l'esprit le conseil précédent, car il pourra vous sembler que la seule différence notable est que les bébés autour de vous ont leurs entrées à Cuba. Rassurez-vous cependant ; dès que l'hôtesse de l'air vous aura apporté votre verre de whisky, vous pourrez envisager un moment de détente.

3. Le décollage est systématiquement prévu à des horaires tels que 7 h 54, 9 h 21 ou 11 h 37. La principale conséquence de cette précision extrême sur le voyageur inexpérimenté est double : il est persuadé a) qu'il va *vraiment* arriver à 10 h 08, 13 h 43 ou 16 h 22, et b) qu'il faut qu'il soit à l'heure à l'aéroport. Ces deux croyances sont non seulement erronées mais néfastes, et pourraient lui être aisément épargnées si seulement les compagnies aériennes voulaient bien faire preuve d'un tout petit peu plus de réalisme. Or je conçois qu'elles rechignent à se lancer du jour au lendemain dans une réforme aussi drastique ; c'est pourquoi, afin de faciliter la transition, je propose de remplacer progressivement « Le vol 477 à destination de Minneapolis partira à 20 h 03 » par les formules successives suivantes :
   a. Le vol 477 à destination de Minneapolis partira, oh, disons vers 20 heures.
   b. Le vol 477 à destination de Minneapolis partira entre 20 heures et 20 h 30.
   c. Le vol 477 à destination de Minneapolis partira avant le lever du jour.

d. Le vol 477 à destination de Minneapolis partira avant la parution de ce livre en édition de poche.

4. Les hôtesses de l'air ne sont pas toutes attirées par les femmes.

5. Les stewards non plus.

6. Si, il est tout à fait possible de prendre une correspondance à Omaha, dans le Nebraska.

7. Vous seriez bien inspiré de le faire.

8. Quand bien même vous ne seriez pas vous-même adepte de ce vice, installez-vous toujours dans la partie fumeur de la cabine ; vos quintes de toux feront passer le vol plus vite.

9. Voyagez si possible avec un ami daltonien. Tenter de lui décrire la mosaïque bariolée que semble tracer, vu du ciel, l'entrecroisement de lignes couleur rouille, jaune et orangé sur fond de vaste prairie aigue-marine fera passer le temps entre deux quintes de toux.

10. Si vous faites une rencontre en librairie dans une région à forte densité artistique, ne perdez pas votre temps à dédicacer plus de dix exemplaires en utilisant la formule « Pour Douglas et Michael », « Pour Joseph et Edward » ou « Pour Diane et Katy » ; vous aurez tôt fait de comprendre que vous êtes en train de perdre des ventes. Annoncez d'un ton aimable mais intraitable que les couples homosexuels, comme chacun sait, ne durent jamais très longtemps, et qu'ils

finiront par se déchirer un jour pour savoir qui obtiendra la garde de votre livre. Si cette remarque ne provoque pas aussitôt le résultat escompté, dites-leur avec la plus grande délicatesse possible de songer au nombre de fouets à pâtisserie auxquels ils ont déjà dû renoncer au fil des années.

11. Ce n'est pas qu'il y ait trois heures de moins en Californie ; c'est simplement que les journées sont trois heures plus longues.

12. Les menus de room service qui n'indiquent pas de supplément si vous désirez ajouter du fromage dans votre hamburger essaient de vous faire passer un message.

13. Les passades romantiques dans des villes lointaines et inconnues sont acceptables, surtout si vous avez déjà vu le film. Veillez simplement à ce que votre partenaire d'un soir ait mal compris le nom de votre maison d'édition.

14. Les présentateurs des chaînes de télé locales se fichent totalement de savoir que dans le *Today Show*, à New York, on utilise plusieurs caméras.

15. La mention « 24/24 » sur le menu du room service renvoie au nombre d'heures qu'il vous faudra attendre en moyenne avant que votre club sandwich arrive. C'est assez décourageant, il faut bien l'avouer, surtout quand vous avez aussi commandé des œufs brouillés.

16. Ne confiez jamais vos vêtements au service pressing de l'hôtel sans bien préciser au préalable que vous souhaitez les récupérer.

17. Si vous demandez qu'on vous réveille à 16 heures, vous vous exposez à perdre le respect des employés de la réception et à subir un excès de familiarité de la part des grooms et des serveurs.

18. Si vous voyagez en Amérique, emportez votre propre nourriture.

19. Si vous séjournez dans un hôtel du nord de la Californie pratiquant des tarifs exorbitants et que vous remarquez que le type de la chambre d'à côté a laissé sa paire de baskets devant sa porte, essayez de vous retenir.

20. Ne commandez jamais au grand jamais la « farandole de fromages » proposée par le room service à moins que vous ne soyez prêt à découvrir en ouvrant la porte de votre chambre, au lieu de la cohorte bigarrée de jeunes filles en costume folklorique que vous aviez rêvé de voir entrer en fanfare en faisant rouler jusqu'au pied de votre lit d'énormes meules de gruyère et de jarlsberg, trois tranches de cheddar industriel et une poignée de cure-dents coiffés de tortillons en cellophane rouges.

21. Appeler un taxi au Texas équivaut à appeler un rabbin en Irak.

22. En général, les émissions télé des chaînes locales ne disposent pas d'un studio de maquillage. Seule exception à cette règle, la ville de Los Angeles, qui fait preuve sur ce chapitre d'une générosité inhabituelle, au point qu'on peut se faire maquiller même pour les émissions de radio.

23. Ne vous approchez jamais sans la plus extrême méfiance d'un restaurant qui bouge.

24. Quand un photographe de presse suggère d'utiliser des accessoires qui pourraient être intéressants d'un point de vue artistique, prenez le risque de paraître impoli.

25. Surtout, quoi qu'il arrive, quel que soit le cas de figure, quelle que soit l'urgence, attendez d'être rentré à New York pour aller chez le coiffeur.

26. Ayez de l'argent sur vous.

27. Ne sortez pas.

28. Appelez en PCV.

29. Oubliez d'écrire.

IDÉES

Si la fumée vous pique les yeux... fermez-les

En tant que membre pratiquante de plusieurs minorités opprimées, j'ai le sentiment d'avoir fait preuve jusqu'ici, dans l'ensemble, d'un respect admirable à l'égard des convenances. Je me suis toujours abstenue, sans exception, de manifester, de brandir des slogans, de participer au *David Susskind Show* ou de faire quoi que ce soit de manière générale qui puisse de près ou de loin être interprété comme un esclandre. Je me permets d'attirer l'attention sur ce comportement exemplaire non seulement pour me présenter sous un jour flatteur, mais aussi pour souligner, par contraste, la gravité de la situation actuelle – la situation actuelle à laquelle je fais allusion étant la situation actuelle qui rend impossible de fumer une cigarette en public sans s'exposer au risque d'une amende, d'une peine de prison ou d'un échange houleux avec un individu n'appartenant pas à la même classe que moi.

Au cas où les esprits les plus démocratiques parmi vous seraient choqués par la dernière partie de cette déclaration, je m'empresse de préciser que j'emploie le terme de « classe » dans son acception la plus étroite, pour désigner le groupe qu'on appelle plus communément « les gens avec qui je m'entends bien ». Et s'il est vrai qu'il faut remplir de très nombreuses conditions pour être accepté dans le groupe des gens avec qui je m'entends bien, nulle n'est plus importante à mes yeux qu'une tolérance absolue sur la question du tabagisme.

Fumer est, sinon toute ma vie, en tout cas une de mes passions. J'aime fumer. Fumer est agréable. Fumer est élégant. Fumer constitue pour moi le seul et unique intérêt de grandir et d'accéder à l'âge adulte. Je suis parfaitement au courant des dangers du tabac. Fumer n'est pas bon pour la santé, c'est vrai. Fumer ne vaut pas, de ce point de vue-là, une bonne petite baignade dans l'océan, une séance de gymnastique intensive ou un jogging autour du réservoir de Central Park. D'un autre côté, fumer présente l'avantage d'être une activité silencieuse. Fumer est un sport empreint de dignité. Vous ne verrez jamais un fumeur se livrer aux démonstrations exubérantes dont sont coutumiers les skieurs professionnels, les joueurs de foot ou les pilotes de course. Et pourtant, oui, fumer – comme je l'ai déjà dit – est dangereux. Très dangereux. Fumer représente même un danger souvent fatal. La plupart des gens qui fument sont voués à tomber gravement malades et à mourir. Mais est-ce qu'ils s'en vantent à tout bout de champ ? La plupart des gens qui pratiquent le slalom géant, qui gagnent leur vie en courant après un ballon ou qui conduisent des Formule 1 n'en mourront pas – en tout cas pas directement, en général –, et pourtant c'est à eux qu'on prête une image glamour, des vêtements de luxe et une aura mythique. Pourquoi ? Je n'en ai aucune idée. Peut-être que l'Américain moyen est tout simplement incapable de reconnaître qui sont les vrais héros, ceux qui risquent leur vie. Or c'est à l'Américain moyen que je m'adresse ici, car c'est lui qui est responsable de la récente recrudescence des lois anti-tabac et de la montée de l'intolérance à l'égard des fumeurs. Oui, la faute en incombe entièrement à l'Américain moyen, j'en suis intimement convaincue, car l'Américain qui se situe *au-dessus* de la moyenne a de toute évidence mieux à faire.

Je comprends, bien entendu, que certaines personnes soient contre le tabac. C'est leur droit le plus strict. Croyez-moi, ce n'est pas moi qui vais jeter la pierre aux gens qui s'agacent pour un rien... Moi-même je suis contre beaucoup de choses – pour ne pas dire la plupart. Être incommodé fait partie des conséquences naturelles auxquelles on s'expose dès qu'on sort de chez soi. Pour ma part, je n'aime pas les lotions après-rasage, les adultes qui font du patin à roulettes, les enfants qui parlent français et les gens excessivement bronzés ; mais ce n'est pas pour autant que je rédige des projets législatifs ou que je défile dans la rue avec une pancarte. Dans ma vie privée, j'évite ce genre de personnes ; dans l'espace public, ce sont elles qui font la loi. Je reste donc autant que possible enfermée chez moi – et elles devraient en faire autant. Il arrive parfois, néanmoins, qu'on soit obligé de mettre le nez dehors, auquel cas il faut être disposé, comme je le suis, à subir sans broncher les désagréables petites habitudes d'autrui. C'est précisément le sens du terme « espace public ». Si vous ne supportez pas la chaleur, retournez dans votre cuisine.

Comme je devine que vous êtes un certain nombre à ne pas saisir la pleine mesure de cette interférence du domaine privé dans la sphère publique, voici quelques observations pour votre gouverne.

LES HÔPITAUX

L'hôpital est sans doute le pire de tous les lieux publics où sévit la censure anti-tabac. Non seulement parce que le visiteur doit invariablement faire plusieurs centaines de mètres à pied pour trouver une zone fumeur, mais aussi parce qu'il est parfaitement absurde que l'hôpital soit l'un des endroits où la cigarette est le moins tolérée au monde. C'est en effet dans ce genre d'environnement glauque et angoissant que fumer prend au contraire tout son sens. Et ne parlons même pas du reproche le plus souvent invoqué par le non-fumeur à votre encontre, à savoir que *votre* tabagisme mettrait en danger *sa* santé – argument parfaitement absurde dans la mesure où tout le monde là-bas est déjà malade. Sauf le visiteur – qui n'a pas le droit de fumer.

LES RESTAURANTS

Dans l'ensemble, le genre de restaurants dans lesquels on trouve des « tables non-fumeur » sont précisément le genre de restaurants qui auraient tout intérêt à ce que la sensibilité palatale de leurs clients soit émoussée. Au moment où j'écris ces lignes, les restaurants new-yorkais ne sont pas encore concernés par cette législation discriminatoire. Nos dirigeants ont peut-être conscience que, si un nouveau paramètre devait s'ajouter à la problématique déjà cornélienne à laquelle sont confrontés les New-Yorkais quand il leur faut choisir le restaurant où ils vont dîner, on assisterait à un grand mouvement de repli collectif vers la cuisine faite maison. Car personne, absolument personne, en tout cas dans les cercles que je fréquente, n'est suffisamment imperturbable, au terme de trois quarts d'heure de négociations au téléphone, quand tout le monde s'est enfin mis d'accord pour aller manger thaï dans un restaurant de Greenwich Village à 21 h 30, pour résister à la crise d'angoisse générée par la seule idée qu'il y ait dans ce restaurant des tables fumeur et des tables non-fumeur.

LE MINNESOTA

En vertu d'une injonction officielle baptisée « loi sur la propreté de l'air », il est illégal de fumer dans la zone de livraison des bagages de l'aéroport de Minneapolis. Ce qui est assez surprenant dans la mesure où il semblerait, selon mes propres observations personnelles, que même les non-fumeurs aient envie de s'en griller une en attendant de voir si leurs valises les ont bien suivis jusqu'à leur destination finale. Je devine que cette loi a dû provoquer une levée de boucliers, et j'étais en proie à une certaine perplexité au début quant aux raisons pour lesquelles le Minnesota semblait prêt à risquer de s'aliéner le peu de visiteurs qu'il parvenait à attirer. Le mystère a fini par se dissiper le jour où j'ai compris, au bout de vingt-quatre heures à peine sur place, que dans le Minnesota la loi sur la propreté de l'air est une véritable attraction touristique. Ce n'est peut-être pas Beaubourg, d'accord, mais elle a un charme bien à elle. Comme je trouvais ce concept intéressant, voire subtil, j'ai conseillé aux pouvoirs publics de cet État d'étudier d'autres façons d'en exploiter le potentiel commercial, par exemple en proposant à la vente des cartes postales entièrement bleues, sans rien dessus, assorties de la légende : *Minneapolis, centre-ville*.

LES AVIONS

Loin de moi l'idée de pousser au vice le grand public en suggérant de manière quelque peu inconsidérée que les gens qui fument sont plus intelligents que les gens qui ne fument pas. Je tiens toutefois à faire remarquer que je ne compte dans mon entourage pas un seul inconditionnel de la nicotine assez crétin pour envisager ne fût-ce qu'une fraction de seconde la possibilité qu'il soit, allez savoir pourquoi, moins dangereux pour la santé d'être assis quinze centimètres *devant* un fumeur plutôt que quinze centimètres *derrière* lui.

LES TAXIS

L'une des expériences les plus traumatisantes de la vie quotidienne à New York est de monter dans un taxi et d'entendre le compteur démarrer avant d'avoir eu le temps de remarquer le petit écriteau signalant : MERCI DE NE PAS FUMER CHAUFFEUR ALLERGIQUE. Dans ce cas de figure, on peut toujours, évidemment, descendre aussitôt du taxi en acceptant sans ciller de s'être fait délester d'un dollar pour rien, ou bien on peut, solution plus économique, se distraire en essayant de comprendre comment au juste un type incapable de ne pas se perdre trois fois en chemin sur le trajet entre l'hôtel Pierre et la 78e Rue Est s'est débrouillé pour apprendre le mot *allergique*.

Qui rira le dernier

Issue d'une famille dont la culture littéraire se cantonne essentiellement aux cartes postales illustrées, je ne m'étonne guère de n'avoir jamais réussi à expliquer à ma grand-mère ce que je fais exactement dans la vie. Non pas que ma grand-mère souffre d'un défaut d'intelligence ; au contraire. Simplement, sa vision de l'existence est si profondément enracinée dans le commerce de détail qu'elle est incapable d'envisager toute autre occupation professionnelle sous une perspective différente de celle que lui offre ce point de vue quelque peu étroit. Ainsi, chaque fois que je rends visite à ma grand-mère, je m'attends à un échange de ce genre :

« Alors, comment vas-tu ?

– Ça va, mamie. Et toi ?

– Ça va. Et les affaires alors, ça marche ?

– Très bien, mamie.

– Beaucoup de travail en ce moment ? C'est une bonne période pour toi ?

– Très bonne, mamie.

– Tant mieux. C'est bien d'avoir du travail.

– Oui, mamie. »

Satisfaite de mes réponses, ma grand-mère se tourne alors vers mon père et lui pose très exactement les mêmes questions, entamant avec lui un dialogue pas moins succinct mais un tantinet plus concret puisque mon père, resté fidèle à la tradition Lebowitz, a fait toute sa carrière dans la tapisserie de mobilier.

J'ai longtemps été chagrinée par ce fossé d'incompréhension entre ma grand-mère et moi, et en l'honneur des quatre-vingt-quinze bougies qu'elle vient tout juste de souffler, j'ai rédigé un petit résumé de mon parcours professionnel, afin qu'elle ait une vision plus claire de ma vie et de mon œuvre.

J'ai connu des débuts modestes, bien sûr, mais je n'en conçois aucune honte. J'ai commencé en colportant des échantillons d'humour dans une charrette à bras sur Delancey Street – des petits textes comiques que je vendais quarante *cents* l'unité, quatre pour un dollar. C'était dur, dans la rue ; la concurrence était impitoyable ; mais ç'a été pour moi la meilleure école au monde, parce que sur Delancey, on ne pouvait pas se contenter d'être « vaguement amusant » – il fallait être *drôle*. Je trimais dix heures par jour, six jours par semaine, et bientôt j'ai réussi à me faire une petite clientèle d'habitués. Je n'irais pas jusqu'à parler de *fans*, mais je m'en sortais plutôt bien. Je gagnais ma vie. J'arrivais à mettre un peu d'argent de côté et j'avais bon espoir de pouvoir ouvrir mon propre commerce dans un futur pas trop lointain. Oh, bien sûr, j'ai connu des déboires – comme tout le monde, n'est-ce pas ? Les ménagères qui feuilletaient mes fascicules l'un après l'autre, contenant à grand-peine la jubilation qu'elles éprouvaient d'avance à l'idée que je leur fasse un prix. Les gamins qui me chapardaient un ou deux paragraphes dès que j'avais le dos tourné. Et Mike, le flic qui essayait sans cesse de me soutirer un petit éclat de rire gratis. Mais je me suis accrochée, sans jamais perdre de vue mon objectif, et après de longues années de lutte, un beau jour est arrivé où je me suis sentie prête à faire le grand saut.

Je suis allée du côté de Canal Street chercher un local – ma petite échoppe rien qu'à moi. Comme je ne suis pas du genre à faire les choses à moitié, j'ai écumé toutes les rues du quartier, et j'ai fini par trouver la perle rare. Beaucoup de passage, un magasin vendant du matériel médical d'un côté, une boutique de vêtements de maternité de l'autre – une clientèle qui avait bien besoin de rigoler un peu de temps en temps. J'ai sué sang et eau pour que tout soit parfait le jour de l'ouverture. Je me suis dégoté pour pas cher un distributeur de répliques, j'ai installé un comptoir à idées loufoques, j'ai constitué tout un stock d'épigrammes et d'aphorismes, j'ai investi dans les toutes dernières innovations en matière d'esprit et d'ironie. Et puis le grand jour est arrivé : « Aux facéties de Fran – spécialiste du sous-entendu dévastateur » a enfin ouvert ses portes. Les affaires ont été lentes à démarrer, mais les frais de structure étaient réduits. J'écrivais moi-même ma marchandise. Le chiffre d'affaires brut n'a pas tardé à grimper, et j'ai bientôt pu dégager un bénéfice net plus qu'honorable.

Je ne sais pas vraiment à quel moment la situation a dégénéré (qui peut dire ce genre de choses ? – je suis drôle, pas extralucide), mais toujours est-il que mon petit business a commencé à péricliter. D'abord, j'ai tenté de lancer sur le marché une série de répliques cyniques, mais elles ont fait un bide monumental, puis je me suis retrouvée avec tout un stock d'anecdotes cocasses non écoulé sur les bras. J'ai voulu croire que c'était juste une mauvaise passe, mais les problèmes ont continué à s'accumuler, et bientôt la situation est devenue vraiment critique. J'ai tout essayé, croyez-moi.

J'ai fait des promos d'envergure – « Pour une blague achetée, une offerte », « 20 % sur toutes les reparties spirituelles » ; j'ai même monté une opération « Payez maintenant, racontez plus tard ». En vain – rien n'a marché. Je ne savais plus quoi faire ; je croulais sous les dettes et j'avais hypothéqué jusqu'à ma dernière paire de chaussettes. Alors, un jour, stylo à la main, j'ai fini par aller voir Morris « Thésaurus » Pincus – une crapule installée sur East Houston qui prêtait de l'argent aux humoristes au bord de la faillite. Les taux d'intérêt étaient exorbitants mais je lui ai vendu mon âme sans barguigner. Que pouvais-je faire d'autre ?

Mais ça n'a pas suffi, et j'ai été obligée de prendre un associé. Au début ça s'est plutôt bien passé. Il était spécialisé dans les parodies et il avait un certain succès, mais très vite j'ai commencé à trouver que quelque chose clochait. Pendant que moi j'avais toutes les peines du monde à joindre les deux bouts, lui se baladait dans le quartier au volant d'une Cadillac de la taille d'un pâté de maisons. Un soir, après dîner, je suis retournée au magasin et je me suis plongée dans les livres de comptes. C'était bien ce que je craignais, tout était là, noir sur blanc : ce type était un escroc. Il me volait mes répliques depuis le début. Je lui ai mis les preuves sous le nez, et il n'a eu d'autre choix que de reconnaître ses méfaits. Il a promis de me rembourser à raison de quelques pages par semaine, mais pour moi c'était clair et net, il était hors de question que je continue à travailler avec un plaisantin de cette espèce.

Je l'ai donc mis à la porte et me suis remise au travail, seule, et en trimant deux fois plus dur qu'avant. Des semaines de quatre-vingts heures, ouverture tous les soirs jusqu'à 22 heures – mais le combat était perdu d'avance. Face aux grands groupes humoristiques qui commençaient à s'implanter un peu partout, comment pouvais-je espérer tirer mon épingle du jeu, moi, petite drôlesse indépendante de rien du tout ? Puis le jour a fini par arriver où j'ai compris que c'était terminé. Sol's Satire, le géant de la blague discount, a ouvert une enseigne juste en face de ma boutique. Il écrivait en gros et je n'avais pas les moyens de rivaliser face aux prix ultra compétitifs qu'il pratiquait. J'étais beaucoup plus spirituelle que lui, bien sûr, mais plus personne ne se souciait de la qualité du produit. Les clients étaient plutôt du genre : « Bon, c'est vrai, c'est assez vulgaire, mais à quarante pour cent moins cher, je suis prêt à renoncer à un peu de subtilité. » Je suis allée m'asseoir dans l'arrière-boutique pour réfléchir, essayant désespérément de trouver une solution. Tout à coup, on a frappé à la porte, et j'ai vu débarquer Morris, l'un des hommes de main de Sol, venu réclamer son dû. Je lui ai dit que je ne l'avais pas ; que j'avais besoin de plus de temps ; j'ai supplié. Morris m'a dévisagée froidement, une lueur impitoyable au fond des yeux, tout en se curant les ongles avec un stylo à plume effrayant.

« Écoute, Fran, a-t-il dit, tu me fends le cœur. Bon. Soit t'as payé d'ici lundi prochain, soit tout le quartier sera bientôt au courant que tu refiles tes métaphores. »

Sur ces mots, il a tourné les talons et il est parti, suivi de ses deux gorilles. J'étais paniquée. Si Morris répandait une telle rumeur, j'étais foutue, je ne déclencherais plus jamais un seul rire. J'ai commencé à échafauder des plans d'action tous plus dingues les uns que les autres, le cerveau en surchauffe, et quand j'ai compris ce que je devais faire, mon cœur a commencé à me pilonner le plexus comme un marteau-piqueur.

Un peu plus tard, au milieu de la nuit, je suis retournée au magasin. Je me suis glissée par la porte de service et me suis mise au boulot. J'ai répandu de l'essence un peu partout, jeté un dernier regard autour de moi, craqué une allumette, puis je me suis enfuie à toute vitesse. Vingt pâtés de maisons plus loin, j'ai brutalement pris conscience de ce que je venais de faire. Choquée et soudain assaillie de remords, j'ai fait demi-tour au pas de course – mais il était déjà trop tard. Le mal était fait ; j'avais brûlé mes sketchs pour toucher l'argent de l'assurance.

Le lendemain, je suis allée voir le type chargé des affaires de sinistres de l'agence C'est la Vie ; Dieu merci, il a cru à mon histoire d'incendie accidentel, et j'ai touché la prime d'assurance. Tout juste de quoi régler mes dettes envers Morris ; et après ça, retour à la case départ ; fauchée comme les blés, une fois de plus.

J'ai commencé alors à bosser en freelance pour d'autres fournisseurs – sous pseudo, évidemment. C'était déprimant, mais j'avais besoin d'argent. Je bossais comme un chien pour essayer de me refaire un petit pécule. J'écrivais de la daube, j'en étais bien consciente, mais il y avait un marché pour ça, alors j'essayais d'avancer sans trop me poser de questions.

Les années ont défilé, et je commençais tout juste à sortir la tête de l'eau quand j'ai soudain été frappée par un éclair de génie qui allait changer non seulement le cours de ma vie mais aussi celle de tout le monde dans le métier. Mon idée ? L'humour express. Tout s'était accéléré depuis l'époque de mes débuts sur Delancey Street. Le monde avait changé ; les habitudes des consommateurs d'humour avaient changé. Tout le monde était pressé en permanence. Qui avait encore le temps de lire un long texte comique, de savourer une anecdote patiemment structurée, de se payer un fou rire interminable ? Plus vite, plus vite, plus vite – tel était le mot d'ordre désormais. Le triomphe de l'humour express était inévitable ; son heure était venue.

J'ai redémarré sur des bases modestes – un petit local sur Queens Boulevard. Je l'ai baptisé Rapid' Repartie et je l'ai décoré au goût du jour. Rien que du chrome et du verre, des surfaces lisses, immaculées. Réputée dans le métier pour mon sens de l'astuce et de la facétie, je n'ai pas pu résister à l'envie de faire une petite blague en choisissant une arche dorée comme logo. Personne n'a compris l'allusion, alors j'en ai ajouté une deuxième, et là, les réactions ne se sont pas fait attendre. Parfois, il faut vraiment sortir les gros sabots pour que les gens comprennent, pas vrai ? Bref, le succès a été foudroyant. J'étais constamment en rupture de stock de Quick Répliques, et mon Big Craque est devenu un classique instantané. J'ai commencé à créer des franchises, mais sans lésiner sur la qualité. Mon chiffre d'affaires a explosé, et aujourd'hui je peux vous dire que ça va plutôt pas mal pour moi. J'ai tout – un loft sur Central Park, un yacht de la taille du *Queen Mary* et une Rolls dans laquelle on pourrait loger une famille nombreuse. Et pourtant, de temps à autre, mes vieux démons créatifs reviennent me titiller. Alors, quand ça me prend, j'enfile un tablier, je me coiffe d'une petite toque en papier, je me glisse derrière l'un des milliers de comptoirs que je possède, j'accueille le client avec un sourire jusqu'aux oreilles et je dis : « Bonjour ! Qu'est-ce que je vous sers ? Une petite Boutade Sauce Piquante ? » Parfois les gens me reconnaissent, et j'en rigole avec eux – parce que croyez-moi, dans ce business, si vous n'avez pas le sens de l'humour, vous êtes mort.

Le régime à base de stress intensif de Fran Lebowitz

Chaque année, des millions de gens essaient de se débarrasser de leurs kilos en trop en se mettant au régime et en faisant de l'exercice. Ils grignotent des carottes crues, ils évitent les féculents, ils arrêtent de boire, ils font du jogging autour d'un réservoir, ils soulèvent des poids, ils se balancent sur un trapèze, et leur comportement de manière générale trahit un penchant regrettable pour les démonstrations excessives. Tout cela est bien entendu parfaitement inutile, car il est tout à fait possible – et même très facile – de perdre du poids et de retrouver du tonus musculaire sans produire le moindre effort. Il suffit d'adopter un mode de vie grâce auquel les kilos s'envoleront d'eux-mêmes.

Magie, dites-vous ? Illusion ? Délire de l'imagination ? Billevesées de la plus basse espèce ? Pas du tout, croyez-moi, pas du tout. Rien de magique, rien d'illusoire, rien de délirant. Mais un secret – ah, ça oui, il y a un secret. Une méthode secrète, qui consiste à se servir d'un élément accessible à tout un chacun dans la vie de tous les jours, et de mettre pleinement à profit les ressources quasi inépuisables qu'il recèle.

Cet élément ? Le stress. Oui, le stress, tout simplement. Le genre de stress tout bête, banal et quotidien auquel chacun d'entre nous peut avoir accès à n'importe quelle heure du jour ou de la nuit. Appelez ça comme vous voudrez, contrariété, travail, pression, art, amour – tout ça, c'est du stress, et ce stress deviendra votre arme secrète si vous décidez de suivre l'infaillible programme de beauté et de remise en forme que j'ai mis au point.

RÉGIME ALIMENTAIRE

L'inconvénient majeur de la plupart des régimes, c'est qu'ils fonctionnent sur le principe d'une diminution de l'ingestion de nourriture. Or une telle méthode est non seulement intolérable, bien entendu, mais vouée à l'échec. Le Régime à Base de Stress Intensif de Fran Lebowitz (ou R.B.S.I.F.L.) vous permet de manger de tout en quantité illimitée. Vous pouvez vous envoyer tout ce que vous voulez dans le cornet. Tant que ça passe, allez-y, faites-vous plaisir. Voici une liste indicative des aliments permis – le manque de place nous interdit hélas de fournir ici une liste complète. Si vous pouvez manger quelque chose qui ne figure pas dans la liste suivante, tant mieux pour vous.

Aliments permis

Viande	Bonbons	Riz
Poisson	Noix	Spaghettis
Volaille	Céréales	Sucre
Œufs	Cookies	Sirop
Fromage	Biscuits	Pizzas
Beurre	Miel	Frites
Crème	Glace	Bretzels

Mayonnaise	Ketchup	Tartes
Fruits	Confiture	Vin
Légumes	Macaroni	Digestifs
Pain	Lait	Bière blonde
Gâteaux	Crêpes	Bière brune

Comme vous pouvez le constater, le R.B.S.I.F.L. vous autorise à consommer une variété d'aliments comme on n'en trouve dans aucun autre régime. Et, comme je le disais précédemment, la quantité n'est pas un problème. La seule obligation à laquelle je vous demande de vous plier est d'associer ce régime alimentaire à un programme d'activités physiques bien précis, dont voici le détail.

ÉQUIPEMENT

Il n'est pas nécessaire de faire l'acquisition d'un équipement particulier pour suivre le Programme d'Exercice à Base de Stress Intensif de Fran Lebowitz (ou P.E.B.S.I.F.L.) ; les seules choses dont vous ayez besoin, vous les possédez sans doute déjà. En voici une liste, là encore partielle.

Des cigarettes
Des allumettes ou un briquet
Une carrière
Un ou plusieurs avocats
Un agent ou un manager
Au moins une (mais de préférence deux) histoire d'amour extrêmement compliquée
Une adresse postale
Des amis
Une famille
Un propriétaire

L'équipement nécessaire varie bien sûr d'une personne à l'autre, mais le P.E.B.S.I.F.L. est d'une grande souplesse et adaptable à presque n'importe quelle situation, comme le montrent très clairement le menu et les exercices détaillés ci-dessous à titre d'exemple. Souvenez-vous qu'il est rigoureusement obligatoire de suivre les instructions pendant que vous mangez.

Exemple de menu et de programme

PETIT DÉJEUNER

Un grand jus d'orange
6 pancakes avec beurre, sirop d'érable et/ou confiture
4 tranches de bacon et/ou 4 saucisses grillées
Café au lait sucré
11 cigarettes

a. Prenez une première bouchée de pancake.
b. Appelez votre agent. Découvrez que pour écrire un scénario vous devez partir vivre trois mois à Los Angeles et collaborer avec un scénariste du coin qui a écrit seize épisodes d'*Arnold et Willy*, la biographie non autorisée d'un présentateur de jeu télé et la novélisation de la suite de *Missouri Breaks* actuellement en développement. (Excellent pour le raffermissement des maxillaires.)

EN-CAS MATINAL

2 beignets au sucre
Café au lait sucré
8 cigarettes

a. Prenez une première gorgée de café.

b. Ouvrez votre courrier et trouvez une notification de coupure imminente de votre ligne téléphonique, une lettre de menaces envoyée par le/la conjoint(e) de votre nouvel(le) amant(e) et un bref message d'un(e) ami(e) vous informant que vous avez récemment été plagié(e) dans une émission de divertissement sur une chaîne du câble. (Parfait pour muscler la région du poing.)

DÉJEUNER

2 vodkas-tonic
Poulet à la Kiev
Pain de seigle et beurre
Salade verte
Vin blanc
Une ou plusieurs pâtisseries choisies parmi la farandole de desserts
Café au lait sucré
15 cigarettes

a. Organisez un déjeuner avec votre avocat.
b. Prenez une première bouchée de poulet à la Kiev.
c. Demandez à votre avocat quelles sont vos chances de gagner dans le contentieux qui vous oppose à la chaîne CBS. (Idéal pour retrouver un ventre plat en un rien de temps.)

DÎNER

3 vodkas-tonic
Spaghettis sauce pesto
Piccata de veau
Courgettes
Roquette

Cheesecake
Café au lait sucré
Cognac
22 cigarettes

a. Organisez un dîner avec quelques invités choisis, parmi lesquels trois personnes avec qui vous avez une liaison clandestine, votre petite sœur provinciale, un concurrent professionnel à qui vous devez beaucoup d'argent et deux avocats de la chaîne CBS. Plus on s'exerce en groupe, plus le régime est efficace. (Raffermit tous les muscles.)

Comme je le disais, ce menu type n'est qu'un exemple, et vous pouvez combiner n'importe quels aliments avec n'importe quels exercices, les résultats seront tout aussi probants. Vous devriez perdre entre deux et trois kilos par jour. Tout dépend en grande partie du nombre de cigarettes que vous fumez. C'est là un piège classique, à l'égard duquel il convient d'accorder la plus grande vigilance, car une consommation insuffisante de tabac entraîne inévitablement une diminution du stress. Pour ceux d'entre vous qui n'arrivent pas à fumer assez, il est impératif de compenser cette carence par des exercices supplémentaires, par exemple emménager juste en dessous d'un groupe de salsa amateur et/ou dire ses quatre vérités à votre mère. Si ces méthodes se révèlent inefficaces, essayez de manger tout en lisant la rubrique immobilière du *New York Times*. Attention, il s'agit là d'un exercice particulièrement violent, que je vous conseille vivement de n'aborder qu'après vous être échauffé avec au moins six pages de la rubrique Arts et Spectacles et un rapport sexuel avec une personne vitale pour votre carrière.

Il m'arrive parfois de croiser un adepte de ce régime qui ne parvient pas, malgré tous ses efforts, à perdre du poids. Si vous faites partie de cette catégorie, je vous recommande en désespoir de cause de prendre vos repas avec un rédacteur en chef de magazine qui comprend vraiment et sincèrement votre travail et un coiffeur qui aimerait essayer quelque chose de nouveau et d'intéressant.

Il n'y a plus de saisons, ma bonne dame

Les New-Yorkais qui ont passé leur jeunesse dans un environnement rural sont souvent déconcertés par leur incapacité à repérer les changements de saison. En l'absence de tout signe annonciateur conventionnel (chenilles, feuilles jaunes et présence de givre sur les citrouilles), ces citoyens déroutés sont trimestriellement confrontés à la question de savoir à quelle époque de l'année on est au juste. Afin de dissiper leur perplexité débilitante, j'ai rédigé le petit guide que voici.

AUTOMNE

L'automne correspond à la période qui commence fin septembre et se termine juste avant la nouvelle année. Sa manifestation visuelle la plus caractéristique est la baisse de l'indice de bronzage chez les personnes à la peau blanche partout en ville. Les New-Yorkais étant d'un tempérament assez réservé, cependant, il est mal vu de les ramasser à la pelle et de les rassembler en un gros tas pour sauter dedans. La législation récemment entrée en vigueur pour lutter contre la pollution de l'air interdit par ailleurs qu'on les brûle, et ce quelle que soit la nostalgie qui vous étreint quand vous repensez au doux parfum capiteux des feux de jardin de votre enfance. Autre particularité de cette saison, et qui n'est pas sans rapport avec la précédente : le fait qu'il y *ait* des personnes à la peau blanche partout en ville, ce qui n'est pas anodin dans le contexte présent, dans la mesure où c'est le signe que tout le monde est rentré des Hamptons (voir Été).

On commence à voir apparaître des tissus plus rêches et plus épais, et les chaussures se transforment petit à petit en bottes.

Des promesses sauvages se mettent à bourgeonner sur le front politique, mais il est déconseillé de les cueillir, surtout en début de saison, et de manière générale il est beaucoup plus sage de s'en tenir aux variétés cultivées.

HIVER

L'hiver commence quand l'automne finit, mais se révèle bien plus résistant et durable que son éphémère prédécesseur. À mesure que cette saison avance, on remarque de nouveau une diminution du nombre de personnes à la peau blanche dans les rues (voir Seychelles) et une augmentation à l'inverse du nombre de personnes à la peau noire à la télévision (voir Politique des propriétaires en matière de chauffage ; voir Propriétaires eux-mêmes aux Seychelles).

Les séances photo en extérieur pour les magazines de mode se raréfient, remplacées par des étrangers en situation illégale qui vendent des bretzels géants et des marrons froids.

Pour lutter contre les dangers de la bise, les bus tendent à se rassembler en troupeaux tandis que les taxis jaunes se retirent en couple dans leur garage pour se tenir mutuellement chaud et compagnie.

Quoique le sol gelé soit dur et quasiment inattaquable, les contrats de ville concernant des travaux publics de première nécessité arrivent souvent à terme (voir Automne, Printemps et Été), et les conférences de presse municipales sont abondantes.

Quand se profile le mois de février, les agents littéraires commencent à devenir verts lorsqu'ils parlent au téléphone avec leurs homologues de l'industrie du cinéma et migrent presque tous en même temps vers l'Ouest pour négocier. Ils perdront leur bronzage peu de temps après leur retour, mais ce n'est là qu'un exemple de l'exception qui confirme la règle, ce que le novice aurait tort d'interpréter comme un signe annonciateur de l'automne. On est toujours en hiver, alors essayez de retrouver vos repères en regardant quels sont les fruits hors saison les plus onéreux.

PRINTEMPS

Le printemps, dont la rumeur prétend qu'il s'agirait d'une saison séparant l'hiver et l'été, est une figure qui, à New York, relève plutôt du mythe et attire à ce titre une faune assez rare. Vers le mois d'avril, les directeurs artistiques et les réalistes esthétiques commencent à perdre leurs pulls, et des jeunes gens très sophistiqués se mettent à réfléchir aux couleurs de l'automne suivant. Les prix de l'immobilier sur la côte est de Long Island grimpent en flèche (voir Personnes à la peau blanche), tandis que le niveau d'entendement et de bonne volonté chez les banquiers accuse une nette décrue.

Les kiosques arborent des teintes de plus en plus nuancées à mesure que les couvertures de magazines revêtent leur allure pastel de saison et que le terme « relations amoureuses » flotte dans l'air – mais pas dans l'eau, Dieu merci.

Pensez avant de parler. Lisez avant de penser.

À l'approche du mois de mai, les agents artistiques de l'industrie du cinéma à Los Angeles commencent à devenir verts lorsqu'ils parlent au téléphone avec leurs homologues littéraires et migrent presque tous en même temps vers l'Est pour négocier. Ils perdront leur bronzage peu de temps après leur arrivée, mais cela les incitera à quitter la ville avant que le novice même le moins dégourdi ait le temps de se dire qu'on est en automne.

ÉTÉ

Quoique les plus pragmatiques affirment mordicus que l'été correspond à tout ce qui n'est pas l'hiver, d'un point de vue technique cette saison désigne l'interlude entre le printemps et l'automne, et sa manifestation la plus immédiate est la floraison exubérante des factures d'électricité. L'air devient plus visible, et bon nombre d'adultes, fascinés par la soudaine abondance des gangs de rue et des gens qui jouent aux dominos sur les trottoirs de la ville, oublient qu'ils sont immondes en short. L'heure d'été revient, pour le plus grand bonheur des insomniaques qui ont dès lors un petit peu moins de nuit à rester debout.

Les esprits s'épaississent, la chair urbaine prend une teinte grise éclatante et le terme « relations amoureuses » tombe à l'eau – et pas sous le sens, Dieu merci.

Petit manuel du parfait agent des renseignements téléphoniques

INTRODUCTION

Gardez toujours à l'esprit qu'en tant qu'agent des renseignements téléphoniques, votre mission est d'abord et avant tout de servir le public. Vous devez être utile et courtois, bien entendu, mais servir le public est une lourde responsabilité dont l'ampleur et la profondeur sont souvent mésestimées. Indiquez à chaque membre du public le numéro demandé, d'accord, très bien – mais n'oubliez pas que le public est composé en très grande partie de gens, et que les gens ont souvent des besoins qui vont bien au-delà d'un simple numéro de téléphone. Dans notre monde moderne, le public s'en remet de plus en plus à la facilité, au pratique, et oublie ce faisant la noblesse gratifiante d'un long et fastidieux labeur. L'animal humain a besoin, par nature, d'être mis au défi, et vous-même, en tant qu'agent des renseignements téléphoniques, avez un rôle déterminant à jouer pour réactiver ce facteur dans la vie des gens qui dépendent de vous. Alors oui, bien sûr, servez le public autant qu'il vous plaira, mais ne commettez surtout pas l'erreur de penser que servir le public veut dire céder à tous ses caprices – ce serait là, cher futur agent des renseignements téléphoniques, non seulement une grave erreur de jugement mais aussi un aveu tacite d'irresponsabilité.

LEÇON N° 1 : S'AGIT-IL D'UNE ENTREPRISE OU D'UN PARTICULIER ?

Lorsqu'un membre du public (que nous désignerons désormais sous le terme d'Interlocuteur Appelant) vous demande un numéro de téléphone, ne songez même pas à commencer votre recherche avant de lui avoir posé d'une voix aimable mais ferme la question suivante : « S'agit-il d'une entreprise ou d'un particulier ? » Il ne faut jamais omettre cette procédure, car cela relèverait de la plus grossière et impardonnable présomption de votre part. Ce n'est pas parce que vous soupçonnez fortement le Russian Tea Room de ne pas être le nom d'une personne que ce n'est pas le cas. Le fait est que les Américains ont parfois de drôles de noms, ce qui ne vous aura pas échappé, j'en suis sûre, quand bien même vous ne résideriez que depuis très peu de temps dans notre pays.

LEÇON N° 2 : POURRIEZ-VOUS M'INDIQUER L'ADRESSE CORRESPONDANTE ?

Cette leçon est de la plus haute importance, car elle sert deux objectifs. En premier lieu, elle vous aidera à trouver plus facilement le numéro de téléphone demandé au cas où plusieurs personnes correspondraient au nom indiqué. (Notons au passage que ce n'est pas le cas du Russian Tea Room susmentionné, le pauvre homme étant apparemment seul au monde, ou du moins dépourvu de toute parentèle à

Manhattan.) La seconde raison – et la plus importante – pour laquelle il vous faut impérativement poser cette question, c'est que vous devez vous assurer que c'est véritablement et uniquement le *numéro de téléphone* qui intéresse l'Interlocuteur Appelant, et que celui-ci n'est pas en train de vous faire perdre votre temps et votre énergie dans le fourbe espoir de vous soutirer subrepticement, à vous, agent des renseignements téléphoniques, une *adresse* exacte. Vous êtes employé par la Compagnie du *Téléphone* de New York, après tout, et à ce titre ne devez sous aucun prétexte vous laisser abuser par le premier escroc venu cherchant à se servir de vous pour commettre son abominable larcin.

LEÇON N° 3 : ET VOUS ÉCRIVEZ ÇA COMMENT ?

L'Interlocuteur Appelant réagira fréquemment à cette question par un soupir audible et désagréable, voire, dans certains cas extrêmes, par un juron pur et simple. Ignorez-le complètement. Vous ne faites que votre travail, et puis d'abord quelle raison peut-il bien avoir de vouloir téléphoner à quelqu'un dont il ne veut ou ne peut même pas épeler le nom ?

LEÇON N° 4 : AVEC UN « E » COMME ESCLAVE ?

Cette question traditionnelle, pour ne pas dire classique, est devenue quelque peu délicate. Il y a eu des manifestations, des marches de protestation, des lois ont été votées, des droits ont été conquis. La sensibilité du ressortissant moyen du tiers-monde s'est affinée au point que demander, même sur le ton le plus respectueux : « Avec un "E" comme esclave ? » est susceptible de provoquer une réaction négative. Dans la mesure cependant où il est assez difficile, quand bien même on voudrait faire preuve de la plus grande bienveillance, de demander en toute logique : « Avec un “E” comme domestique ? », l’agent des renseignements téléphoniques ne peut que s’en remettre à son propre jugement. Évitez en tout cas d’opter pour « Avec un “E” comme ébène ? », parce qu’on ne sait jamais, de nos jours. Et l’époque étant ce qu’elle est, il est très fortement déconseillé à l’agent des renseignements téléphoniques de sexe masculin de répondre à un Interlocuteur Appelant de sexe féminin : « Avec un “E” comme enceinte ? »

LEÇON N° 5 : VOUS POUVEZ TROUVER VOUS-MÊME CE NUMÉRO DANS L’ANNUAIRE

Cette dernière procédure, arrivant à la toute fin de votre échange souvent aussi long que stressant avec l’Interlocuteur Appelant, est celle qu’on néglige le plus souvent, en particulier le novice. Il convient toutefois de ne pas sous-estimer son importance, car il est bien connu que les dernières impressions sont les plus durables. Comme le laissent deviner les quelques situations mentionnées en exemple dans ce manuel, l’agent des renseignements téléphoniques est confronté à toutes sortes de comportements humains désagréables et condescendants. « Vous pouvez trouver vous-même ce numéro dans l’annuaire » est l’ultime moyen dont vous disposez pour bien signifier qu’il ne faudrait pas non plus prendre l’agent des renseignements téléphoniques pour un idiot. « Vous pouvez trouver vous-même ce numéro dans l’annuaire » est une manière de faire clairement comprendre à l’Interlocuteur Appelant que vous n’avez pas l’intention de vous laisser malmener par qui que ce soit, a fortiori par quelqu’un qui n’est apparemment même pas fichu de lire l’annuaire. Alors, je vous en conjure, n’oubliez jamais « Vous pouvez trouver vous-même ce numéro dans l'annuaire ». Vous leur clouerez le bec à tous les coups.

ADDENDUM : EN VOUS SOUHAITANT UNE EXCELLENTE JOURNÉE

L'agent des renseignements téléphoniques véritablement investi dans sa mission ne manque jamais de conclure l'appel par la pimpante et rituelle formule : « En vous souhaitant une excellente journée ! » « En vous souhaitant une excellente journée » est le moyen idéal de clore la conversation, car non seulement il permet d'établir une bonne fois pour toutes qui est le boss, mais en plus il a pour effet collatéral éminemment réjouissant de faire aussitôt oublier à l'Interlocuteur Appelant le numéro qu'il cherchait.

Impôt sur l'infortune

Les pauvres, dans l'ensemble, sont des gens malheureux. Ils ont souvent froid, ils sont constamment fauchés, ils ont toujours faim – bref, ils ont de quoi se plaindre, la chose est indéniable et nul ne songerait à la contester. En général, les pauvres sont dépourvus de la plupart des choses qui constituent ce qu'on appelle « la belle vie » ou même « le niveau de vie moyen en Amérique ». Ceux qui gouvernent et ceux qui sont gouvernés sont tout aussi conscients les uns que les autres de cet état de fait, et de nombreux efforts ont été mis en œuvre pour remédier à cette situation. Chaque fois qu'un manque a été constaté, une solution a été proposée. Pas d'argent ? Les allocs. Pas d'appartement ? Les HLM. Pas de petit déjeuner ? Les bons alimentaires. Pas de bras ? Pas de chocolat. Ah non, ça c'est une autre histoire – mais bon, on ne peut pas non plus tout résoudre, et de toute façon vous avez compris où je voulais en venir. Les pauvres ont besoin d'aide. Les non-pauvres sont prêts à aider – parfois même un peu trop.

Les non-pauvres sincèrement engagés dans les œuvres de

charité ne seront pas surpris d'apprendre que le dilemme des pauvres va bien au-delà des simples considérations matérielles. Avant que vous ne tiriez des conclusions hâtives, je tiens à préciser tout de suite et sans la moindre équivoque que je n'ai pas l'intention de me lancer dans un grand discours sur le besoin universel d'amour et d'affection. Si les pauvres manquent d'amour, c'est qu'ils n'ont pas les moyens d'en avoir plus ; et puis il faut bien que certains mariages soient malheureux.

Non, je ne parle pas ici des besoins émotionnels mais des besoins de nature sociale. Les besoins de nature sociale sont sans doute les plus difficiles et pénibles à aborder ; mais nous n'avons pas le choix, il faut s'y coller.

Afin que vous ayez une meilleure compréhension de ce sujet, je vous propose, à titre d'exemple concret, d'imaginer un grand dîner (le plus chic possible) organisé par un membre de la classe des non-pauvres pour ses semblables, dont vous faites partie. Vous choisissez de vous y rendre accompagné d'un ami dans le besoin. Il n'a rien à se mettre pour ce genre d'occasion. Vous lui prêtez des habits de votre propre garde-robe. Le dîner est fastueux ; il y a à boire et à manger en abondance. Votre ami éprouve sur le moment un grand bonheur. Il a l'impression de ne plus être pauvre ; vous-même avez l'impression d'être généreux ; votre hôte a l'impression gratifiante de vous recevoir avec élégance ; tout se déroule dans un climat de bienveillance absolue. L'espace d'un instant, vous vous dites qu'il suffirait d'inviter régulièrement les pauvres à dîner chez les non-pauvres pour éradiquer la pauvreté dans le monde. On sert le café. On commence à parler de choses sérieuses. Il est maintenant question, comme souvent lorsque la conversation devient grave, des problèmes de fiscalité.

C'est à cet instant précis, croyez-moi sur parole, que pour le pauvre assis à votre gauche, la fête est finie. Soudain, il se sent de nouveau pauvre. Pire encore – ostracisé. Il n'a pas de problèmes de fiscalité, lui. Il appartient à la caste des démunis, comme on les appelle parfois, à la grande famille des dépossédés, des marginaux, il n'a pas sa place dans la société. Et tant que perdurera le système actuel, il est voué à occuper cette position dégradante pour le restant de ses pauvres jours. La malchance appelle l'infortune, et vice versa. Tant qu'il sera pauvre, il n'aura pas de problèmes fiscaux, et tant qu'il n'aura pas de problèmes fiscaux, ne l'oublions pas, il n'aura pas non plus d'avantages fiscaux. Et on vient nous parler de démocratie... Une démocratie dans laquelle untel est imposé à 50 % tandis que son voisin de table ne relève même pas d'une tranche d'imposition. Ce n'est pas assez qu'un homme n'ait rien à manger, rien pour se vêtir, pas de toit sous lequel s'abriter ; non, il faut encore qu'il n'ait pas de comptable, pas de conseiller en investissements, pas de déductions fiscales, pas de comptes off-shore. Et probablement pas de notes de frais non plus.

Une telle situation est bien évidemment inadmissible, et maintenant que vous en avez conscience, il est inconcevable que les choses puissent continuer ainsi plus longtemps – si tant est en tout cas que le concept de société égalitaire ait encore le moindre sens à nos yeux. Heureusement, il existe une solution à ce problème – une solution confondante de simplicité et qu'il conviendrait de mettre en œuvre toutes affaires cessantes.

Imposons les pauvres. Lourdement. Pas de demi-mesures. Pas des miettes ramassées sur la table des riches, non ; de *vrais* impôts. Tranche d'imposition maximale (50 %), propriétés, plus-values sur le capital, héritage – la totale.

Il n'aura sans doute pas échappé au lecteur attentif (ou même distrait) que quelque chose cloche dans ce plan. Quelque chose vous chiffonne, pourriez-vous me dire, et l'argument que vous ne tarderiez pas à m'objecter est que les pauvres ne peuvent pas payer d'impôts ; ils n'en ont tout simplement pas les moyens. Mais je m'attendais à cette objection, et je vous rétorquerai que votre incapacité à accepter la solution que je propose relève d'une question d'échelle et de perspective. Prenons donc le temps d'examiner un par un tous les aspects du problème.

TRANCHE D'IMPOSITION MAXIMALE (50 %)

C'est bien sûr l'aspect le plus facile à comprendre, car il paraît évident, chacun en conviendra, que tout le monde possède la moitié de quelque chose, même les pauvres. Imaginons quelqu'un qui ne gagne que mille dollars par an – cela signifie qu'il peut toujours être imposé à hauteur de cinq cents dollars. Ça ne va pas chercher bien loin, je vous le concède, mais il n'y a pas de petit profit.

PROPRIÉTÉS

La difficulté que vous avez à envisager cet aspect des choses est d'ordre purement conceptuel. Je veux dire par là que votre conception de ce qu'est une « propriété » renvoie sans doute à des notions telles que terrain constructible, prix du mètre carré en centre-ville, résidence principale ou secondaire, etc. Alors oui, c'est vrai, ce sont là des exemples tout à fait pertinents pour illustrer le concept de propriété, mais je vous rappelle que nous sommes en démocratie, et qui en démocratie serait assez hypocrite pour trouver normal que la définition de la propriété se limite à quelques exemples pertinents ? Après tout, « propriété » signifie simplement le fait de posséder quelque chose ; dès que quelqu'un possède quelque chose, il en a la propriété. Il serait par conséquent très facile – et souhaitable – de soumettre les pauvres à l'impôt sur la propriété. À liberté égale, responsabilité égale. Autrement dit : terminé les déductions sur les réchauds à gaz, les vêtements de pluie en vinyle et les radiateurs d'appoint électriques.

PLUS-VALUES SUR LE CAPITAL

Là, je vous l'accorde, c'est un peu plus délicat – mais pas insurmontable pour autant. Et en l'occurrence, ce qui ne surprendra personne, j'imagine, le dictionnaire va nous être d'une aide précieuse. Définition du mot « capital » dans le Webster, deuxième édition complète : « Somme cumulée des biens produits par le travail. » Et pour ce qui est de la « plus-value » : « Profit résultant de la vente d'investissements en capital. » Là, vous voyez ? Encore une belle question de perspective... Bien. Donc. Euh. Oui. Hem. Oh, d'accord, ça va, je reconnais que ce n'est peut-être pas un cas de figure si fréquent que ça. Mais que les pauvres se le tiennent pour dit, ils n'ont pas intérêt à essayer de vendre les restes de leurs raviolis en conserve sans les déclarer.

HÉRITAGE

Créatures d'habitudes que nous sommes, nous associons souvent la notion d'héritage à la mort. Or ce n'est pas forcément nécessaire. Une fois de plus, tournons-nous vers le dictionnaire. « Hériter » : « Entrer en possession de quelque chose en tant qu'héritier ou successeur. » Le mot-clé ici, bien sûr, est « successeur ». Il apparaît donc avec une clarté proprement aveuglante que si le mot « héritage » peut faire surgir à l'esprit de certains des images de vénérables domaines ancestraux et d'émeraudes montées en chevalières, pour d'autres – c'est-à-dire les pauvres –, ce sont des visions bien différentes qui s'imposent. Un pantalon en velours côtelé acheté d'occasion n'est certes pas la même chose qu'une bague en or vingt-quatre carats, mais enfin souvenons-nous que cinq cents dollars, comme il me semble l'avoir déjà dit plus haut, ce n'est pas non plus le bout du monde.

Alphabet des résolutions pour la nouvelle année à destination des autres

À moins d'en être empêchée par un cas de force majeur, je ferai tout mon possible en tant que standardiste pour répondre au téléphone sans pousser des soupirs susceptibles de laisser mon interlocuteur penser que j'ai dû, pour décrocher ledit téléphone, m'interrompre en plein milieu d'une très délicate opération de chirurgie neurologique, ce qui est mon vrai métier après tout.

Boulotte comme je suis, et compte tenu que je ne suis pas non plus de la toute première jeunesse, je jure solennellement de m'abstenir de porter quoi que ce soit qui ressemble même de loin à des jodhpurs en cuir jusqu'à la fin de mes jours.

Comme il me semble qu'on en a peut-être un peu trop fait ces dernières années sur le retour en vogue des cookies à l'ancienne, je n'aggraverai pas la situation en ouvrant une énième boutique au nom rigolo vendant ces biscuits à des prix équivalents aux frais de scolarité semestriels de la fac de droit de Harvard.

Dessiner peut se révéler une activité amusante à l'occasion, et même susceptible d'apporter une petite touche de couleur et de folie douce dans la vie quotidienne, mais je jure que jamais, jamais, *jamais* je ne m'abaisserai pour autant à orner mes échanges épistolaires privés de petits croquis amusants.

En dépit de mon parfait bilinguisme, je n'essaierai plus jamais de m'attirer les faveurs d'un sommelier en lui demandant la carte des vins avec un accent français.

« Faites-moi juste les racines » ne veut pas dire « rasez-moi le crâne » ; il est impératif que je garde bien ça à l'esprit si je veux conserver mon emploi dans ce salon de coiffure.

Géniales intuitions géopolitiques ou pas, je m'abstiendrai désormais de faire la démonstration enthousiaste de mon expertise dans ce domaine aux clients qui viennent de monter à bord de mon taxi.

Hélas, vous aurez beau me supplier, jamais je ne divulguerai les informations précieuses qu'a pu me communiquer l'un de mes proches amis qui travaille comme assistant pour un artiste très célèbre.

Il me semble nécessaire, étant donné qu'on m'aperçoit fréquemment, pour ne pas dire systématiquement, dans les événements mondains même les plus obscurs et dépourvus de tout intérêt, que je cesse une bonne fois pour toutes de dire aux gens que je ne sors jamais.

Je possède mon propre restaurant, d'accord, mais ça ne signifie pas que je puisse en toute impunité inscrire au menu un plat baptisé « côtelette de veau à la Jeffrey ».

Kilim ou pas, un tapis n'a pas sa place dans une cuisine. Je m'en rends compte maintenant.

Les coussins, si confortables, élégants et généreusement éparpillés dans le salon soient-ils, ne sont, hélas, pas des meubles. Je vais acheter un canapé.

Malheur à moi et à toute ma descendance si un jour me vient de nouveau à l'idée que les gens meurent d'envie de m'entendre leur raconter à quel point j'ai trouvé le peuple brésilien magnifique et chaleureux quand je suis allé à Rio l'année dernière pour le carnaval.

Alphabet des résolutions pour la nouvelle année…

Non, plus jamais de chapeaux.

On ne devrait pas avoir le droit de manger à l'œil dans des restaurants trois étoiles pour le raconter ensuite avec un enthousiasme obscène dans la rubrique gastronomique d'un magazine, c'est inconvenant. Il faut que je change de métier.

Peut-être n'est-il pas indispensable dans une conversation courtoise de lui demander ce que devient cette ravissante danseuse métisse avec qui il était la dernière fois que vous vous êtes vus.

Quand arriverai-je enfin à m'abstenir d'employer le mot « brillantissime » chaque fois que je parle des chefs de rubrique « déco & accessoires » des magazines de mode européens ?

Rogner sur les framboises est injustifiable – ce n'est pas une substance illicite et, en tant que propriétaire de restaurant, j'ai facilement et légalement accès à cette denrée. Je promets d'être plus généreux.

Si jamais je parviens au sommet de la gloire, alors oui, je m'habillerai en conséquence, promis juré. En attendant, je fais ce que je veux.

Pensez avant de parler. Lisez avant de penser.

Tu ne t'en remettras point à tes seules cravates, si fines et discrètes soient-elles, pour faire croire que tu es élégant. Il va falloir faire plus d'efforts que ça.

Une conversation sérieuse sur le cinéma de science-fiction japonais, à moins que je n'y sois contrainte sous peine de subir des tortures physiques, est une chose à laquelle je refuse de participer.

Violet ? Comme couleur de cheveux ? Mais oui, c'est parfaitement acceptable. Du moment qu'on décide que le blond cendré est une couleur acceptable pour des fleurs.

W, X et Y ne sont pas des lettres de l'alphabet qui se prêtent aisément au présent exercice. Je fais le serment de ne même pas essayer.

Zelda Fitzgerald, si fascinante soit-elle, ne sera plus jamais une source d'inspiration pour moi, je le jure.

En avoir ou pas…
et surtout ne rien en faire

Récemment, un agent littéraire que je connais bien a négocié un contrat d'édition pour un auteur de romans populaires dont le succès commercial est phénoménal. Le livre en question n'est pas encore écrit. Même pas commencé. Rien. Pas une ligne. Sur la seule foi de la réputation de cet écrivain et du professionnalisme de son agent, néanmoins, ce livre à venir a été acheté par une maison d'édition pour la coquette somme d'un million de dollars. Une semaine plus tard, le même agent vendait les droits d'adaptation au cinéma du même non-livre pour la même somme.

Quelque temps plus tard, lors d'un dîner, je me suis retrouvée par le plus grand des hasards assise à côté du type qui avait acheté les droits d'adaptation du livre en question. Je lui ai souri poliment ; il m'a souri en retour ; j'ai abordé le sujet.

« Je me suis laissé dire, lui ai-je discrètement glissé, que vous aviez acquis les droits d'adaptation du prochain livre d'Un Célèbre Auteur de Romans Populaires à Succès pour un million de dollars ?

– Affirmatif, a-t-il répondu. Et vous alors, ça ne vous dirait pas de nous pondre un petit scénario ? »

Je lui ai expliqué que je n'étais pas une volaille et qu'il était hors de question que je ponde quoi que ce soit, sans compter que mon agenda était déjà surchargé – j'étais en effet entièrement accaparée par mes grasses matinées, mes commérages et mes amitiés superficielles. Nous sommes restés tous deux silencieux pendant un moment. Nous avons mangé. Nous avons bu. Et puis tout à coup, j'ai eu une idée.

« Vous venez d'acheter à Un Célèbre Auteur de Romans Populaires à Succès les droits d'un livre dont il n'a pas encore écrit une seule ligne, c'est bien cela ? »

Affirmatif, m'a-t-il derechef répondu.

« Bon, alors voilà ce que je vous propose, ai-je aussitôt enchaîné. Je n'ai moi non plus pas encore écrit une seule ligne de mon prochain livre. Et le livre dont je n'ai pas encore écrit une seule ligne est exactement le même que celui dont Un Célèbre Auteur de Romans Populaires à Succès n'a pas encore écrit une seule ligne. Je sais bien que j'ai un agent et que je ne suis pas censée parler business avec vous, mais je suis prête à vous vendre *mon* livre-dont-pas-une-seule-ligne-n'a-encore-été-écrite au même prix que celui auquel vous avez acheté le livre-dont-pas-une-seule-ligne-n'a-encore-été-écrite d'Un Célèbre Auteur de Romans Populaires à Succès. »

Mon voisin de table a courtoisement décliné mon offre et m'a ensuite proposé, pour les droits d'adaptation de mon livre-dont-pas-une-seule-ligne-n'a-encore-été-écrite, une somme à six chiffres.

« Voyez avec mon agent », ai-je répliqué en lui tournant le dos.

Le lendemain matin, j'ai été réveillée par un coup de téléphone dudit agent m'informant qu'il venait de recevoir et de décliner une offre à six chiffres pour les droits d'adaptation de mon livre-dont-pas-une-seule-ligne-n'a-encore-été-écrite.

« Je crois qu'on peut en tirer plus, m'a-t-il dit. On s'en reparle tout à l'heure. »

J'ai réfléchi un long moment puis je l'ai rappelé. « Bon, écoute, ai-je dit, l'année dernière les trucs que j'ai écrits m'ont rapporté quatre mille dollars. Cette année, on m'a offert deux fois de suite une somme à six chiffres pour un truc que je n'ai pas écrit. Manifestement, je m'y suis prise à l'envers. Je viens de comprendre que ne pas écrire est non seulement une activité professionnelle très agréable mais également très lucrative. Rappelle ce type et dis-lui que j'ai sous le coude des tas de livres-dont-pas-une-seule-ligne-n'a-encore-été-écrite – au moins une vingtaine. » J'ai allumé une cigarette, laissé passer une quinte de toux, puis accepté la réalité. « Bon, disons au moins dix, en tout cas. On fera le tri. »

Nous avons continué à bavarder un peu et j'ai raccroché – à regret, consciente qu'il était crucial pour ma nouvelle carrière lucrative de non-écrivain de passer un maximum de temps au téléphone. Mais je ne me suis pas démontée pour autant ; j'ai pris mon courage à deux mains, et je suis fière de pouvoir dire qu'à force d'application et d'abnégation j'ai passé la journée entière à ne pas écrire un seul mot.

Ce soir-là, je suis allée au vernissage de la nouvelle exposition d'un artiste très connu. Je me suis renseignée sur le prix des œuvres savamment disposées dans la galerie, j'ai fait preuve d'un stoïcisme surhumain pour ne manifester qu'une très légère surprise, puis j'ai passé le reste de la soirée en proie à la plus embarrassante concupiscence.

Le lendemain, au saut du lit, j'ai appelé mon agent pour lui annoncer que je souhaitais diversifier mon activité – j'avais l'intention d'explorer désormais le champ plastique. Ne pas écrire, c'était très bien pour mettre un peu de sous de côté, mais ne pas peindre – c'était là, me semblait-il, qu'il y avait vraiment de l'argent à se faire. Je refusais de me cantonner plus longtemps à une seule forme d'expression artistique ; j'allais désormais ne pas travailler dans deux voies différentes.

J'ai passé les jours suivants à contempler en imagination ma fortune imminente. Certes, les chèques ne se bousculaient pas encore dans ma boîte aux lettres, mais je n'étais pas un perdreau de l'année, je savais bien que ces choses-là prennent toujours un certain temps. Inspirée par ma révélation, j'ai commencé à envisager ma situation sous un jour entièrement nouveau. Un week-end, alors que je roulais sur une petite route de campagne, il m'est soudain venu à l'esprit que je cultivais beaucoup de choses mais que la terre n'en faisait pas partie.

Le lundi matin, à la première heure, j'ai appelé mon agent. « Bon, écoute, ai-je dit, je sais que ça sort un peu de ton domaine de compétence, mais j'aimerais bien que tu prennes langue avec les gens du ministère de l'Agriculture pour les informer qu'en ce moment, et depuis déjà un certain temps, je ne cultive pas le moindre champ de blé. Je sais que la surface d'exploitation de mon appartement new-yorkais est modeste, mais essayons de voir quand même combien on pourrait en tirer. Et pendant que tu y es, essaie aussi du côté des aides sociales. Je n'ai pas d'emploi non plus ; ça doit bien valoir un petit quelque chose, non ? »

Il m'a dit qu'il allait voir ce qu'il pouvait faire, puis il a raccroché, me laissant de nouveau livrée à moi-même.

Je n'ai pas peint – fastoche. Je n'ai pas fait pousser le moindre germe de blé – un jeu d'enfant. Je suis restée au chômage – les doigts dans le nez. Et pour ce qui est de ne pas écrire, alors là, pour ce qui est de ne pas écrire, c'est bien simple, je suis la meilleure, une vraie de vrai, une professionnelle aguerrie. Sauf, je l'avoue, quand il s'agit de respecter une date butoir. Ça, j'en suis incapable. Il y a les autres dont il faut s'occuper, les obligations dont il faut s'acquitter. Quand j'ai une échéance à respecter, j'échoue presque systématiquement et, comme vous pouvez le constater, cette fois encore je n'ai pas dérogé à la règle. Je devais écrire ce texte. Je l'ai fait. Certes. Mais il n'aura sans doute pas échappé aux plus fins observateurs parmi vous que j'ai tout de même fait preuve d'une certaine retenue. Ce texte est trop court – beaucoup trop court. Pardonnez-moi, mais j'avais besoin d'argent. Comme je dis toujours : si vous devez vraiment faire quelque chose, faites-le à moitié. Les affaires sont les affaires.

Table

Pensez avant de parler. Lisez avant de penser.

SCIENCES

ARTS

LETTRES

GENS

CHOSES

LIEUX

Pensez avant de parler. Lisez avant de penser.

IDÉES

Cet ouvrage a été imprimé en France par
CPI Brodard & Taupin
Avenue Rhin et Danube
72200 La Flèche (France)

pour le compte des Éditions Fayard
en février 2022

Photocomposition Nord Compo à Villeneuve-d'Ascq

PAPIER À BASE DE FIBRES CERTIFIÉES

Fayard s'engage pour l'environnement en réduisant l'empreinte carbone de ses livres. Celle de cet exemplaire est de : 1,300 kg éq. CO_2
Rendez-vous sur www.fayard-durable.fr

N° d'édition : 22-3018-9/01 - N° d'impression : 3047181